什么叫"好"?"好"就是所有能增强力量感的事物,追求力量的意志,力量本身。什么是"坏"?坏就是天生都是虚弱的东西。什么是"高兴"?高兴就是力量在增长,阻力被消除。

——弗里德里希·尼采,哲学家(1844—1900)

蝉联《纽约时报》电子书畅销榜冠军长达五周
亚马逊"科幻小说""科技惊悚小说"电子书年度畅销冠军

超脑 连接
WIRED

【美】道格拉斯·E.理查兹（Douglas E. Richards）著
刘 红 译

重庆出版集团 重庆出版社

WIRED by Douglas E. Richards

Copyright © 2010 by Douglas E. Richards.

Published by agreement with Trident Media Group, LLC, through The Grayhawk Agency. Simplified Chinese edition copyright © 2017 CHONGQING PUBLISHING GROUP. All rights reserved.

版贸核渝字(2014)第116号

图书在版编目(CIP)数据

超脑Ⅰ:连接/(美)道格拉斯·理查兹著；刘红译. —重庆:重庆出版社,2016.7
书名原文:Wired
ISBN 978-7-229-07536-1

Ⅰ.①超… Ⅱ.①道… ②刘… Ⅲ.①科学幻想小说—美国—现代 Ⅳ.①I712.45

中国版本图书馆CIP数据核字(2016)第272428号

超脑Ⅰ:连接
CHAONAO Ⅰ:LIANJIE
〔美〕道格拉斯·E.理查兹 著 刘 红 译

责任编辑:张立武
责任校对:何建云
装帧设计:程 晨

重庆出版集团
重庆出版社 出版

重庆市南岸区南滨路162号1幢 邮政编码:400061 http://www.cqph.com
重庆出版社艺术设计有限公司制版
重庆市国丰印务有限责任公司印刷
重庆出版集团图书发行有限公司发行
邮购电话:023-61520646
全国新华书店经销

开本:889mm×1 194mm 1/32 印张:9.75 字数:226千
2017年2月第1版 2017年2月第1次印刷
ISBN 978-7-229-07536-1
定价:32.00元

如有印装质量问题,请向本集团图书发行有限公司调换:023-61520678

版权所有 侵权必究

序　章

　　比尔·卡伦拿着一把消音格鲁45手枪，悄无声息地来到这个自称安吉拉·乔伊斯的女人身旁。她背对着他坐在一张老旧的木椅里，在一台看起来很昂贵的笔记本电脑上忙碌着。不可否认她很可爱，卡伦心里不止一次地这样想。但他更喜欢他的女人能邋遢一点，而这个女人，以他的眼光来看，模样太过于健康了。其实大概只有她的外貌是她身上比较健康的部分了。另外，她对于他来说很聪明，并且是过于聪明。

　　她的驾照显示她27岁，但她看起来却很年轻，像是个刚毕业的大学生。而她的眼睛却显示出一种远超她实际年龄和外表的成熟和精明，给人的印象是这个看似温柔的女孩已经有了一些不凡的经历。

　　为什么她要雇两个雇佣兵来保护自己呢？不是普通保镖，而是雇佣兵。她并没有明显的收入来源，如何能够支付雇佣他们的费用呢？她给他们的解释是，她曾经被一个流氓强迫做他女朋友，并且没有放她走的打算，但是卡伦不相信她的话。于是对她进行了调查。可以肯定的是，他的调查是值得的，他也许能得到超出他想象的高额回报。

　　女孩专注于她的电脑，完全没有注意到卡伦的靠近。他清了清嗓子，她这才受惊转过身来。"哦"，她看到是他以后，舒了一口气。但是，当她看到他用装了消音器的手枪正指向她的时候，她的轻松立刻就消失了。"怎么回事，比尔？"她焦急地询问。她脸上的神情虽然是被动的，但卡伦清晰无误地感觉到，她那敏捷的思维正在飞速地运转，评估着当前突发状况和可能性。

"你得跟我走，"卡伦平静地说道，然后，他抬了抬他的眉毛又加了一句，"琪拉。"

她的眼睛瞪得大大的，但很快控制住了情绪。"这到底是怎么回事？"她说道，"你为什么用枪对着我？还有，为什么叫我琪拉？"

"因为那是你的真名，"他轻轻地说，"琪拉·米勒。"

她很不耐烦地摇摇头，"如果你是在开玩笑的话，比尔，这一点都不好笑。"

卡伦不理会她的质问，"接着。"他说着，扔给她一串汽车钥匙。她伸出手轻松地抓住钥匙，而眼神却一刻也没有离开过他的脸。

"我自作主张，把胡椒喷雾从钥匙圈上取下来了。"他说。"我们走吧，你来开车。"

"杰森在哪儿？"她问。

"他在车库，"卡伦带着狡黠的笑容回答道，"等着我们。"

"在你告诉我这是怎么回事之前，我哪儿都不会去。"她回答。

卡伦立刻朝她逼近，用那把带着长筒消音器的手枪用力地顶着她的脑袋。他伸出另一只手抓住她的下巴，使得她的脸与他的脸只有1英寸的距离。卡伦是身高六英尺三寸的肌肉男，他厚厚的手掌也很宽大。

"聪明的女孩，你还没弄明白，"他从喉咙里发出嘶嘶的声音，"现在情况变了。我不再为你工作了，现在由我来发号施令。你要按照我说的去做，不然我就把你撕成两半。"说着，他用手挤压她的下巴和脸颊，力气大到把她的牙齿嵌进了肉里，鲜血流了出来。"我说得够清楚了吧！"他咬着牙齿低声说完才放开她的下巴。

她揉了揉下巴，怒视着他。他估计她眼神的凶猛程度可以在他的后脑上挖出两个洞来。

"快承认你的真名是琪拉·米勒，否则我就打断你的左臂。"他咆哮着说。

她继续瞪着他，心里琢磨着他的威胁。"好吧，"她终于说话了，"我就是琪拉·米勒，那又怎样？我付给你和杰森一大笔钱来保护我，而你现在的行为让这一切成为泡影。"

卡伦笑了笑，"你是这样想的吗？"口气中带着讽刺，然后摇了摇头，"谢谢你的关心，但我不再需要你的巨款了。我要用你来换更多的钱。"他抓着她的手臂把她推向车库的方向。"我们走，"他吼道，"我不想再说第二次了。"

她往车库方向走着，突然大跨几步在一把椅子的后背上抓了一件牛仔夹克，然后迅速地穿上。卡伦不可理解地摇摇头。外面差不多有15摄氏度，在十月，这已经是相当的温暖了。他一生中大部分时间是在芝加哥度过的，但他知道在天堂般气候的圣迭戈生活了几年以后，他这个极地的居民对寒冷已经很敏感了。

当他们走向通往车库的门口，她突然转身面对着他，似乎想要问他什么问题，而此时她的右手伸进外套的右边口袋里。卡伦在还没有弄清楚什么情况之前，就本能地作出迅速反应，从她身边闪开。一颗小口径子弹穿过她的外套，在他的肚皮上划出一个浅浅的五英寸长的槽洞。如果他不是闪躲及时，子弹就会直接在他的肚子里面钻一个洞。

卡伦用他那高大的身躯朝琪拉·米勒扑过去，把她撞进门洞，以此制止了她开第二枪。她还没回过神，卡伦就已经拽着她的手臂，从她口袋里轻而易举地把藏在那儿的微型格洛克手枪抢了过来。

他感觉到鲜血从他的伤口处流下来，浸湿了他已经破烂的T恤，他知道这只是皮外伤，可以不用马上处理。于是他很粗鲁地把他的前老板翻个身，开始搜她的全身，其实他早就该做这件事了。他以为她放心地把自己的安全交给了两个雇佣兵，但很明显，她还有另外的防范措施。他发现她的小腿上还有一小瓶胡椒喷雾，不过没有别的武器了。

他很想朝着她的脸上狠狠挥一拳以示惩戒，但最终还是放弃了。如果他把她弄伤了，她就更加难以控制，而且这毕竟是他自己的疏忽才让她有机可乘。除此之外，他相信她能给他带来惊喜。

卡伦打开通向车库的门，把她推了出去，同时打开了车库的灯。女孩差点被躺在灰色混凝土地板上的杰森·鲍勃科斯基给绊倒，他被消音手枪从后背击中心脏。红色的鲜血水柱般从他身体里喷出来，最后流向琪拉的白色雷克萨斯轿车的车底。

琪拉用蔑视的眼神瞪着卡伦，一言不发。大多数女性看到这样一具倒在血泊中的尸体会被吓得尖叫，但她却没有。在她大胆攻击自己之后，没有什么会再让他感到意外了。他的本能告诉自己，这个聪明而有吸引力的女孩远不像她的外表那么简单。

几分钟以后，琪拉坐上了驾驶座，而卡伦坐在副驾驶，手里的枪依然对着她。太阳已经下山好几个小时了，尽管天色已黑，马路上仍然车水马龙。静静的夜空里挂着一轮明月，南加州典型的热带花朵和棕榈树始终出现在车窗外,生动地显示着这正是生长的季节以及似乎永远都不会结束的夏天。

"我们要去哪儿?"琪拉终于打破了长时间的沉默,开口询问道。

"到了你就知道了。"卡伦说。

"你是怎么知道我的真实身份的?"

"这可不是什么 20 个问题的游戏。"

"听着,我给了你很好的报酬,但你现在却出卖我。你至少可以回答我几个问题吧。这有什么大不了的?"

卡伦考虑了几分钟,然后耸耸肩说:"好吧,为什么不呢。我从一开始就不相信你的狗屁故事。你的驾照和信用卡完美无瑕,但我稍作调查就知道了你使用的是假的身份信息。让我好奇的是,不是所有人都有和你一样完美的假文件和表面历史。"他停顿了一下,"我很幸运,我在你的手提箱外口袋里发现了一张皱巴巴的美国联合航空公司的行李标签,上面有用铅笔写的名字,是琪拉·米勒。"这时,他提前指着下一个十字路口说,"这里左转。"

琪拉按照他说的做了。"那么,从你发现行李标签到现在用枪绑架我,这中间发生了什么?"

"我做了一些关于琪拉·米勒的公开调查,"他解释道,"然后结果是我偶然得到了一些信息将我指引向你。这就像是钓鱼,我用你的名字作鱼饵,然后等着有兴趣的人来上钩。我他妈的没想到我会引来莫比·迪克。"他这时候兴奋得摇摇头,似乎还不敢相信他有这样的好运。"几乎是同时,政府也来联系我,他们告诉我说你是一个逃犯,还警告我说你很危险。"卡伦低头看了看他那沾了血的衬衫,觉得应该更加重视他们的警告。"当然他们没有告诉我其他的,但如果我把你交给他们,他们会给我一大笔奖励。"说到这里,他的嘴角都咧开了,露出自鸣得意的笑容。"经过小小的讨价还价,我们最终说好的价格是两百万美金。"

琪拉厌恶地摇摇头说:"你真是个白痴,比尔。你有没有想过,他说他们是政府的人,这是在撒谎?"

他笑了笑,"当然想过。但是我才不在乎他们是谁,他们为什么找你。只要我拿到钱就行。"

"那如果他们说要给你钱也是骗你的呢?"琪拉按压着怒气。

"我说服他们我能找到你之后,他们就立刻支付了五十万到我的账户以示诚意。五十万美元应该可以表示很多的诚信了。"

"所以,只是因为钱吗?"她充满蔑视地说,"背叛你的雇主,冷血地杀了杰森。你根本不知道接下来会发生什么,以及会有什么危险。"

"那你他妈的期望什么?"他咆哮起来,"连基督对雇佣兵这个词的解释也是这样,雇佣兵就是只为了钱的人。"

"我以为你们这些人会有一些起码的信仰。"

卡伦笑起来:"如果不是两百万,我们也不会这样。"他急切地摇摇头说,"快停止你的说教吧,你也不是无罪的。无罪的人才不会用毫无瑕疵的假身份呢。无罪的人感到危险时雇佣的是贴身保镖,有罪的人才用雇佣兵。"

"如果这样想你会舒服点,那你尽管这样说吧。"琪拉狠狠地说。"但是你错了。你在拿你自己的脑袋冒险,比尔,你在玩火。那些联系你的人根本不是政府的人,而你也不可能再拿到剩下的钱。事实上,不管接下来发生什么,你现在已经是一个死人了,比尔。你在透支时间,只是你太笨了不知道而已。"

她说得如此的斩钉截铁，卡伦有所迟疑了。但他很快意识到这是她的诡计。她在虚张声势，试图让他怀疑自己。

"那么你是要带我去他们那儿吗？"琪拉问。

他点点头："是的，去我指定的地方。"他说。

"他们是不是坚持要你把完好无损的我送过去，不然这笔交易就免谈？他们是不是跟你说，如果你搞砸了或者我死了，那你自己的葬礼也就不远了。是这样吧，比尔？"

"那又怎样？"他不无轻蔑地说道，尽力掩饰她已经让他有点紧张起来。

"想知道他们为什么会这样要求吗？"她压低声音说着，给了他一个厌恶的眼神，简直不能相信他如此愚蠢。"当然你不想知道，"她继续说，并没打算等他回答。"因为你完全不知道你让自己陷入怎样的境地。如果你还想活过今天晚上，你就马上放我走，然后你自己也消失。"

卡伦眯了眯眼睛，她很可能是在虚张声势，但是他能冒这个险吗？或许他真的是在拿自己脑袋冒险。虽然他急切地想要拿到剩余的钱，而现在风险如此之高，或许他真的应该好好询问她，搞清楚到底自己的未来会变成什么样子。他可以重新安排布置。他们肯定会不高兴，但是他们要习惯短暂的延迟。他打赌他们会为了得到她可以做任何事情。

"掉头，"他终于开口了，"我们回你的住处。既然你这么想告诉我正在发生的事情，那我就给你一个机会。"

她抬起眉毛："怎么回事，比尔？"她带着嘲笑的口吻，"我以为你不会在乎我是谁或者他们为什么要追捕我。"

"掉头！"他怒吼起来。

他们保持着一种紧张的沉默开了几分钟。在左面车道放慢了速度，前面一百码的距离有个红灯，在夜空中像灯塔一样。

这时,琪拉按下她腰侧一个按钮,收起了安全带。

"把它放回去。"卡伦发号施令道。

"你把我的肩膀弄伤了,而这个安全带会加重我的疼痛。"她说道。

"我说,把它放回去。"

"好的,好的。"她边说,边伸手去拉安全带,这时他们离下一个十字路口不到15码了。

但是她不会去碰安全带了。

她猛地打开车门,毫不犹豫地从车里跳了出去,摔在与马路平行的草坪中间。她试图想要做一个前滚翻,但她的右肩实在太疼了,结果只翻了一半,后半部分就滑到了一棵种在草坪中间的小棕榈树的树干里。

卡伦被她无畏的举动惊呆了。他本可以在她跳车的瞬间向她开枪,但他不想冒险杀死她,留着她还有用呢。他发了疯似的解开安全带扑向驾驶座去控制失控的汽车,但此时他意识到已经晚了。琪拉这辆无舵雷克萨斯冲过了红灯,他听到右边轮胎发出的尖锐刺耳的声音。迎面而来的一辆小型本田车司机,虽然已经设法减速,但还是不可避免地撞上了雷克萨斯的乘客门,发出了只有两颗重达数千英镑的玻璃钢导弹碰撞在一起才会产生的剧烈碰撞声。

碰撞发生的时候刚好卡伦正在努力移向驾驶座去控制这辆汽车,于是他被猛烈地撞上了方向盘,他的一根肋骨被撞断了。这时安全气囊瞬间弹开,卡伦没有系安全带,这样一种笨拙的姿势使他没法预防伤害。

他忍受着剧痛,把车停在空地上,安全气囊也自动收缩起来,他跌跌撞撞地从车门里出来。他发现女孩穿过对面角落的一个灯火通明的加油站之后消失了,他还注意到她那不怕死的举动也让她自己受了伤。她的裤子被挂了一个锯齿形的洞，泥草和鲜血沾满她裸露的大腿。

卡伦完全不顾胸腔里的剧痛，以最快的速度去追赶那女孩，扔下本田汽车的司机在原地惊恐地大叫："嘿，你要去哪儿？"

他一路跑到加油站，环顾四周，发疯地寻找那个女孩，那可是想溜走的数百万美元的退休金。他走进加油站里面的大型食品超市，直接冲到了女洗手间，粗鲁地把门打开，里面空无一人。他又退了出来，眼睛在四处搜寻。

这时，他发现了她。

这个小丫头绕了一圈又回到她的车子旁边。

聪明！尽管乘客门这边被撞凹了一个大洞，这辆车还是可以行驶，而他刚才忘了把钥匙拔出来了。她不顾本田汽车司机对她大吼，立即发动了引擎，驾驶着汽车沿着车头的方向冲了出去。她驾车匆忙离开，车窗上被撞碎的玻璃像雨点一样掉落在人行道上。

卡伦扫视了加油站一圈，一辆大引擎的梅赛德斯正好停下来加油。太好了！司机是一个短胡须、体态丰满的男子，他走出车门准备去加油，卡伦从车后出现并用枪指着男人的腹部。"钥匙给我！"他说道，"马上！"

男人受到惊吓，还是很无助地伸出手来。

卡伦一把抓过钥匙，几秒钟以后开始在马路上疯狂地追赶琪拉。她本来领先很多，但她的车严重受损，即使是在夜晚很远的距离，也能轻易辨认出来。而他现在驾驶的汽车马力大得多，可以很快追赶上她。

他逐渐缩短他们之间的距离，而她突然拐上一个通向52号高速公路的斜坡弯道，朝着东面开去。这辆雷克萨斯像是一头受伤的野兽，在她进入高速公路以后仅仅几分钟，他就追上了她那辆在苦苦挣扎的汽车。她行驶在最左边车道,他让他的车与她平行,相隔一个车道。他们距离近到可以让他们从发光的仪表板上看到彼此的轮廓。他挥舞着手枪示意,威胁她停下来。

她不理会。

卡伦一时不知道接下来该怎么办。射击她的轮胎或者逼她偏离车道都有可能使她的车子失去控制,他不能那么做,他必须将她安全完好地送达。从她坚定的表情他可以看出,她对他的出现完全不为所动,她很清楚他不敢伤害她这点给她带来的优势。

他们逐渐向着特克拉多峡谷的东桥靠近,女孩突然猛地踩下刹车,轮胎发出刺耳的声音,在车后留下一串橡胶的痕迹。当她的速度降到30码以下,她迅速向左急转弯,驶出了52号高速公路,开进一条有20码宽的介于东西方向车道之间的草坪。汽车在坑坑洼洼的地面上剧烈地蹦跳。她突然又停下来,前方10码的距离处有一个障碍物,它立在草坪的中间用于防止汽车可能的意外跌落,然后她很从容地转了一个弯。此刻她的车头朝西,她加快了速度,小心翼翼地驶入了52号高速公路的西行车道。

卡伦猛地一踩刹车,但是已经太晚了。她把时间掐得很准。毫无疑问她是计算好的,他只有几秒钟的时间来作出反应,于是他只好继续朝着特克拉多峡谷的东桥开去。西行的桥只有20码的距离,中间没有阻挡的草坪,他们之间除了空气什么都没有,但他还是没有办法去追踪她了。

他在繁忙的公路上突然这样地一个急刹,使得后面好几辆汽车差点没来得及避开而撞上他。他们纷纷在超过他的时候,猛按喇叭以示愤怒。他有过调头逆向行驶去追赶的念头,但很快便意识到这无疑等于自杀。

他愤怒地加快速度继续驶过大桥,然后在桥头把车停在路边。他走出车门,仔细看着西行车道。不出他所料,女孩的雷克萨斯已经看不到踪影了。

他双手砰的一声拍在车顶上,"妈的!"他气得大叫起来。

他站在原地发怒的时候,看到远处有三架直升飞机,用超强的探照灯扩展模式在黑夜中搜寻,灯的中心区域覆盖了整个小镇,很显然,他们已经开始着手搜寻琪拉·米勒。他很确定这一点。

但是他怀疑他们是否能抓到她。

她到底是什么人呢?他不无沮丧地想。

她会做什么来避免被发现呢?

第一部分　追捕

1

十个月以后。

戴维·德什把他那辆绿色的雪佛兰巨无霸停在警卫室门外，一个穿着制服的警卫朝他走过来，他摇下车窗说道："我叫戴维·德什，我来见吉姆·康奈利上校。"说着，他把自己的驾照递给了警卫。

那个警卫在留言板那边核对了好几秒，检查完证件以后递还给戴维。"请进，先生，他正在等你。欢迎来到布拉格堡，你需要引路吗？"

德什若有所思地笑了笑，然后摇摇头说："不了，谢谢。我以前来过的。"他开车绕过警卫室，心里有些希望在经过的时候会受到敬礼。

遍布在北卡罗来纳州基地里的各种树木的树叶，在这个秋高气爽的季节里，已经变化成各种颜色，彼此间争奇斗艳。这是回到布拉格堡的最美好的季节。布拉格堡是一个军事机构的大本营，即美国陆军特种作战司令部。这里也是德什曾经服役部队的基地，他曾在三角洲特种部队作战分队工作，负责美国境外的反恐行动。

德什沿途经过许多熟悉的建筑物和地标，包括一个三层楼高的攀岩墙，八十英尺的绳索塔，还有奥林匹克运动场大小的训练场，他努力压制着内心里不断涌上的一些矛盾情绪。这是他离开部队以后，第一次回到布拉格堡，而他这次回来却是喜忧参半。

他来到目的地，将车停好。几分钟以后他进入吉姆·康奈利上校的办公室，与桌子后面穿着制服的人紧紧地握手，面对着上校坐下来，将随身的公文包放在旁边的地上。德什以前曾经多次来到过这间办公室，但从来没有以平民身份来过。书架上关于军事历史和战略的书籍完美整齐地罗列排放着。上校是一个全能型的击剑手，在他书桌的正中摆放了一张由专业摄影师拍摄的高清晰大框相片，相片中两个击剑手被定格在激战当中。

上校的特征鲜明，他头发浅棕色，留着士兵头，还有一部修剪整齐的胡须。他今年48岁，做德什的教官已经17年，尽管他们的年龄相差较大，但他们都有相同的体魄、能力和自信，只有具备这些素质的人才能通过特种部队的严格训练要求。

"谢谢你能来，队长，"上校说。他扬了扬眉毛，说，"我想我现在应该叫你戴维吧。"

德什叹了口气："你很失望吗？"

"什么？你是说你离开的事情吗？"

德什点点头。

"发生在伊朗那件事以后，谁还会责怪你呢？"

九个月以前，德什在伊朗和伊拉克交界处的伊拉克边境被人发现躺在血泊中，他的队伍刚刚执行了一次严重的失败行动，而他是唯一的幸存者。他失去了三个兄弟般的队友。德什发现自己常常回忆起那次可怕的任务，他责怪自己不够聪明和迅速，也不够谨慎。他为队友的死而自责，也为自己还活着感到愧疚。

部队的心理专家认为这是自然反应,这种说法多少让他可以得到一些安慰。

"我觉得你还是没有回答我的问题。"德什继续说道。

"好吧,"上校说,"作为一个特种部队上校,我很失望。你是最棒的,戴维。聪明、果断、有创新能力,我不想失去你这样的人才。"他张开嘴要继续但欲言又止。

"你继续说。"德什鼓励他。

上校盯着他的这位访客看了很久,然后叹了口气。"但是,作为朋友,"他很认真地说,"我很遗憾这个决定是因一个悲剧而起,但我认为你是对的。我为你感到高兴。"他稍作停顿,小心谨慎地选择措辞,又说道,"像你这么优秀的人,是不属于部队的。并不是因为你叛逆,不能忍受那些傻瓜,尽管这些都是事实,而是因为你想得太深了。你从来不会对生活的必要性感到麻木。你或许会成为一个无人能比的战士,但什么都无法改变你拥有一个学者的灵魂。"上校摇了摇头,"军队削弱了你天生的乐观精神和幽默感,在伊朗之前就已经是这样了。"

德什听着上校的话眯缝着眼。他有一种能力,能看到所有事情里面的幽默元素。但他想得越多,他就越觉得上校是对的。他已经被性格中很关键的这一面折磨多年。

离开部队以后,他加入了弗莱明行政保护组织,是一个在华盛顿的秘密服务机构以外最大的保镖组织。尽管保镖的生意很兴隆,回报也很丰厚,但德什的内心知道他并不想做这样的事情。他正处于要决定未来的人生要干什么的阶段,虽然他不是很确定会发生什么,但他知道不会再有枪以及肾上腺素,或者生与死的挑战了。

上校最后的分析是对的。你擅长某件事情,并不意味着这件事情就与你的性格或心理相匹配。

"谢谢，上校！"德什认真地说，"我很感谢你的真诚。"他停顿了几秒钟，又补充道，"你怎么样呢？"他似乎不想继续成为谈话的焦点。

上校耸耸肩，"自从你离开后，基本没什么变化。我们仍然每天在反恐战场上取得数百次的胜利。"他皱着眉头又说，"当然，唯一的问题是，我们必须每次都赢，而他们只需要赢一次就够了。这就意味着我没有一次失误的机会。"这次他停顿了很久。"但是，我并不是叫你来分担我的烦恼的。"

德什抬了抬眉毛："这只是其中一个烦恼，对吗？"

上校笑了起来，"是的。"他说。

房间出现了几秒钟的沉默。最后，上校低下头，用一种遗憾的口吻说："戴维，能见到你真的太好了，我真的希望不是在这样的情况下跟你见面。你知道，如果不是最重要的事情，我是不会要求你来这里的。"

"我知道，上校。"德什说。他勉强露出一丝微笑，"那也是我担心的。"

上校打开书桌子抽屉，拿出一个棕色的风琴文件夹，并把它滑到桌子另一边，德什主动拿了起来。按照康奈利的要求，他从文件夹里拿出一份单独的文件，其中有一叠八寸的照片，他从第一张开始仔细看起来。照片中是一个女人，大概25岁，身穿破洞的牛仔裤和一件简单的V领毛衣。样子很可爱，正好是德什喜欢的类型。面孔很随和，看起来像个邻家女孩。德什瞥了一眼康奈利，扬起眉毛一脸诧异的表情。

"她叫琪拉·米勒，"上校开始介绍，"28岁，身高五英尺七寸，体重122磅。"

德什又看了看照片。女孩的蓝眼睛闪闪发光，她面露轻松自然的微笑，传递出一种脚踏实地和友好的个性，不过德什很清楚，不能仅凭一张照片就对一个人的性格作出判断。

"她出生在俄亥俄州的辛辛那提，就读于麦德布鲁克高中，"上校机械地继续介绍，"父母去世，有一个哥哥艾伦，也已经去世。16岁成为麦德高中的毕业生代表，19岁从芝加哥大学以优异成绩毕业，并获得分子生物学学士学位，23岁获得斯坦福大学分子神经生物学博士学位。"

"一般的人在什么时候获得他们的博士学位呢？"

"27岁或者28岁。"上校回答。

德什点点头，"可爱，聪明得令人妒忌，是我喜欢的类型。"

"还有一点我忘了说，她高中时期还是田径队的明星。"

"也许这点就不讨厌了。"说着，德什的目光再次回到照片上，他发现自己竟然期望着康奈利还没有展开的故事里面，这个琪拉·米勒不是反面的恶棍，而是一个落魄的少女。

德什大约六英尺高，绿色的眼睛，短短的棕色头发。虽然他从未觉得自己特别英俊，相比较外貌来说，他的脸上有种开朗友好的天然气质，更多地让他对女性充满吸引力。那些能够吸引他的漂亮女人当中，他更看重一个女人的智慧、自信和幽默多过于她的外表。他不能忍受身边有一个没头脑的或者是没有朴实个性的女人，不管她有多漂亮。他想象着琪拉·米勒会是什么样的人。

他突然意识到，在其他什么都不了解的情况下，这种原始的对一个女孩的照片和文件感兴趣的想法是非常愚蠢的，但或许也是一个健康恢复的信号。从伊朗那次事情以后，他的内心就已经麻木了，他完全没有一丁点儿兴趣和任何人开始一段关系。另一方面，或许也没有真正的改变。可能他允许自己对这个女人有一丝兴趣，只是因为在他面前的不是一个相对安全的有血有肉的普通女人，仅仅是一个有着不寻常经历的女人的一堆平面照片而已。

尽管如此，德什发现自己希望内心深处这点刚刚燃起的虽然很微弱又愚蠢的小火花，不要立即就被熄灭。是时候把答案找出来了。"她听起来优秀得都不真实了。"他意有所指。

康奈利的嘴角向上微扬，露出微妙的笑容："嗯，你知道他们说的事情听起来都是完美得不像是真的。"

德什皱起眉头："他们通常是这样的。"

康奈利点点头。

德什已经有了答案。不好，他心里想着。

不管怎样，肯定不是少女了。

2

吉姆·康奈利走到办公室角落里的一个小型白色冰箱旁边，拿出两瓶冰冻矿泉水，递了一瓶给德什。德什点头表示感谢，拧开瓶盖，很惬意地喝上一口，康奈利还递给他一个木制的杯垫。

上校自己也喝了一口水："根据我们的了解，琪拉·米勒实际上比她的记录更为天才。"他说，"特别是涉及基因治疗方面。曾与她一起工作过的同行业科学家都认为她是目前在世的最为聪明和有创造力的科学家。"

"基因治疗？"

"顾名思义，"康奈利解释道，"是一种通过纠正有缺陷的基因，治疗疾病或者改善出生缺陷的治疗方式，也有可能是注入完全新的基因。"他说。

"这有可能吗？"

"已经有一段时间了。我之前也不知道。我想参与这项研究的那些人不太擅长做宣传工作。"

"也可能是我们过于埋头干活没时间关心而已。"

上校笑了："也不排除这种说法。"他笑着说。

"他们是怎么做到的呢?"

"通常的做法是利用病毒,将基因自然地注入到本体的细胞里。这些病毒基因控制我们的细胞机制,可以无限复制再生自己的细胞。有些类型的病毒,如疱疹病毒和逆转录病毒,实际上将它们的基因直接注入了人类的染色体。"

德什的脸上露出一丝厌恶的表情。尽管这只是发生在微观世界,但一想到将病毒的基因注入到人类的染色体中,还是有些令人不安。"逆转录病毒?"德什说道,"你是指艾滋病毒吗?"

"是的,艾滋病病毒属于逆转录病毒家族的一种。但不管是哪种病毒,基因治疗的概念是利用改良后的病毒作为运载工具,利用它们将人类基因注入我们的细胞而不是病毒自身的基因。如果把一个逆转录病毒的令人厌恶的部分去掉,放入人类基因,比如胰岛素,那么病毒可以将完美的胰岛素基因复制品注入到你的染色体中。以后就不会再有那么多的糖尿病了。就是这么简单。"

"那么,艾滋病毒可以用来挽救生命吗?"

"适当地去除和基因工程,是可以做到的。有点讽刺,是吗?"

"是非常的讽刺。"德什说道。他已经完全被勾起兴趣。基因治疗并不针对疾病症状,而是提供了一种更为直接的治疗手段,用病毒辅助显微手术治疗基因本身。"听起来很美好。"德什说道。

"在很多方面是这样的,"康奈利若有所思地回答。"但不幸的是，它的发展并没有像科学家们希望的那么迅速。理论上听起来很简单，但我又听说它出奇的复杂。"

"理论上听起来也不是很简单啊。"德什面无表情地补充道。

康奈利的嘴角微微上扬露出了微笑："显然她在这方面很精通。"说着，他把水瓶举到嘴边，朝着德什面前的那叠照片示意了一下。

德什开始翻阅琪拉·米勒的照片，在翻到第二张停了下来。照片里是一栋两层楼的黄色建筑，不是特别地引人注意，不过门的上方挂了一块大牌子，上面写着"神经科学制药"。

"她加入了神经科学联盟，这是一个位于圣迭戈的公开上市的生物科技公司，直属于斯坦福大学。"康奈利继续说着，"她在那儿很受欢迎，各种材料显示她的表现也跟想象的一样出色。"

他又示意德什翻到下一张照片，照片中是一个位于一片工业区之中的小型普通建筑，旁边标注了地址但却没有名字。

"这是神经科学联盟的动物研究中心，"上校解释道，"琪拉·米勒就是在这栋楼里工作，并且负责相关的研究。需要注意的是，没有证据可以证明这栋楼是生物研究联盟的，也不能证明里面有动物。生物公司通常不喜欢这些事情被曝光，不希望引来善待动物组织的麻烦。"

康奈利漫不经心地用两个手指摸着他的下巴，德什自认识他以来，他就有这个习惯。"琪拉在神经科学联盟的头两年是模范员工，她的表现完全展现了她的才华。在此期间，她连续两次得到提升，这也是史无前例的。"说着他抬了抬眉毛，"她从斯坦福毕业得到博士学位的时候，才23岁。"康奈利靠在他的椅背上，说，"大概在一年以前，这些东西交到我这里。"他话犹未尽，声音里带着一丝倦意。

"让我猜一猜，"德什冷冷地说，"是不是那时候开始出现问题？"

"可以这么说。"

"真是有趣。"德什说，"至少直到现在，你对琪拉·米勒的描述都是模范市民。事情应该从某一年开始的吧？"

"你什么都不知道。"康奈利面露难色。

3

上校示意德什翻到下一张照片，他搜集到的资料并不太丰富。照片里是一个个子不高，身形微胖的男人，手里懒洋洋地拿着雪茄，脸上却露出刚硬的表情。

"这个人叫拉里·卢塞蒂，"康奈利说，"是一个私家侦探，曾经做过警察。大概十一个月前的一天早上，他被发现死在琪拉·米勒位于拉荷亚的公寓里，他的头骨被大理石书夹猛烈敲击，身体也被严重划伤。他是在被猛击致死后，又从公寓的落地窗摔了出去，因此造成身体的划伤。"他稍作停顿又说，"琪拉应该是想要把他拖回到房间里，并关闭百叶窗，但这时一位邻居听到了打碎玻璃的声音，并走出来查看。由于没人应门，同时看到琪拉的车从车库里飞速冲出去，正好经过他的身边，于是他就报了警。"

"后来没有找到琪拉·米勒，但那天早上，警察发现受害者的公寓被人闯入并且翻了个底朝天。最后发现卢塞蒂在公寓里的一棵悬吊植物上装了一个能够多角度拍摄的摄像头。可能因为他的工作关系，使得他变得疑神疑鬼。"

如果有人真的要对付他的话，这样就不算疑神疑鬼。德什心里想着，但他没有打断上校。

"卢塞蒂的秘书告知当局有这个摄像头的存在，这个摄像头恰好记录下了琪拉·米勒洗劫这个地方时的一些画面，当局还带走了一个大文件夹和卢塞蒂的笔记本电脑。他们设法提高了画面质量，以查清楚她带走的文件夹上面的标签，结果发现那是卢塞蒂调查她的文件。"

"有意思。那知道她为什么会被调查吗？"

康奈利摇摇头："不知道，卢塞蒂的秘书什么都不知道。而琪拉·米勒的文件也只有他家里的这一份。没有任何其他记录哪怕提到过她，当然是除了她拿走的文件以外。"

康奈利又示意德什继续翻看下一张。

"这是艾伦·米勒，"康奈利说，"琪拉的哥哥。"

德什仔细端详照片中的人，蓝色的眼睛，很英俊。从照片里能看到这一家人的共同点。

"大约是在同一天的半夜，哥哥艾伦死在辛辛那提。他的房子被夷为平地，在房屋残垣中发现了他被烧焦的遗骸。"

"纵火？"

"毫无疑问。在房子的附近发现一辆租来的汽车，车里面还有丙酮的痕迹，这是一种主要用于放火时的促进剂。从驾驶座上发现的一根头发与警察在琪拉·米勒的公寓里找到的头发样本的 DNA 也是吻合的。"

"是她租了这辆车？"

"是的，使用的是别名。她用来租车的名字和驾照最终没有查到。但租车行的代理人从给他的十张照片里面认出了她。然后，警察又找到一个出租车司机也认出了她的照片。据那位司机说，大概是在火灾后的一个小时，在她哥哥房子几英里之外，她搭上出租车前往机场去了。"康奈利皱起眉头，"线索就到此为止。我们认为她上了飞机，如果是这样的话，她肯定使用的是假的身份信息。"

德什把琪拉·米勒的照片从那一叠照片里抽了出来再次仔细端详。她相貌是这样的友善而有吸引力，但这却是精心设计的伪装。被活活烧死是最残忍的死法之一。以一种施虐方式冷酷地谋杀一个人，而且还是家庭成员，足以看出此人有变态或者反社会的性格。而这些没有灵魂的人从外表是很难分辨的。德什知道，他们往往非常聪明而有魅力，也非常擅长于隐藏他们的真实本性。

康奈利朝着德什手里的最后一张照片点点头。那是一个大概五十出头的高个子男人，头发花白凌乱，穿着商务休闲裤和衬衫。他的脸瘦瘦长长，眼神狂野而又深邃，这让德什联想到了一个老套的教授模样。

"这是汤姆·摩根，他是神经科学联盟的首席科学官，也是琪拉的老板。他在雇佣琪拉差不多三年以后，丧生于一场车祸。根据后来发生的事件，我们现在猜想当初应该不只是一场车祸那么简单。"

德什皱起眉头沉默了好几秒，思考着他刚刚得到的这些信息。"你说过她的父母已经去世。他们是怎么死的？"

"我就知道你会问这个问题，"康奈利赞许地说道，"你真的是一个超有想象力的天才。"

"谢谢，上校！"德什说，"把这些特殊的事件联系起来并不困难。"

"你会感到惊讶的。好了，回答你的问题，她的父母也同样死于车祸，当时她还在读高中。跟摩根一样，当时警察并没有怀疑是谋杀，因此也没有作更多的调查。但综合考虑到其他所有的事件，我们不难想到事情的背后有他们女儿的影子。"

德什知道如果有人按照正确的方向来看的话，反社会的行为特征通常从很小年纪就会出现。如果琪拉·米勒可以如此冷酷地杀害她的哥哥，那么她同样也可以杀掉自己的父母。这些离奇的死亡以及她的失踪是所有事件的关键，都需要彻底地调查和解决。大概是艾伦在帮助这位私家侦探，拉里·卢塞蒂。也许这可以解释为什么在发现卢塞蒂对她进行调查之后，她会这么快地就将艾伦干掉。有可能是艾伦·米勒在他妹妹的衣橱里发现了好多尸骨，也许是这样吧。

"还有别的在她清醒状态时发生的不明原因事故吗？"德什问道。

康奈利冷冷地点点头，"在她12岁的时候，她的一位叔叔在独自游泳的时候淹死了。但他是众所周知的游泳高手。第二年，又发生了两起有关琪拉高中老师的事故。其中一人被发现死于自己的公寓里，脸部被硫酸严重烧伤，已无法辨认。另一人突然失踪至今也没有找到。这两个案子都没有结案。"

太令人震惊了，照片中的那个面带清新笑容的女孩竟然是一个心理变态者，或者至少是一个双重人格的杀人犯。康奈利所讲的故事真的让人毛骨悚然。但德什知道最糟糕的部分还没有说，因为只有一个理由可以引起上校的重视。"那么，跟恐怖主义又有什么关联呢？"

康奈利重重地叹了口气，他似乎很不愿意进行后面的对话。他再次摩挲着自己的下巴，说："随着卢塞蒂的调查和对琪拉·米勒的追捕的进行，有证据显示她已经与几个知名的恐怖主义组织取得联系，包括基地组织和IS组织。"

"都是穷凶极恶的组织。"德什冷冷地说。

"这个案子现在已经移交到国土安全部门。在文件夹里有详细的报告，他们很快发现她在世界各地的银行里存入了数百万美元，这些都是隐秘账户，其中包括瑞士银行的账户。他们确信找到了她所有的账户。她以非常老到成熟的方法来掩盖自己和这些钱之间的来往踪迹。他们还发现了她的几个假身份信息，并且相信她可能还有更多的假身份。"

"对一个西方女性来说，与圣战者一起工作是很有趣的事情，即便是反社会人士也是如此。她们刚刚接触到这些组织的时候，并不十分了解他们是很激进的。"

"这是一个谜。她并不是穆斯林，也没有材料显示她支持这一信仰。她的加入或许只是为了钱，但我认为一定有什么事情是我们还不知道的。"

"你有没有想过她是被与恐怖主义分子一起工作的刺激性所吸引？"

康奈利耸耸肩："这是不可能的。常规的动机不适用于心理变态者的人格特征。杰佛瑞·达摩谋杀并分食了十七个人，其中有三个人的头部在他的冰箱里找到。"

"这是完全合理的行为，"德什不无讽刺地说，"他只是不想他们的头部腐烂而已。"

一个微笑浮现在康奈利的脸上，不过很快就消失了。"你会在这份报告里看到他们在她的公寓里发现了一个浮选槽，"他继续说着，"在第一行就有。把这样一个占据很大空间的东西放在起居室里非常奇怪。"

"浮选槽？"

"这东西通常也被叫做'感觉剥夺室'。基本上就是一个巨大的棺材，里面装满了水和泻盐。你把自己封闭在一个这样的空间里，像木塞子一样可以上下浮动，完全处于失重、绝对安静和黑暗之中。在这样的空间里面，你完全接收不到任何感观信息。"康奈利做了一个鬼脸，"我们可以想象一下她用这个来做什么？是在进行某种神秘的仪式？还是把某人关在里面作为惩罚呢?"他身体抖了一下,"这个女孩是我们现在最大的噩梦,聪明又不按常理出牌,没有良知,也没有同情心。"

房间里一时陷入沉默,两个男人都陷入了自己的思索里。德什知道,如果康奈利用拥有的巨大资源都不能解决问题,而必须要把自己召回来,那么这件事情一定非常棘手。他还不确定自己是否真的想知道究竟发生了什么。也许自己应该立刻离开这里。这跟自己有什么关系呢?就算抓住了一个恶棍,总会有另外一个恶棍出来取而代之。不过他无法让自己起身离开,至少要等到自己的好奇心得到满足以后。

德什深吸一口气,将目光锁定在康奈利脸上。"我们开门见山吧,上校。我们现在谈论的到底是什么情况,生物战吗?"

康奈利皱起眉头:"是的。而她是有史以来最厉害的。"由于他所叙述的事件本身的性质,康奈利的举止本来已经很严峻,这时又变得更加的严峻。

德什说:"以她在病毒工程方面的技术和经验,我肯定她可以使病毒更具有传染性和致命效果。那又怎样?他们无法控制病毒。这些病毒同样也会让恐怖分子自食其果。我知道这些组织在杀人的时候并没有明确的选择性,但至少它们的组织者,并不是很急于想去天堂。"

"我的生物武器专家告诉我,说以她的能力可以通过设计分子触发器来解决密封的问题。DNA不仅要能注入,而且还要能读写并生成基因结果。"康奈利解释道。"在DNA里面有一个启动区域,由此控制在某种情况下发生启动,就是触发器。像琪拉·米勒这样有天赋的工程师可以根据她的设计来制作这种触发器,就像是一个侵入你电脑的木马病毒,它会一直休眠,直到设计这个病毒的那个混蛋指定的时间点到了,它才跳出来破坏你的文件。"

康奈利深吸一口气然后继续："我们认为她正在设计将特定的埃博拉病毒基因导入普通的感冒病毒，像逆转录病毒一样注入到人类染色体中。"他神情严肃地说道，"随着感冒蔓延，病毒也得到迅速传播。但是，除了流鼻涕，被注入病毒的基因还会产生一个结果，即会产生与埃博拉病毒相关的出血热。这几乎是会致命的。被感染者会发烧、呕吐、腹泻以及不可控制地出血，在身体的内部和外部，从眼角或者鼻子，各个地方都出血。"

德什的胃部不自觉地猛然收缩了一下，埃博拉是众所周知的最致命的病毒。他并不感到惊讶，这些所谓很有希望的基因治疗和分子生物学，同样可以被利用来杀人而不是救人。人类有一种很奇特的能力，总是能将任何建设性的技术变成具有破坏性的工具。有人发明了电脑，你就能看到有人发明电脑病毒和其他的方法来攻击别人的电脑。人类发明了互联网，原本是一个难以想象的信息宝库，你也能看到互联网被一些人利用来作为工具，从而变成儿童色情、性侵害和骗子泛滥的场所。人类从来就不担心找不到正确的方法成为自己最大的敌人。

"我不明白的是，这些恐怖分子怎么确定自己能避免不被感染埃博拉病毒呢？"德什说。

"他们不能确定。后面还有呢，分子触发器是从这里进入，但是记住，基因不仅能够被注入，它们还必须要激活。"

"那么用什么激活它们呢？"

"我们认为她正在研究用化学物质来进行激活。也许是某种食物里的特定物质。摄入这种化学物质后，注入了埃博拉病毒的基因物质开始被受害者的细胞所复制。一旦这些基因被触发，就无法停止。人体自身的细胞就会变成定时炸弹。几天，或者几周以后，砰！你就死了。"康奈利抬了抬眉毛，"你知道什么食物里含有这种物质吗?"

德什一脸茫然。

"猪肉。"

德什的眼睛睁得大大的。当然应该是猪肉,不然还能是什么呢?只有那些在圣战金字塔顶尖的人知道这个情节,因为吃猪肉在伊斯兰教是被禁止的,所以他们的追随者反而是安全的。德什知道这些人的想法,在他们的眼里,全世界各地的信徒,只要违背了这项禁令而吃了猪肉,那么他都应该去死。

"我们的有机化学专家告诉我,猪肉有好几种复杂的分子。我们认为埃博拉基因被设置由其中的一种来触发。就算基因被触发,他们没有感染病毒,所以他们就不会像自然的埃博拉那样带有传染性。所以也就保证了恐怖分子的安全。只要他们不吃猪肉,他们就不用担心这个问题。"

德什卷起的嘴唇流露出厌恶的情绪。在恐怖分子看来,这是一个天衣无缝的计划。他们的策略非常的可怕,充满了无畏的精神和创造力。讽刺的是,除了虔诚的穆斯林,犹太教徒也获得了幸免。这或许是恐怖分子的眼中唯一美中不足的地方了。他们最痛恨的敌人可以毫发无伤,这就像他们的胃溃疡一样摆在那里却没有任何办法。

"她真的能做到吗?"他问道。

"这是一个复杂而颇具挑战性的基因工程项目,如果这个世界上有人可能做到的话,那就只能是琪拉·米勒。只有她有那么优秀。"

"那么预计伤亡是多少呢?"

"这取决于她设计的病毒侵入基因的效率,以及猪肉里含有特定的有机化学物质触发基因的效率。最坏的情况,会造成全世界数以百万计的伤亡。即使最保守地估计,在使用了西方最高质量的药品情况下，也会有几十万。"

德什的脸霎时变得煞白。这次袭击在人类生活中造成的损失可能比在一个人口中心投放一颗核弹还要巨大。这样的袭击自然会引发一轮疯狂的非理性恐慌，也会给人类文明带来不可估量的冲击。"而这仅仅只是一个序章。"康奈利自言自语地说。

"是的，"他说道，"人们会害怕他们的基因物质里还隐藏着其他的'木马'，害怕会吃错东西，没有人知道什么食物是安全的，世界各地谣言四起，恐惧会变成狂热，经济会崩溃，即使最有秩序的社会也会在一夜之间陷入混乱和毁灭。"

德什知道，几乎可以追溯到几百年前的文明，这就是那些圣战者希望看到的。难怪琪拉·米勒这么有钱。如果她说服基地组织相信她能够实施这个计划，她当然有资格开出高价。大规模的死亡和破坏不会给像她这样没有灵魂的精神病患者造成一丁点的困扰。

"必要的时候，我们可能会发出警告不要吃猪肉，"康奈利说，"但这并不能给我们带来多少好处。这些警告本身就会引起我们一直想避免的恐慌。还会有很多人没有得到信息或者选择忽略它，认为这是政府的阴谋。我们相信基地组织还有应急方案，还有别的触发器。因此，我们发出警告，会使他们推出B计划。在这种情形下，恐怖分子头目当然知道哪些食物要避免，他们仅与为数不多的人一起分享这个秘密，而选择牺牲掉大部分的追随者。"

德什再次愤慨得直摇头。如果真到那一步，为了他们的理想需要牺牲掉众多的追随者，他们也不会有丝毫的迟疑。

德什将一叠照片放进文件夹然后重新又放到折叠文档里。在到达布拉格堡之前，他就已经感觉到里面的死亡氛围了。现在置身其中，想起那些他拼命想要忘记的过去，感觉更加糟糕。而现在，他觉得有点累了。他需要尽快结束这次会谈，然后到外面呼吸一点新鲜空气。"现在可以告诉我，"他直接地问道，"为什么叫我来这里？"

康奈利深深叹了一口气。"自从她哥哥的谋杀案以后，琪拉·米勒已经失踪有一年多了。她就像变魔术一样消失了。我们有理由相信她去年11月去了圣迭戈，但是现在有可能是任何地方。只有本·拉登和其他几个头目成为过这样的大规模搜捕的主角，不过我们基本上没有什么进展。也有人认为她已经死了，但很显然，我们不能做这样的假设。"

"我再问一次，"德什说道，"为什么叫我来这里？B计划吗？整支军队都无法完成的任务，把一个孤僻的退役老兵派去就能搞定吗？"

"你要相信我，在尝试独行侠的方案之前我们并不是什么都没做。我们已经在好几个月以前派了最优秀、最精干的独立特工出去。他们也一无所获。"

"那么，我算什么呢？"德什说，"E计划吗？你的首要人选都办不到的事情，你能期待我能有什么收获吗？"

"首先，如果你还留在军队里，你就会成为我的首选。你知道的，戴维。你知道我对你能力的信任。在这之前我不确定是否能获准可以招募一个平民，所以我没有推荐你。"

德什似乎不明白了："那么我现在怎么会来到这里呢？"

"在军队上层有人认识到了你的价值，让我把你重新招募回来。我很高兴他们有这样的要求。作为军人你是无人能比的，并且在你服役期间，你总是能比别人抓到更多在逃的恐怖分子头目。没有人具备像你一样在追捕逃犯时的那种创造力和顽强精神。琪拉·米勒已经掌握了基因治疗的关键。而你也具有追捕在逃人员的关键能力。"

康奈利俯身向前，眼睛直直地盯着德什。"还有，你是在这个系统以外我可以完全信任的人。这个女人非常有钱，而且她很有说服力。我不想让她有机会监视到我们，并说服我们当中的某些人妥协。"

"那么你有内应吗？"

"老实说，没有。因为风险已经太大，为什么还要冒险呢？"

德什点点头。对于这点他很赞同。

"我们整个组织都失败了。那些独立特工也尝试过，也失败了。或许还有别的更好的解释，但是现在是时候尝试一下别的方法了。"他漫不经心地摸着他的下巴，"你在这方面有特殊的才能，你不需要通过军事渠道进行报告。我们以这样的方式进行：你用你自己的资源，不要用我们的。在文件里你可以看到前面那些人的报告，他们能搜集的关于琪拉·米勒的信息都在里面了。"

"我想里面应该还有他们努力寻找她的具体细节吧。"

"实际上没有。"康奈利说，"我们不想让你受到先入为主的影响，你可以放手工作。不需要跟我沟通，我不想知道你在做什么。等你找到她以后你就会得到一个联系电话。电话那头的那个人会处理接下来的事情，然后你只需要按照他的指示去做就好。"

"找到她的时候？"

"你会找到她的，"康奈利的语气坚定。"我很肯定这一点。"

"你作了两个值得怀疑的假设。"德什说道，"首先，你的第一个假设是我会同意接受这项任务。"

康奈利一言不发。沉默的氛围如同厚重迷雾笼罩整个房间。

德什内心非常纠结。他内心里很大一部分想让他离开。康奈利会找到办法解决他自己的问题的，而他做不到。无论德什参不参与这个案子，地球都会照样旋转。系统外还有别的有才干的人。让其他人去做英雄吧。他已经厌倦了他的英雄事业，并且已经失败过了。

但另一方面，如果他的确是有特殊的能力可以力挽狂澜呢？如果就这样走了，同时这次袭击成功了，那在以后的人生中他要如何面对自己呢？在那次伊朗的任务中，他幸存下来而其他人都死了，他每天都在为这个而自责。内疚和失落感每天都在啃啮他的灵魂。而这些在未来面对另外一个问题的时候会变得苍白，他的内心在清醒时也会受到这个问题的煎熬，如果他真的是唯一一个人能找到并阻止琪拉·米勒呢？

尽管他很想清空大脑，让自己跟任何与他过去的生活有关的人保持距离，但他过去跟康奈利的关系很密切，也许在某天又会再次紧密起来。康奈利是为数不多的让他佩服的人。

德什死死地盯着上校看了很久。"好吧。"他的语气中带有一点不耐烦，脸上也是一副不得已妥协的表情。"我可以帮你。"他痛苦地摇摇头，很明显他是为自己无法拒绝上校而感到困扰。"我会尽力的。"他叹着气补充道，"我能做的就是这些。"

"谢谢，戴维，"康奈利总算松了一口气。"这是每个人都能做到的。"

上校停顿了一下，看起来有些不安。"既然你现在已经上船，我需要说明一点，无论在什么情况下，你都不要自己去追捕她。你的任务只是找到她。记住，抓捕她是电话号码的另一头那个人的工作。"他停了一下，"在你离开之前，我需要知道，你对这点已经非常的明白了。"

德什难以置信地盯着康奈利看。"好吧，我知道了，康奈利。但我不明白的是为什么。如果我找到她，并且有很好的条件可以抓捕到她呢？我需要趁热打铁。等到我打了电话呼叫他们赶到，她可能已经从我鼻子下面溜走了。她是那么神秘，而她的身份又是如此特殊，怎么能允许这样的事情发生？"他摇摇头。"这个决定真是太白痴了。"他生气地说道。

上校叹了叹气："我很赞同你的观点，"他说，"但这不是我的命令。你刚才所说的我都跟上面陈述过，并且尽我所能地着重强调，但最终我没能说服他们，所以现在就只能这样了。"

"好吧，还有，"德什烦恼地说，"我现在只是一介平民。如果军队指挥层上面的某人太没有大脑，那我也无能为力了。"

"还有一个好消息，"康奈利继续说道，身子微微向前倾，"我与我的上司在一场很重要的争论中获得了胜利。"他狡猾地笑了笑，"我使他们相信要召你回来很不容易。他们授权我可以支付给你二十万美元作为启动任务的费用。这些钱都会打入你的账户，一小时以内，你就可以查询到账。"他很急迫地向前倾，"成功以后还有一百万美元呢。"

德什的眼睛睁得大大的。这么大一笔钱足以完全改变他的人生轨迹了。那样的话，他就可以离开他所熟知的这个暴力世界，然后踏上他最终为自己选择的一条新的人生道路。"谢谢，上校，"他说，"这确实是很大一笔钱。"德什停顿一下，"但你要知道，我同意帮你完全是因为你，以及这次威胁本身的性质，并不是因为这笔钱。"

康奈利眨了眨眼睛，"我当然知道，"他说，"你要注意，我是在你同意之后才提到钱的。"上校笑了笑。"考虑到本·拉登的赏金也只是二千五百万美元，以及你可能的失败之后所带来的毁灭性后果,你已经得到政府有史以来给出的最高的报酬了。"

德什笑了:"好吧,只要政府高兴就好。"他淡淡地说,假装真诚地将双手摊开。他沉思了片刻,说,"那弗莱明行政保护组织怎么办呢?"

"不要担心。我们会帮你安排你的行程到下个月,你还是保留在他们那儿工作的身份。"康奈利的脸上浮现出一个顽皮的表情。"放心,我们不会危及你的事业或者你的名誉。"他说着微微一笑,接着又补充一句,"那么,我们达成协议了吗?"

德什点点头:"算是吧。"

"好的。我很抱歉把你叫回来完成最后一个任务,戴维,因为我知道你是最适合这份工作的人。"

德什站起身,准备要离开。"我希望你是对的,康奈利。跟以前一样,我会尽力不让你失望的。"德什狐疑地看着康奈利,就好像他之前说过的话得到的证实。"他说那二十万美元的电汇已经准备好了吗?"

"我只需要给他们一个通知就可以完成了。"

"但这怎么做到的呢,"德什眯起眼睛说,"我没有给你我的账号,你是如何知道我的电汇账号信息呢?"

康奈利扬了扬眉毛:"我不会希望你能相信我说那是碰巧猜到的。"他边说边假装无辜地耸耸肩。

德什的脸上浮现一丝困惑的笑容。他打开公文包,把那一叠折叠文件夹放了进去,然后站了起来。

康奈利也从椅子上站了起来,他伸出手与德什热烈握手。"祝你好运,戴维。"他真诚地说道,"还有,要小心。"

"我不会再吃任何的猪肉产品了,如果你是指这个的话。"德什苦笑着想要掩饰他的焦虑。

说着，德什拿起他的公文包，径直走出了房门。

4

戴维·德什走出布拉格堡基地，开车来到附近的一个购物中心。他把车停在宽阔的停车场边缘，像一个孤岛一样与其他停在主要区域内的密集车辆隔离开来。他拿出琪拉·米勒的档案开始仔细研究。开回华盛顿需要五个小时，他正好可以利用这段时间好好消化这些资料，并作好初步的策略计划。

一个多小时以后，他重新将卷宗放回公文包内，踏上了回家的旅程。文件里并没提供更多的信息，也没有他想要的内容。如果这个女孩的背景资料就能提供明确的找到她的方法的话，其他人早就已经搞定了。

琪拉·米勒将她的本性掩藏得非常好。从很小的年纪开始，她就表现出了卓越的才华、野心和竞争力。她一旦决定的事情，就一定会完成。但这一切并没有在她的成长过程中为她带来很多朋友，在学校超前表现好几年也对她的社会生活没有任何帮助。

作为成年人，她也没有想去交很多朋友，她总是关注自己的目标，她要刷新斯坦福的神经分子生物学最年轻博士的纪录，还要在企业的权力阶梯上攀爬。大学时她也曾经交往过一些男生，但都没有超过八九个月。德什知道大多数男人会被她的光环赶跑。

文件详细记录了康奈利告诉他的那些内容，并且清楚地罗列了她跟恐怖组织的联系，以及是如何发现这些联系的，还有一些证据指向是她谋杀了卢塞蒂和她的哥哥，最后就是埃博拉基因治疗的细节。

在这些谋杀案之后，警察调查发现她常常在晚上花大量时间在神经科学联盟的动物实验室，并且想方设法地隐藏她的这个举动。她佩戴的员工卡可以打开房门，但同时也会被记录下持有者的身份以及进入主电脑的时间，但她却很巧妙地修改了软件避免被记录下来。

调查人员还发现，琪拉向供货商订购了比公司试验需要量大得多的啮齿动物。因为之前一直是她负责库存，所以这些情况也一直没有被发现。

显而易见，她每晚都在进行秘密的动物试验。仔细想想，真让人毛骨悚然。她一定向那些圣战者提供了一些证明，她可以实行计划，如此才能说服他们给她在全世界各地的银行账户里汇入大量的金额。这些动物具有证明的意义，应该就是这样。

康奈利和美国陆军特种作战司令部无论在人力方面还是其他方面掌控着巨大的资源，只是他们没有整合起来一起去找这个女孩。当然，只有非常聪明又谨慎的人才能长时间躲避政府的追捕。眼前真正的困难是，这个猎物比猎人更为聪明。德什并没有因为大男子主义而感到需要展现一下自己的智慧，但不可否认，琪拉的智力跟自己不是一个级别的。那么，要怎么样才能找到比你自己更聪明的人呢？

一切取决于你的态度。你不能将策略重点放在她会犯错上。大多数人会这样考虑。相反，你要想着她不会犯错，她做的每一件事情都非常精准，这样才能得到答案。

长期与暴力活动抗争，他已经对没完没了的暴力产生了无比的厌恶，但此刻他竟然发现，眼前要努力去找一个蓄意躲避抓捕的危险人物的工作，竟然完全将他吸引了。这是一项终极挑战。他的任务是要在全世界的六十亿人口里面找到一个人，这个人有可能躲在地球广袤大地的任何一个角落。怎样才能将范围缩小呢？

他眼睛盯着前面的大型拖车就像它是静止的，完全陷入到自己的思绪里。他感觉自己踏在油门上的脚很沉重，这时他已经不能灵活控制自己的身体，他的时速已经超出限速20公里。他非常努力压抑住内心的冲动，他开始觉得他那难以操控的潜意识却拼命想加快速度。

"你在哪儿，琪拉·米勒？"他自言自语地念着，此时他再次改变车道，回到左边车道并超了两辆汽车，他突然加速将所有车都甩在后面。

她现在生活在某个山洞里吗？或许是吧。但是也不大可能。刚开始他以为她还在美国，隐藏在众人眼皮之下。她正在尝试一项极其复杂的基因工程项目。他在报告里看得很清楚，她至少需要一些专业设备，克隆基因、超速DNA测序、生物试剂，以及用于基因身份识别实验的动物。即便是在伊朗或阿富汗的恐怖分子营地里装备最好的实验室，而在这个问题上，显然无法轻易满足她不断变化的需求。

德什决定，不管她此时身在何处，他将从她的电脑开始着手。无论她多么想要摆脱过去的生活以躲避追捕，他不相信她可以离得开互联网，尤其在她的研究进程中，她需要在生物技术文献的海洋中去解决她遇到的困难和难题。但是，也有很多种方法可以在使用电脑和互联网之后而不留下任何痕迹，而她已经在修改神经科学联盟的安全软件的时候，显示出了惊人的电脑技能。在数以亿计的电脑里面要寻找到一台电脑，还要碰巧刚好琪拉·米勒正在使用的时候，这个难度就如同在德克萨斯州大小的干草堆里去寻找一根针。

德什意识到这个比喻也不完全准确，不自觉地皱起了眉头。事实上，他要寻找的这根针不仅是掉进了无比巨大的干草堆里，而且它还是活动的，当它感觉到有人在靠近的时候，它会往干草堆更深的地方移动。

5

德什离开基地三十分钟后,他的手机在上衣口袋里震动起来。他从口袋里拿出手机瞄了一眼屏幕,上面显示的名字是韦德·弗莱明。

他把手机打开:"嗨,韦德。"

"嗨,戴维,"电话那头回应道。他的老板不想浪费时间在闲聊上,开门见山就问,"你听说过一个名叫帕特丽夏·斯旺森的辣妹吗?"

德什皱起眉头仔细回忆,"我不认识,"他说。他耸耸肩。"当然也有可能见过她但是我忘了。"

"那你应该没有见过她,相信我,你如果见过,你一定会记得的。"他语气笃定,"魅力四射,我的意思是她就像是杂志封面模特儿一样。"他最后还特别强调。

"好吧,"德什回答道,"我会记住你的话。那么她是什么情况呢?"

"她大概一小时以前到办公室来访,指名道姓要找你。"

"她说她认识我吗?"

"没有。她说她正在准备下个月去周边的几个旅游胜地度假,她觉得有一个人在跟踪她,所以想要雇个保镖。她说在我们的网站上看到你的照片和履历,就想让你来。我跟她说你这个月安排已经满了,并给她推荐了迪安·帕吉特。"从弗莱明的声音中能听出不同意的味道,"但她不同意。她就想要你,并且她准备多付费用也要保证能找到你。"他停顿了一下,"老实说,戴维,我觉得好像不是她被人跟踪,而是你被人跟踪。她很可能是一个被宠坏了又无聊的富家女,想要出门寻找刺激。

还有什么比引诱她的保镖更让人刺激的呢？肯定是看电影看多了。我有一种感觉，她来找你像是在找一个男孩玩偶而不是雇佣一个保镖。"他停了下来，"我曾经还想着告诉她你是一个同性恋者，然后我自己来接下这份工作。"他自嘲道。

德什摇摇头，脸上露出一抹笑容。吉姆·康奈利保证过会帮他安排行程，在他设计这个方案时也一定觉得好笑。但他在行动上确实没有浪费一点时间。

"那么我什么时候开始呢？"

"明天早上，如果你要接下这个活儿的话。"

"如果我要接？"

"我跟她说我需要你的同意。"

"是吗？这还是第一次呢。"

"听着，戴维，她很火辣哦，而我这里可不提供什么特殊的护送服务。我要你清楚地知道你能得到什么。我见过她，很难想象什么样的男人可以长时间抵御她的诱惑，不过也许她玩的就是这类游戏。"他停下来，"不过另一方面，她的付费很高，这也是合法的。有可能是你的三角洲部队经历让她着迷，而不是你照片里的亲切笑容。因为有这些疑虑，我不建议你接下这个工作。"

"谢谢，韦德。纵然引起了一个漂亮女客户的青睐会万劫不复，"他故意虚张声势地说，"那我也义不容辞必须亲自去完成。当然这是为了公司的利益考虑。"

"当然，"弗莱明淡淡地重复着，"你对公司的忠诚是史无前例的，戴维。我会用邮件发送给你任务细节，以及你在哪儿可以找到她，你就可以开始工作了。"然后电话里停顿了很长时间，"还有，我想让你知道，当其他人为了保护那些又胖又多毛的家伙而躲避子弹和激光制导导弹的时候，你却跟一个封面女郎躺在海边沙滩上，躲避危险的紫外线，和令人神往的美女陷阱。"

"不要这样说，韦德。我也是团队中的一员。"

"好吧，我也不想为你担心，戴维。"弗莱明冷笑着说，"记得要用好的防晒露，至少要 SPF30 以上的。"

"是个好主意。"德什笑着说。

"你知道真正让人不爽的是什么吗？"

"是她没有找你吧？"

电话那头发出咯咯的笑声。"除此之外，"弗莱明发自内心地说，"真正让人不爽的是这个月你有可能比其他人为公司赚更多的钱。或许我真的应该开展特殊护送服务了。"弗莱明停了一下，"自己小心，戴维，"他说着准备要挂电话，最后忍不住加了一句，"你这个幸运的混蛋。"

6

德什敲了敲那扇彩色木门，在门窥视洞下面和廉价的铜把手上，贴着"14D"的门牌号。他那天早上把笔记本电脑从公寓里的扩充口取了下来，一直小心翼翼地夹在左臂下。他穿着一件蓝色 polo 衫，外面一件棕色的风衣，遮住了他的黑克勒-科赫半自动手枪。一只更小的 9 毫米西格-绍尔手枪别在他的后背上，两把相同的匕首绑在两只小腿上。

琪拉·米勒与一群恐怖分子一起工作，他们会不惜一切来保护她的。这些人把她的生命看得比自己生命还要重要。如果德什妨碍到他们的事情的话，他们会很高兴有机会用钢锯锯掉他的脑袋。他离她越近，他就越危险。也许这样的防范措施还为时尚早，但为什么要去冒险呢？

德什听到公寓里面传来声响。

"是戴维·德什吗?"一个声音从门后面询问,声音只有德什能听得见。

"是的。"德什回答。

"是亚当·坎贝尔的朋友吗?"

"是的。"

德什的朋友亚当,是一个退伍军人,现在做私人侦探,德什昨天跟康奈利见面结束以后回到家里,就马上联系了亚当安排了现在的会面。

"你带定金来了吗?"

德什没有回答,从一个信封里抽出60张百元大钞,在猫眼上晃了晃。紧接着门后发出取锁链和打开反锁的声音,随后门被吱吱嘎嘎地打开了。

德什走进这间小且杂乱的公寓。屋子里有明显的生活气息,德什觉得打开窗可以有助于秋天清新的空气流进来。四台高端电脑趴在玻璃桌面的桌子上,通过像意大利面条一样的连接线相互连接。桌上还放着一个无线键盘,以及三台高清晰的等离子显示器。墙上挂着一个阅读板,上面写着:

黑客行动宣言:
我发誓使用我神圣的力量做好事,不为邪恶所利用。

除了这些,墙上还有一张大大的爱因斯坦吐舌头的黑白海报,整个生活区域由一张桌子,一个沙发,一个等离子电视和一个小厨房组成。

德什此刻仔细看着他面前这个男人。他叫马特·格里芬,长得虎背熊腰,身高至少有六英尺五寸,体重三百磅,留着浓密的棕色胡须和长长的卷发,几乎介于一个男人和一个猿猴之间。尽管他体型巨大，但他并没有散发出危险的气场，因此不会让人觉得压抑。他的身材和外貌很容易让人联想他像是个穴居人，不过他一开口就带着浓郁的常春藤教授的书卷气。德什将钱递给他，并耐心地等待他把那60张钞票数完。

格里芬憨厚地笑起来："好的，德什先生，接下来的一周我将为你服务，你需要我为你做什么呢？"

弗莱明行政保护公司有自己的电脑专家，但是德什不能利用他们来完成自己的神秘任务，他现在被认为应该是在梦幻世界里做着他的花花公子呢。马特·格里芬据说是这个领域里最棒的，他通常为企业客户做普通业务，但不时也会为私人调查者提供帮助，随时准备从事一些非法窃听甚至是无直接受害人的犯罪活动，但前提是他们的目的是正义的，比如是为了找到失踪的人或阻止暴力犯罪。德什的朋友亚当跟格里芬合作过多次了，对他的工作热情赞赏有加，格里芬对他的黑客行动宣言是相当的认真，他只跟他确保工作目的是正义的人合作。亚当已经跟德什确认过，并告知了格里芬他可以完全相信德什。

德什将他的电脑放在格里芬桌面上唯一空着的一个角落，这个大个子一直充满好奇地盯着看却一言不发。德什递给他一页打印的纸，上面有琪拉·米勒的名字，以及最后查到的家庭和工作地址，还有邮箱地址和电话号码。

格里芬快速地将这些信息扫了一眼。"神经科学联盟？"他以充满惊奇的口气问道，他在电脑显示器前的黑色皮革转椅里坐下。德什原地不动。"他们是为阿尔兹海默症研究治疗方案吗？"

"很好，"德什赞许地说，"你在生物科技方面的知识会很快得到提高的。"

格里芬摇摇头说："我其实对生物知识一无所知，"他接着说道,"因为我姑姑患有阿尔兹海默症,所以我一直比较关注了解可能的治疗手段。"

一直在关注。格里芬的维京人外貌跟他温柔高雅的说话方式显得有点格格不入,这让德什感到好笑。"我为你的姑姑感到遗憾。"德什说。

格里芬郑重地点点头:"你为什么不把调查的事情原原本本地告诉我呢?你跟我说的一切都不会传到这个屋子以外去。"

"好吧。这个案子需要绝对的保密,这至关重要。关乎你和我的性命。"德什眼睛一眨不眨,带有威慑地盯着格里芬的眼睛看了好长时间。"你是一个正直的人,"他继续说道,"但如果背叛了我的信任,后果将会非常、非常糟糕。"

"省省你的威胁吧,"大个子坚定地说,"说或者不说,你没什么可担心的。在这点上我是个有职业操守的人。我已经说过,你的信息在我这里是安全的。"

德什知道他自己除了相信这位大个子黑客以外别无选择。他又盯着格里芬看了好长时间,最终还是开始向他讲述关于琪拉·米勒在神经科学联盟工作期间,以及一年以前所发生的事情。格里芬在一个大叠纸上面潦草地做着笔记。德什没有提到恐怖分子以及瑞士银行,以琪拉·米勒在辛辛那提机场的神秘失踪来作为结束。

德什讲完以后,格里芬吹起口哨来,"真是令人兴奋,"他说道,"但也相当的棘手。"

德什注意到,格里芬并没有试图打探他为什么要独自去追捕一个被政府通缉的好几起事故的"变态杀手",这让他感到很赞赏。

"我准备这样开始,"德什说,"我想知道一年以前琪拉·米勒订阅了哪些专业期刊。我对她发表文章的那些期刊不感兴趣。我只想要送到她家里的那些。"

"你有她可能订阅的期刊列表吗？"

"我恐怕没有，而且很不幸的是，我上网查阅，发现她可能感兴趣的专业领域的科学期刊有多达成百上千种。"

大个子皱起了眉头："这样的话会需要很多的时间。如果你能告诉我期刊的名字，我就能查到她是否有订阅。但是没有办法从她的地址着手，反向查阅期刊。"他抬了抬眉头，"除非你想做一个小型的社会调查工程。"

德什很清楚他们这些黑客习惯这样委婉的说法。"你是说还是得从人那儿得到信息而不是从电脑上查？"

"是的。人类不可能仅靠电脑就做黑客。最好的黑客也最擅长从人类那里获取信息，这也是系统最薄弱的环节。"

德什看着格里芬说："好的，我懂了。"

"很好。"格里芬开心地说。他转动他的椅子面朝显示器，手指在键盘上飞快地敲打，打开一个又一个网页，德什就站在他身后欣赏他那键盘上的舞蹈。这四台昂贵的电脑，相互连接，以极快的速度在运行，格里芬的互联网连接线也是目前能买到的顶级的配置，包括了客户自定义功能。所有这些的结果就是，一个个充斥着数据、图片和图形的网页在超大的显示器上闪现，速度快到人的眼球根本来不及接收。

德什还没来得及阅读，格里芬就滚动鼠标通过嵌套菜单，点击了具体的选项。片刻之后，他在显示器上打开了好几个华盛顿警察局内部电脑文件。

德什喃喃自语道："你太令我惊讶了，你可以如此轻易地就进入警察系统。"

格里芬摇摇头。"你当然不行。他们的防火墙和安全系统是最先进的，"他解释道，"但我去年找到一个方法，如同开了一个后门，这样我就可以随时进入了。我还可以利用华盛顿警局的系统进入圣迭戈警察局的电脑，去查阅关于拉里·卢塞蒂谋杀案件调查的卷宗。"格里芬边说边点击电脑上的网页，一会儿之后，他就把那个文件找到了。他快速地浏览了一下文件，在笔记本上潦草地记下了几个名字、电话号码和日期。

格里芬做了一个深呼吸。"我想已经差不多了。"他信心满满地说。他拿起电话拨通刚才写下的数字。一个名叫吉尔的女人接的电话，但很快又转给了一个叫罗杰·特里普的人，他是一个邮政快递员，多年来经营着包括琪拉·米勒的公寓在内的邮政线路。

"你好，特里普先生，"格里芬说，"你现在有时间吗？"

"嗯，我正要出门去。"他说道，"你有事吗？吉尔说你是一个私家侦探。"

"是的，先生，我是鲍勃·加西亚。"格里芬看着他的笔记本说，"我跟马蒂·费曼侦探一起工作。你还记得在去年9月28日，费曼侦探曾经来询问过你关于琪拉·米勒的事情，当时我们正在调查一起自杀案件。"

"是的，我记得。"特里普小心地回答。

"很好，这次不会耽误你太多时间。我们现在还在调查这个案件，还有一个问题希望得到你的帮助。"

"我尽力吧。"邮政工人特里普说。

"好的。你是否有可能记得任何一份你曾经送给米勒博士的期刊的标题或者名字呢？那种学术型的专业期刊。"他解释道，"你知道我说的那种类型吗？"

"我想是的。"特里普说，对于警察为什么会关心这个问题没有表示任何的好奇。"是那种期刊，如果你懂我的意思的话。不是那种睡前浅阅读类型的。让我想想。"他停顿好长时间在头脑里回忆这些期刊。"《人类大脑图谱》,这是我记得最清楚的。还有,嗯,……《认知神经科学》杂志,不对的话也应该是类似的。还有,嗯,……《应用老年学》杂志。我不敢保证这些标题完全的准确,但我还是比较确信的。"

格里芬在他的笔记本上草草写下这几个名字。他对德什递了一个眼色,然后感谢特里普的帮助并挂断电话。

"非常好。"德什说,语气中毫不掩饰他的敬佩。他虽然打算从这些对琪拉·米勒来说不可或缺的专业期刊开始着手对她的调查,但实际上他不是很确定这是否可行。但格里芬已经在片刻之间解决了并且毫不费力。

"你是不是想说,相当的有效率?如果你具有获取信息的电脑技能,可以建立即时的可信度,比如把询问特里普的警官名字说出来,那么这个世界就在你的掌握之中了。一旦你取得别人的信任,他们就会告诉你想知道的一切。"

"确实如此,"德什高兴地说道,"谢谢你刚才那令人惊叹的精彩表演。"

"不用客气,"格里芬咧开嘴笑着说,"那现在我们要怎么做?"

"你可以进入各个期刊的用户数据库吗?"

"你那疑问的语气,对我简直是种侮辱。"格里芬说,"就像是问莫扎特他会不会弹钢琴一样。这就是为什么你要付给我高额费用的原因。"他补充说道,然后以奥林匹克冠军般的速度在各个图标和菜单里搜索。

"一旦你一开始,啊,莫扎特,"德什说,"我想重点关注九个月至一年以前,在线订阅三种期刊或者其中两种的那些人。因为琪拉·米勒有可能会这么做。"

"这需要点时间。"格里芬提醒说。他站起身走到他的小厨房,毫不费力地把餐桌旁边的一个大藤条椅搬到他自己的转椅旁。德什坐下来,继续欣赏地看着格里芬,他正以超人般的速度在处理多个屏幕和程序。

大约一个小时以后,他终于进入了几个期刊的系统内部,但对用户数据库的后续分析没有得到想要的结果。事实上,在过去的一年里,没有一个人在线或线下同时订阅过这三种期刊。

"是不是由于在躲避追捕,她决定放弃了这些期刊。"格里芬说道。

德什嘟起嘴巴陷入思考。他要找到她最好是想着她不会犯错。"好吧,马特。"德什说,"我们来尝试换一种角度看问题。我们假设她拥有跟你一样高超的电脑技能水平。"他开始说道。

格里芬听到这里来了兴趣。"跟我一样的水平?我的想象力是很惊人的,不过这样的话就有很多的问题了。"他眨眨眼睛说道。

惊人的想象力。德什为这个大个子的措辞再次感到好笑。"我不是不信任你的想象力,马特,"他转动着眼珠说,"这样说可能更简单些,假设是你在逃亡,而你知道有别的电脑高手正在疯狂地到处搜寻你。你会不会想到他们会调查你的在线订阅期刊,就像我们现在正在做的?"

"必须的啊。"格里芬立刻回答。

"那么,如果你还是想要继续拿到你需要的这些期刊,你会怎么做呢?"

格里芬想了想:"我会提交中转。"他思考了大概几秒钟就回答出来。"我会破解世界各地众多数量的互联网电脑的防火墙,利用它们作为中转,在我拿到那些期刊之前,形成一个错综复杂的路由网络。有了足够多的中转保护,我几乎是无迹可寻的。"

德什陷入思考。"那如果你甚至不想让调查者查到你在某处，并且还在继续接收期刊呢？"他说，"即使你无迹可寻。但是你想让所有人认为你已经彻底消失，或者以为你已经死了呢？"

格里芬几乎立刻回答道："如果是那样的话，我会进入这些期刊的系统，偷走这些订阅信息。这样数据库里就查不到用户信息，这样还可以不用付费了。"他说，"事实上，现在想想，我们现在所遇到的情形，很大可能就是这个原因。"

"为了省钱吗？"

"不，是为了抹掉一个身份信息。"

德什眯起眼睛，"我知道，"他说，"因为购买在线订阅的唯一方式必须要通过信用卡。"

"是的，"格里芬说，"所以，就算搜查不到你的购买记录，他们也无法查找你的踪迹，但你使用的假身份信息也会暴露的。"

"好的，假设她确实偷了那些订阅信息，你能追踪到这样的一个小偷吗？"

格里芬望着天花板，思考着这个问题的各个方面，最后他回答道："我想可以做到。"

"来吧，马特，"德什说道，"这样一个跟你一样有同样惊人天赋的人？对你来说应该是小菜一碟。"

"我会把它当做是个挑战。"格里芬说。

"很好，"德什说着，眼神里发出坚定的光芒。"因为我就是这样想的。"

7

马特·格里芬专注地解决问题，持续了一个多小时，其间德什一直在旁边关注每一步进展。将近午饭时间，德什提议买外卖来吃，格里芬欣然同意。大约半小时后，德什提着一个纸口袋，里面装着各种外卖盒，敲了敲门。

格里芬冲过来打开房门，布满胡须的脸上露出胜利的笑容："我做到了。"他得意洋洋地宣布说。

"太棒了！"德什说着，把手中的中餐袋子递给他，关上房门，然后急切地问，"你找到了什么？"

"你对她的判断是正确的。她很优秀，并且是超级罕见的那种。"

格里芬在他的电脑椅前面坐下，把食品袋放在旁边的地上。"如果她真的是生物科技专业而不是计算机专业的话，我认为今年的年度最佳新秀非她莫属了。"

德什一只手提起大藤椅，让椅子转向格里芬。德什坐下，全神贯注地听着格里芬滔滔不绝的解说。

"最后查到的结果是，这三份期刊都有大量的，怎么说，我们称之为贴现用户吧，他们也不太了解这批用户的情况。不知怎么的，考虑到这三份期刊的性质，这数量让我感到很吃惊。"

"你没有想到这种学术期刊的读者也会搞这种小偷小摸吧？"

格里芬点点头。

"没有什么能再让我感到吃惊了。"德什冷静地说，"那么，你是怎么排除其他人并找到她的呢？"他进一步询问，不想让讨论偏题。

"大概十个月以前，有两份杂志被转移订阅到相同的邮件地址。这三份期刊的其他被盗订阅都没有相同的签名地址。"

"干得好。"德什称赞道，"那么告诉我不好的消息吧。"

"你怎么知道有不好的消息?"

"事情总是不那么容易的。"

格里芬笑了笑:"事实证明你总是对的。这是一个死胡同。她比我想象的要狡猾得多。订阅期刊通过一个像电脑迷宫一样的路径传输。即使是比我更厉害的人,如果真有这样的人存在的话,也不可能追踪所有的服务器来找到她的电脑。"他咧嘴补充说道。

德什皱起眉头:"至少我们知道了她还在活动。"

"而且还在保持跟进最新的研究。"格里芬说。

德什朝着那袋食物点点头,说:"先吃点东西再继续吧。"

格里芬走进厨房,拿出两个很大的塑料叉子和两个最大号的盘子,那是德什见过的庞然大物,每个盘子上都印有漂亮的橙色和黄色的花卉图案。他递给德什一个叉子和盘子,然后把两份腰果鸡丁连同一份米饭一起倒进自己的盘子里。德什为自己的盘子里盛了一些牛肉和西蓝花,然后开始吃起来。在将食物塞进他那巨大的肚子的同时,格里芬还在继续浏览电脑网页。

"你已经干得很好了,马特,"德什说。"我们已经取得的进展比我的预期要快得多。但我想我们只能到这儿了。"

"那现在该怎么办,有什么想法吗?"

德什若有所思地点点头。"事实上,是的,我们不能通过所有的服务器来追踪她,但我们是否可以利用这些服务器来联系她呢?"

格里芬抬起眉毛:"这个想法很新奇。"

"是吗?"德什说。

"是的。这很简单。只需要说出你的信息我就可以发送出去。"他很有信心地说道。

德什举起一只手说:"现在还不是时候。首先先要去会会她。先发一些跟踪软件，让她去监测和破解的。"

"什么目的呢？"

"让她明白有人已经解决了她留下的谜题，并正在搜寻她。"

"你确定这是个好主意吗？这样就等于是提醒她。还有，可能会激起她强烈的兴趣，想要尽可能找出对手是谁。如果我是她的话，我会把信息反馈给对手。"

"这正是我想要的。"德什说着露出一丝笑容。他站起身，把他的黑色笔记本电脑从格里芬的桌子一角拿起来。"我想要你在我的电脑上把这些设置好，这样，当她发回跟踪信息的时候，就会找到我的电脑。"他停顿一下，"假设她不知道我的身份，以及我正在搜查她。当然我也不会排除这种可能。"他小心翼翼地说，"设置一个软件，可以观察所有的侵入以及记录可能的来源。我还想你植入一个追踪器，如果她真的入侵我的电脑，追踪器可以锁定她的痕迹然后反向追踪到她。"

"她一定能想到这点的。我会给你植入一个红鲱鱼让她去发现，和一款更微妙的跟踪程序，但我担心可能瞒不过她。"格里芬耸耸肩，"不过值得一试。"他还是肯定地说。

德什也并不指望一个追踪程序能起到什么作用。这并不是他的真实计划。他没有告诉格里芬，他计划用他自己的电脑来引诱琪拉·米勒，以此来慢慢接近她。他有可能会逼她出手。如果她真的相信他足够娴熟快要找到她并对她造成危险，就很可能会上钩主动来找他的。这是他从北卡罗来纳州开车回来的那段时间里想到的最好策略。如果你不能给穆罕默德搬来一座山，那就只有向山走过去。

德什把他的笔记本电脑递给格里芬，然后仔细地看着这个大个子像变魔法一样地下载程序，在系统里布下陷阱。

仅仅十分钟左右,格里芬的脸上出现了苦恼的表情。他看了一眼德什,什么都没说,继续用鼠标和键盘又操作了几分钟。最后,他终于停下手里的工作,焦虑地看着德什的眼睛说:"我恐怕你的计划行不通。"他淡淡地说。

德什一脸茫然:"为什么呢?"

"因为你之前说对了,她已经知道你在追查她。"

"你是怎么知道的呢?"

"因为她已经侵入了你的电脑,"格里芬平静地说道,"就在昨天晚上。"

德什感到胃一阵痉挛:"你肯定吗?"

"我想是的。我已经确认了两次。她通过你的防火墙入侵了你的电脑,下载了所有她需要的资料。"

"你说的'所有'是指的什么?"

"我是指所有的一切。她对所有资料进行了拷贝。你的硬盘,邮件记录,所有东西。"格里芬回头看着电脑显示器,难以置信地直摇头。"不得不承认,她真的有跟我一样的水平。"他说的时候,语气中有了那么一点点正视的意味。

8

马特·格里芬在德什的电脑上操作了几个小时,最终却一无所获。琪拉·米勒就像是戴了一双手套进行这次盗窃行为,没有留下任何指纹或者 DNA。

但格里芬却发现她为自己设计了一个后门,以便她自己可能再次进入他的电脑检索他的数据和信息,这样就不用考虑别的附加安全性问题。

康奈利的怀疑很有必要。在美国陆军特种作战司令部也有一个漏洞,大到可以让超级油轮通过了。是否因为有间谍还是其他不清楚的原因，但这是唯一可以解释琪拉·米勒如何在德什本人之前就知道他会加入这项行动。非常棘手的是，她总是先他一步。如果不是格里芬在他的电脑里装入复杂的跟踪软件，德什很可能永远都不知道他的电脑已经被人入侵了。

琪拉·米勒肯定也进入过德什之前那些人的电脑，只是他们都没有发现而已。如果他们发现了这个情况，康奈利一定会提醒他的。既然她可以随意进入他们的电脑，那就难怪他们找不到她了。如果在对手搜捕你的时候可以获知他们的一举一动，那么躲避被追捕很容易做到。

德什知道他自己几乎是裸奔了。但他也已经很幸运了，一旦琪拉·米勒被发现，进入她的电脑就在他的掌握之中了。他想引诱她进入他的电脑，然后给她错误的信息，他现在就有了这样完美的不用怀疑的渠道了。他指示格里芬保留了唯一的这个后门入口。

现在，德什持续他的追查，他需要好好设计一下这个陷阱的细节。他知道需要耐心。她想不到仅在一两天之内他就已经接近她了，因此他可能需要多等一段时间。他应该把陷阱设计得更好一些以获取更大的进展。他离她越近，发现的线索越多，就应该把他的误导信息设计得越具有迷惑性。

德什回到他位于华盛顿中心的高层公寓里面。他选择这里是由于这里的位置和交通便利的优势。尽管他白天在外的工作无法与三角洲部队的训练相比，但他仍然需要保持优秀的体格。

这个高档的公寓显得有点狭小，不过他不在意。他现在一个人，不需要太大的空间，而且他大多数时间由于工作而四处奔波。在他决定新的人生目标和追求之前，省钱比那些多余的面积更加重要。他的公寓很整洁，但由于他太忙太麻木没有将房间摆设得更个性化。他的艺术品位不拘一格，从现实弯曲、埃舍尔不可能的结构，到达利的超现实主义，以及莫奈的宁静印象派，他最喜欢这几位艺术家的几件复制品用棕色的纸包好藏在他的衣柜深处，也暗示着他的精神长期处于被压抑和削弱的状态。不过，他最爱的还是书，这些年来他已经积攒了成千上万本书。他喜欢被一排排书架包围的感觉，能给他带来极大的乐趣，虽然有的书甚至没有打开过。

康奈利很了解他。在去伊朗之前，他就考虑要离开部队，在做艰难取舍。一方面，他割舍不了在三角洲与队友们建立的友谊，以及他们所从事事业的重要性。他的工作挽救了数以万计的无辜生命，免于来自脏弹、神经毒素和火车脱轨之类所带来的痛苦和死亡，有些时候儿童会成为计划袭击的主要目标，这是完全不合情理的。大部分西方人浑然不觉，激进社会的未来是完全没有保障的。德什身处前线，亲眼见到那些狂热分子威胁声称要把世界倒转到一千年以前。他在帮助打败一个严格而具破坏性的意识形态。这场火焰必将席卷全球，如果任其发展，文明终将被摧毁。

他也曾梦想着有一天能平静下来，想象着成为一个父亲，经营一个家庭。如果他仍留在三角洲，这都是不可能的。他总是漂浮不定，由于工作任务常常被派到海外，并且他的工作不能告诉任何人，包括未来的妻子。婚姻是两个生命的互相分享，而他却不能兑现他这部分的承诺。如果他有了孩子，那么他每一次离开家的时候，都不由自主地想这次爸爸还会回来吗，或是被大卸八块装在袋子里回来，那他的孩子就没有父亲了。他们未来的生活会变成什么样子呢？答案是，没有生活了。他甚至想都不愿意去想。

但现在他没有理由不去寻找一个妻子和家庭了。他已经不在部队里了，而且甚至很快也不会再参与类似行政保护之类的危险行动。由于他独处的时间太长,德什对自己发誓,一旦他完成了这最后一次任务,他一定要找到一个方法来超越伊朗发生的事情,让自己的生活重新开始。

他翻遍了离他不远的空冰箱,找到的剩余食物仅够做一顿晚餐。然后他花了几个小时的时间,重新熟悉他笔记本电脑里的内容以及他的列表里面成千上万的电子邮件。他需要知道琪拉·米勒已经盗走的所有内容。

最后,他在客厅里一把很舒适的椅子里坐下,重新开始阅读他的猎物档案。他知道在事情结束之前,他可能会把这份档案看上百遍。每看一次,他对她的了解越来越多,他会从这些材料里得到稍微不同的角度和一些全新见解。

德什的手机震动了一下,这时的干扰让人觉得超级不爽。他把手伸进口袋里拿出手机,看了一眼屏幕。上面显示的是来自马特·格里芬的一条信息:

> 找到了对你很关键的信息。速来找我。不要打电话。电脑、墙上、手机,都有可能被窃听。

看到信息以后德什瞬间进入高度警觉的状态。格里芬找到了一些很重要的东西,并且他觉得琪拉应该不止是突破了德什的电脑而已。也许是格里芬过于紧张了,也许不是,不过德什相信他。他从一开始就喜欢上了这个友好的黑客,而他的行动也证实了他的声望是当之无愧的。

现在是时候看看他的电脑专家是否值得他的那份工钱了。

德什像往常一样把自己武装起来,穿了一件牛津衬衫和风衣,然后赶往格里芬的公寓,他的思绪跟他的巨无霸一样飞速运转。道路很通畅,但即使如此路程时间也应该需要四十五分钟。而德什只花了刚刚四十分钟。

德什大踏步快速通过格里芬公寓里那散发着霉味的走廊，他感到胃里像有蝴蝶在扑腾，他太想知道这个大个子到底发现了什么。他走过几道门，终于来到14D的门前。他敲了敲门，然后等着，眼睛盯着猫眼好让格里芬能快速辨认身份。

他等着格里芬像之前开门时那样解开锁链打开反锁，但是取而代之的是门把手被旋转。在这个行业里多年的经验已经训练了他的潜意识，在遇到突发情况时都要提高警惕，不管这个事情是多么的细微，甚至在他的意识都还没有弄清楚原因之前。他立刻警觉起来，这时一个女人从门后出现，一把手枪对准他的胸膛。

由于提前料到麻烦，他挥出右手企图打掉那把手枪，同时身体朝侧边倾斜而缩小了受攻击的面积。但在他向前的同时，他意识到这个女人已经料到他的动作，因为她已经迅速向后移动。在后退的同时她开了枪，虽然她迅速撤退，但手臂因为要避开德什的用力一击而歪向了一边。

如果手枪里面有子弹，那德什这天就赢了。不管她的动作多么迅速敏捷，由于他的干扰她只击中了他的大腿，就算是身负这点伤，他还是可以轻而易举地在短时间里制伏攻击者。

但她射击的不是子弹，而是电流。

用电击枪，射中腿和射中胸的效果是一样的。跟子弹不同，两个电极镖从她的枪里飞出，像尼龙扣一样贴在德什的裤子上，在瞬间释放出强大的负载电力。那强大的电力完全压倒了大脑控制肌肉发出的微小电波，使他抽搐，摔倒在地板上，完全失去知觉。

在攻击者从门后出现的那一刻，他就知道只可能是一个人，琪拉·米勒。

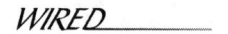

一个模糊的意识掠过德什混乱的脑海，但他的身体却完全无助地躺在地板上，而这个世界上最危险的女人之一正平静地站在他的旁边。

第二部分　面对面

9

德什隐约感觉他的大腿、手臂和躯干都被重新定位，身体像一百八十磅的水泥袋那样被拖动着，然后他听到公寓的房门轻轻地关上。他从眼角看到她。她提着一个巨大的有三层拉链的旅行袋。头发比他看到的照片里要长，并且还染成了金色。她戴着一副黑框眼镜，身穿一件太过宽松而有点笨拙的衣服，这样的穿着让她看起来至少重了十磅。尽管脑袋昏昏沉沉的，德什还是对她那简单而有效的伪装效果印象深刻。如果不是有理由怀疑她就是琪拉·米勒，在人群中是很难将她辨认出来的。

马特·格里芬倒在不远处的地毯上，没有意识，也许情况更糟。

袭击德什的人知道他的昏迷只能持续大概五分钟，她一刻不停地忙碌着，就像旁边有个计时员在给她掐表。她迅速脱掉他的风衣和手表，快速地搜查他的全身，一寸地方都不放过。她很快就发现了他的两把手枪和匕首，并且很娴熟地连同肩套将这些装备全部解除。

做完这些，她从行李袋里拿出一把不锈钢的剪刀，快速地把德什的衬衫和底下的白背心都剪开，把两件衣服都解开放在旁边，又从一旁的袋子里拿出一件灰色的运动T恤。她就像给婴儿穿衣服一样，给他从头上套一件T恤，把两只手穿好，动作非常敏捷但缺少耐心和温柔。最后，她从袋子里拿出很多白色塑料带子，大多两到四尺长度。

德什立刻认出这些细带子，那是塑料手铐。这种塑料手铐，也叫做拉链条，要想打开这种手铐只有剪断这种硬化后注塑的尼龙塑料，而这是非常困难的事情。

她把德什的右手拉到尽可能远的距离，用还可以弯曲的塑料带子绑住他的手腕，并且把它拉紧。然后她又把格里芬笨重的左手拉近德什，用一条长的塑料手铐把这两个男人捆在了一起。

做完这些以后，她迅速退后十五英尺距离，显示出对德什的训练和能力表示出极大的重视。她很聪明，又很谨慎。即使是速度最快、技术最好的街头霸王或者武术家也很难做到在保持距离的同时解除对方的装备。除此之外，她把他跟一个几乎不能挪动的壮汉绑在一起，马特·格里芬的体重有三百磅。德什终于可以放心了，他注意到格里芬在轻轻地呼吸，说明至少他还活着。不管怎样，到目前为止，她的策略都是无懈可击的。

随着电击枪的效果慢慢消退，她拿起一张纸，纸上面她用黑色的马克笔以大写的黑色字体写下一句话：

说一个字，哪怕呼吸太大声，我都会用子弹打穿你的脑袋。

她把一个手指放在嘴唇上强调这一点，又意味深长地对他指了指他的枪。然后她又拿起第二张纸：

如果明白就点头。

德什小心地点点头。从她的眼神中，德什相信她能做到。

她拿出第三张纸，这些都是已经准备好了的，说明她早已以军事行动般的精准计划了她的这次袭击。

把裤子脱了。平躺，完全一丝不挂。不要说话，不要发出声音。

德什把鞋子踢掉，然后很笨拙地脱掉袜子、裤子和内裤，这是一项艰巨的任务，因为他是仰卧在地板上，又跟格里芬绑在一起，因此他像是从水里跳出来的鱼在扑腾，扭曲得像个马戏团小丑。

德什全神贯注地思考着如何应对眼前迫在眉睫的威胁，无法去关注对裸体这件事情而产生的本能反应及羞辱感，但人性往往是在裸露的时候更加脆弱，他当然也不例外。

琪拉扔给他一条灰色的运动裤，刚好跟他身上穿的这件T恤是一套，她点头示意他把裤子穿上。他欣然接受。她好像不大喜欢他之前的穿着品位，现在耐心地看着他重新穿上裤子。德什由此得到一丝安慰，如果她计划在公寓里就解决他的话，那他穿什么根本不重要。不过他想起了杰弗瑞·达默，而且他意识到对于她的行为和动机作任何的猜测都是危险的。她的想法只有她自己知道。

他穿好裤子以后，她从包里又拿出一双真皮休闲鞋扔给他，他设法把鞋子穿在脚上。鞋子刚好合脚。当然了，他曾经在网上买过好几双鞋，她肯定是已经看到过这些订单的确认邮件。

她接着陆续扔给他三条塑料手铐带，一条接一条，他一语不发把这些塑料手铐捡起来。然后她又拿出另外一张纸。

每个脚踝绑一个，用第三个把这两个绑起来。

德什花了几分钟时间，按照她的要求去做。他的脚现在被三条塑料手铐连接在一起，两脚之间只有大概十八英寸的活动距离。

琪拉示意他翻身面朝地面，并将他的手臂反向后背绑起来，他发现也只有这样才行，因为他还一直拖着格里芬的手臂。她一只手用枪指着他的头，另一只手去拉他手腕上的塑料手铐拉索，使得塑料手铐更紧，快要陷进他的皮肤里了。

现在德什的双脚相连，手腕也在身后套得死死的，于是琪拉用他的刀将他与格里芬松开，然后迅速回到了安全距离。德什注意到她的动作敏捷而又轻盈。

琪拉示意德什站起身，而这对德什来说是相当有难度，他跟跟跄跄地站了起来。她打开房门，检查了一下走廊，然后引导他走出去。由于他的两脚之间只能移动很小的距离，他被迫以小碎步快速交替的方式行动。琪拉跟在他身后距离大约八英尺，她的枪藏在宽大的外套下面，枪口一直没有离开过目标。

现在已经超过深夜十点钟了，走廊里没有一个人。从格里芬的公寓出来，在出口处停着一辆租来的大型福特轿车。德什慢慢挪向汽车，琪拉按了一下遥控器按钮，汽车的后备箱打开了，里面什么都没有。

琪拉示意他爬进去。

德什痛苦地皱起眉头，还是弯下腰，先把头伸进后备箱里，然后把身体蜷缩起来成一个弓形，蜷缩在这个狭小的空间里。

在他全身进入之后，琪拉一刻不停，立即以一个连贯而娴熟的动作关上后备箱的车门，德什则陷入完全封闭和令人恐怖的黑暗之中。

10

琪拉·米勒驾车行驶了大概90分钟。后备箱里的空气开始变得沉闷，随着时间过去越来越糟糕。中间有一段行驶得很平稳，大概是在高速路上行驶，也有一小段路，德什被颠簸得很剧烈，全身被划伤几处还有一些瘀青。终于，在德什觉得快要到末日的时候，车子停了下来。一分钟之后，后备箱门再一次弹开了。

"出来！"琪拉低声发出指令，以一个旁观者的姿态尽量防备着德什。她一手拿着电击枪，另一只手拎着他的黑色行李袋，显然没有打算去帮助他。

"退后，脚先出来！"她指示道，"不要出声。要注意，否则你就没命了。"她威胁道。

他像那样被绑住，而且还被捆得那么紧，实在需要很巨大的努力才能做到，不过他最终还是设法完成了指令。他们此刻在一个破旧的汽车旅馆前面，这个旅馆只有一层楼，它的建筑形状像一条蛇围绕着一个停车场，形成了一个矩形的三边。这栋楼年久失修，停车场的外部照明明显不够。

琪拉将车直接停在一个房间的门前，紧接着指引德什走进去。他们一走进房间，一股发霉的恶臭扑鼻而来，同时还伴有经年累月的积累和发酵形成的烟熏和陈旧的味道。打开房门是一个小小的走廊，大约只有五英尺长，洗手间就在右手边，跨过走廊便是客房，大得有些意外。房间里唯一的一扇窗户上挂着艳丽的窗帘，褪色的床罩下还留有烟灰烧过的痕迹。这间房是前后两间中的一间，而不是那种左右并排的房间。后面的墙上有两扇薄木板的门都被打开了，里面一个窄窄的通道连接着两个相对独立但完全相同的房间。显然琪拉已经把后面两个房间也都租了下来，但没有打开后面那间房里的灯。

"倒到床上去。"他们一走进房间，琪拉就发出指令，"背靠着床头。"

德什按照指示爬上那个宽大的床，琪拉拿出一个塑料手铐打成一个圈绕过床头外侧的那个木桩，然后穿过德什手上的那条塑料手铐。

床头旁边的小茶几上有一个台灯，照亮了整个房间。琪拉用一根细细的绳子把灯线连接起来，绳子的另一端绑了一个套。她提着套索走到房门前，把套索绑在门把手上并把它拉紧。灯线被绷紧，但台灯插座还是插在墙上。她一定事先仔细测量过距离。紧接着她迅速而专业地在进门走廊处牵了一根引线，大概离地一英尺的高度。

做完这些以后，琪拉从包里拿出一个最先进的热成像眼镜戴在头上。然后她又拿出一件黑色的连身衣，这件衣服的材质很特别，有些部分看起来是透明的，她把衣服穿在身上，拉好拉链，于是她的整个身体从下巴以下的部分全部都包裹起来。接着她来到二十尺以外的一个木椅旁，将它挪到从门口看不到的地方。她所有的行为都是以军事化的效率在计划和执行。

在准备工作就绪以后，琪拉把她的黑框眼镜扔进行李包里，坐在椅子里，然后将视线转向了戴维·德什。

她发出一声沉重的叹息："你还好吗？"她似乎是真诚地关心。

德什的脸上出现一种不可思议的表情。所有这些之后，这就是她对他提出的第一个问题吗？为什么假装关心他的评价？"把我带来这里做什么？"他问道，显然现在的对话不是执行死刑之前的谈话。

她皱起眉头，语气中带有遗憾："我要跟你谈谈。我要你相信我不是你认为的坏人。我是无辜的。"

德什大吃一惊："无辜的？你真幽默！你刚才还说'安静，不然就打穿你的脑袋'，之后一连串精彩的绑架举动，而现在你说你是无辜的。"

德什之前一直不知道将要发生什么，也许是折磨或者威胁，但"无罪申明"肯定超出预料之外。他现在完全任她摆布。难道她是想要试图对特种部队老兵进行定力检验？

琪拉的眉头皱得更紧了："听着，刚才对你所做的一切，我真的很抱歉。真的迫不得已，请相信我。我并不想给你留下这样的第一印象。但不管怎样，我是无辜的。"

德什哼了一声："你觉得我会蠢到相信你的话吗？"他说，"你用差不多可以照亮整个百老汇的电流把我电晕，一再地威胁我的生命。你害死了马特·格里芬。现在，你把我绑在床上，还用枪口对着我。"他摇摇头说，"我不明白作为一个无辜的女人做这些对你意味着什么。"他以尖刻的语调说完。

"我可以向你保证，你的黑客朋友是安全的。我只是让他进入了非常有效的睡眠模式。他明天醒来会感到多年来无比的清醒。"她又说道，"但他不会记得发生了什么。说到对你的特殊关照，我不得不如此，只要给你一点点自由，你就会对我造成危险。这是我唯一的选择。"

"你怎么知道的？"

"你站在我的立场想想。如果你想跟一个人进行一场善意的对话，而这个人已经先入为主地认为你是恶魔的化身，并且他还有特种部队的训练经历同时还一直被监视，你会怎么做呢？"

德什忽略问题，问道："你为什么会认为我被监视了？"

"因为康奈利背后的人不会放过任何机会和手段来抓到我，"她说得斩钉截铁，"而且并不是你以为的理由。"她补充道，"你真的相信他们会放手让你自己去干吗？就只是这样吗？我对他们来说太重要了。对这点我确信无疑，你从接受这个任务开始，他们就在监视你的一举一动了。"

德什抬了抬眉头。"康奈利背后的人？"他重复说道。

"康奈利只是这场游戏中的一个小小的棋子，跟你一样。"她直截了当地继续道，"拉他下水的人就是跟踪你的那些人。"

"如你所说,如果他们在跟踪我,那么为什么我被绑架了他们还没有出现呢?"

琪拉摇摇头,平静地说:"他们没能追得上你。你太训练有素,即便他们派出两到三辆汽车跟着你,你还是会发现他们,这样就会出岔子了。"她停顿下来,"除此之外,这也是人力的浪费。他们估计你找到我得花上几周的时间。所以远程监控就足够了。"

"我知道了,"他半开玩笑地说,"我猜他们在我的内裤里装了微跟踪器。"

轻松的笑容浮现在她的脸上:"我不得不说,这是不大可能的,"她不好意思地说,眼睛里闪烁着取笑的眼神。"但我不能无视他们。我一向行事谨慎,而且到目前为止都行之有效。"

德什感到自己被她那炽热的眼睛和纯真的笑容所吸引。琪拉自然散发的魅力和身上的吸引力比他第一次看到照片时所感觉的还要强大,足以消解人的警惕之心。她的特点是温柔得不能再温柔了。尽管穿着笨重的衣服,她的动作还是轻盈敏捷,她的声音柔软而带有磁性。她的睫毛长长的,下巴和颧骨立体精致。她那大大的蓝色眼睛热情而富有表现力。

德什强迫自己眨了眨眼睛,清除了她带给他的短暂迷惑,他对自己对她产生了除厌恶以外的感觉而感到生气。"你在格里芬的公寓大费周章,保证绝对的安静。你认为他也被窃听了吗?"

她叹了口气:"我恐怕是这样。"

"他们怎么会知道去窃听他呢?连我自己也是仅仅在36小时之前才知道他的存在。"

"他们监听了你的手机。在你约好跟他见面之后,他们立即在他的公寓里布置了监听设备。再说一次,我不确定他们是否这样做了,但我是在这样的假设下行事。"

"那么是你发的短信,引诱我回到格里芬的公寓吗?"

琪拉点点头。

"干得漂亮。"他说着露出厌恶的神情,而这种厌恶是对自己的——怎么能这么疏忽大意呢?他在批评自己,但也意识到是琪拉·米勒的魄力使他犯了这个错误。她行动一直先他一步,很有可能在他接受这个任务之前就开始了行动;她有惊人的速度和果断的策略;她运用他以前从未见过的手段完全误导了他。

德什以为她会幸灾乐祸,但她却屡屡表达歉意。

"按照你的逻辑,"他说道,"你完成了一次非常成功的无声绑架。我的衣服、手机、汽车以及武器都丢得远远的。没有任何东西可以被监听或者跟踪了。"他头转向房间的门那边,"那么这个引线和其他的防御措施又是为什么呢?有谨慎为上的原因,也有不合理性。"他指出道。

"他们会跟踪到我们这里来的。如果我们运气好的话,等他们到的时候,我们或许已经走远了。但反过来,如果他们运气好呢,我必须得作好准备。"

"你认为他们的运气会是怎么样的呢?"

"他们迟早——我希望能晚一点——会发现你的汽车、衣服还有别的,不管什么啦,那些导航装置在一段时间里都没有移动。他们会跟踪到格里芬的公寓,发现你已经不在那儿了。在你拜访格里芬之后,他们可能通过卫星监视他那栋楼的停车场。如果他们运气好捕捉到了我驾驶的汽车图像,这会大大加速他们的搜寻工作。"琪拉停顿一下,"我只是希望他们在我完成我的计划之前不要来打扰。"她说。

"哦?"他抬起眉头,"你的计划是什么?"

她凝视他的眼睛好几秒钟,叹了口气,最终很认真地说:

"我要你跟我联手。"

11

德什目瞪口呆地坐在床上,过了好几秒。透过旅馆薄薄的墙壁,隐约可以听到远处传来的汽笛声。

最终,他摇了摇头。"你可以省省时间了,"他皱起眉头说,"去做你该做的事情吧。在任何情况下,我都不会与你成为搭档的。"

"鉴于你已经掌握的信息,这真是一个值得让人敬佩的决定。"她冷冷地讽刺道,"但如果对你来说都一样的话,我会尽力一试。我再说一次,你手里关于我的报告是捏造的。"她深深叹了口气。"但那些傀儡主子有他们的权力。他们操纵的一些事情给我澄清自己制造了很大麻烦。"

德什带着疑问抬起眉毛。

"他们是不是告诉你,我是一个绝顶聪明的精神病患者,一个大师级别的操纵者,是那种会砍掉你双手双脚的那种人,并且还能以优异的表现通过测谎仪,是吗?"

德什没有回答。

"他们说的这些使得我的话变得可疑。我说得越合理,就越是容易被怀疑,因为你已经先入为主地相信这一切都是我预先设计好的。"她沮丧地说道,"你有没有在电视里看过信仰治疗师?"

德什点点头,思考着她到底要说什么。

"有一个人搜集了其中一个信仰治疗师的视频证据,显示这完全是个骗局。信仰治疗师有同伙在搜集线上等待者的信息,然后把这些信息通过隐蔽的耳机传递给他,使他看起来掌握有神圣的知识和能力,诸如此类的方法。"她停顿一下,"当那些虔诚的追随者看到那个录像的时候,你知道发生了什么吗?"

"他们不再虔诚地去追随那个治疗了。"

"这是合理的推测。但现实不是这样。他们有了比以往更多的追随者。他们声称那些证据都是伪造的。那是撒旦要摧毁一个伟大的人。"琪拉摇摇头,"如果你真的相信你面对的是谎言之王,那么不管有再多的证据也无法改变你的想法。"她叹口气,脸上掠过疲惫的神情,"我只是希望这种情况不会发生在你身上。"

德什在纠结中皱起眉头。"为什么你希望我不会?"他又进一步问道,"你为什么要在意我的想法?即使你可以说服我跟你合作,那我又能为你做什么呢?你有 IS 或者基地组织听命于你啊。"

"你能不能至少试着想想这种可能性,我不是他们说的那个样子。"她几乎咆哮起来。"我跟恐怖主义没有一丁点儿关系。"

"你的净资产也是假的吗?"

"不是。"

"那么就算你说的是实话,你还是可以雇佣很多保镖或者雇佣兵,想要多少都可以啊。"

"是的,我可以这样做。但我很值钱,有太多人来追捕我。我从来都不相信那些人,在这方面我是吃过亏的。"然后她指了指德什,严肃地说道,"而你,却恰恰相反,你做事出于正义的动机而非物质奖励。虽然你从事的是暴力行业,但你是一个正直而有同情心的人。除此之外,你有非常独特的个性、哲理和一系列的天赋才能。"

德什抬了抬眉毛说:"这是你把电脑里的信息综合起来的人物特点速写吧。"

她会意地笑了笑。"在读了几百封个人邮件之后，你会惊奇地发现你能够迅速掌握这个人的特点。但你的电脑并不是我的第一步，而是我的最后一步。现在只要你知道对象和范围，通过电脑可以得到所有你想要的东西。你的大学记录，大量的军事记录和评估，你在网上购买的书籍种类，等等，一切东西。"

"包括精神评估？"德什责难地补充道，他想起他的队伍在伊朗覆灭以后的那段时间里，他的精神状态完全暴露在部队精神病医生面前。在她所侵入的所有记录当中，这个是对他的隐私最大的侵犯。

琪拉垂下眼睛，不安地点点头。"我很抱歉，"她轻声说道，再次表现了完全的诚意。"从你被指派任务起，我就研究了所有我能得到的关于你的资料，来了解你的个人信息。当然也包括那个，我不想骗你。"她抬起眼睛，再次与德什眼神相遇，"我也曾经以同样的方式彻底研究过所有康奈利派来的其他人，但是他们都不是我想要的人。"她朝着德什俯身，"而你是，我很确定。"

德什的嘴角露出一个微妙但带有讽刺意味的笑容，但他摇摇头，很明显还是不相信她的话。

"我知道，我知道，"她沮丧地说，"说奉承话也是一个操纵者惯用的手段，你是不会买账的。但不管怎样，这就是事实。"她停了一下，"你看，戴维，你自己也说过，我用对你的方法可以轻松招募到其他人。"

德什沉默不语，刚刚她叫了他的名字，这让他有点不舒服。

"那我为什么要选择你，还要如此大费周章绑架你，并且将自己陷入这样的危险当中？我完全可以叫一个雇佣兵或者我的一个恐怖分子朋友来替我操办，我只需要一个电话就行了。"

"我猜，"他带着怀疑地说，"是因为我有特殊的素质。"

琪拉皱了皱眉头，无可奈何地说："我知道这很不容易。但我能想到唯一可以取得你的信任的方法。待会儿我会告诉你一切，然后取掉你的手铐，并把我的枪给你。如果这样还不能表示我的诚意，那就没有别的办法了。"

德什没有回应。她在试图给他错误的希望以放松他的警惕，打消他逃脱的念头，但这对他没有效果。他只相信他自己看到的。同时，他仍然坚信如果他不逃跑的话，他就只有死路一条。

不过，他还是忍不住对这意外的对话产生了兴趣。"好吧，"他最终开口说话，假装相信了她，"我们成交。你尝试各种努力只是为了说服我，现在告诉我你的所谓的真相吧。"说着，他拉了拉他的手铐痛苦地说，"你可以把我当做是一个忠实的听众。"

她此刻脸上的表情充满懊悔，对于将他如此难受地捆绑感到抱歉。她的身体语言也是完全的真诚。而德什却认为她是一个演技高超的演员，其优秀程度跟她的生物学家身份一样。

"你得到的关于我的童年和学校经历是正确的，"她轻声说，"除了我的父母的确是死于交通意外，那个跟我没有一点关系。"

"报告里没有说是你做的。"

"但你是这样认为的，不是吗？"

德什保持沉默。

"你当然会这样想。"她会意地说。

"我们是要继续讨论我的想法，还是你继续说说你的情况？"

琪拉叹了叹气，"你是对的，"她有点不开心，努力地在集中自己的注意力，然后继续说道，"在学校时我非常出色，后来我发现自己在基因治疗方面有天赋。这个领域的很多人都说我有那种几十年难得一见的洞察力和直觉。随着时间的推移，我自己也开始相信了。事实上，我开始认为我真的可以改变世界，可以对医学产生重大的影响。"她稍作停顿，"但要产生影响的关键在于要选择一个正确的问题来解决。我从一开始就想要解决最具挑战的问题，这听起来冠冕堂皇，"她又说，"如果你是达·芬奇，你就应该为世界做名著而不是卡通画而已。"

"让我猜一猜，"德什说，"你是不是要告诉我，你选择的项目跟生物武器没有关系。"

"当然不是，"她不耐烦地说，"我决定要解决终极问题，其解决方法可以解决其他所有的问题，医药的或是其他方面，例如孩子的游戏。"她那双蓝眼睛在微弱的灯光下闪烁，"能猜到是什么吗？"她挑衅地问道。

她充满期待地望着他，显然是希望让他自己得到答案。在他认真思考的时候，她耐心地等待着。

"那是什么呢？"在沉默了大概一分钟以后，他不确定地问道，"是建立一个超级先进的计算机吗？"

"已经很接近了。"她说道。她继续期待着他将这些信息综合起来。

德什的前额皱起来，陷入沉思。使所有问题都能普遍得到解决的唯一方法就是找到更好的工具。但如果答案不是提升计算机能力的话，那又是什么呢？他突然睁大眼睛，答案已经很明显了。她毕竟是一个神经生物分子学家，而不是一个计算机科学家。"提高智力，"他最后说道，"是人类的智慧。"

"没错，"她得意地说，就像是一个受到表扬的明星学生。"想象一下，如果你有无穷的智慧，有无限的创造力，你只需要专注你的注意力，瞬间就可以轻松解决所有的问题。"她停了下来。"当然现在不存在这样的无穷智慧。但任何智慧和创造力的显著提高都是在不断发展中的。还有什么更好的问题值得我去解决呢?"

"你是说你已经解决了吗?"他怀疑地问。

"是的。"她肯定地回答,但看起来并没有对这所谓的成就感到特别的高兴。

"什么?就像《献给阿尔吉龙的花束》里面那样的改进吗?"他说着,心里却想着,她不会厚颜无耻到说她已经达到了小说里描述的那样可以显著增加人类智力的程度吧。

她的嘴角向上,露出一丝笑容:"没有,我的研究结果还远远达不到那样。"她实事求是地说。

12

德什几乎要去相信她已经成功地使她自己的智力得到提升,但他不想承认。"这是不可能的,"他坚持说道,"即使是你。"

"并非不可能。我在神经生物学领域有很深的造诣,并且在基因治疗方面有天才级别的直觉,再结合专注的投入,经过不断的试错,最终是可以做到的。"

"你到底想说什么,我现在是在跟一个智商有一千甚至更高的人对话吗?"

她摇摇头。"那个效果是短暂的。我现在是我真实的样子。"

"很好,"德什说,"这样就不用测试我的 IQ 了吧。"他承认说。他想了一会儿然后摇了摇头,"我还是不相信。我们已经进化为这个星球上最聪明的生物了。我相信一定有一个极限,即使我们现在还没有达到,但也应该非常的接近了。"

"你在开玩笑吗?"她激烈地回应,"你完全无法想象人类大脑的潜力。就算不进行任何的优化，它就已经比任何人工建造的超级计算机更快更强大。它的理论容量大得惊人，是超级计算机的成千上万倍。"

"人类大脑并没有超级计算机的速度快，"德什不服气，说道，"它甚至还不如一美元的计算器呢。"

"我们的大脑跟数学没有关联。"琪拉摇摇头解释道，"我们已经进化了，不是吗？所有的进化都跟生存和繁殖有关。大脑的进化是为了让我们在恶劣的世界上生存并指导它的主人进行性繁殖。如果说到性，"她笑了笑，说，"男人的大脑得到了更高级的优化。"她继续笑着说，"不要误会我的意思。我不是在批评男人。我相信有一部分男性祖先并不总是一直在想那事儿，"她说，"但这个特质消失了。你知道为什么吗？"

德什保持沉默。

"因为好色的人才会有后代。"她笑着说。

如果是在别的情况下，德什或许会回应她的笑容，但他现在强迫自己保持面无表情，并且目光冰冷。他现在成了一个"精神病患者"的人质，他不能让自己被她迷惑了。

"不管怎样，"她叹口气继续说，显然对刚才的讨好没有达到效果感到很失望。"我想要说的是我们跟数学是没有关联的。一个平方根可以帮助我们杀死一头狮子让我们存活下来吗？当然不能。而能帮助我们的是准确地抛出一个矛以及逃避敌方抛过来的矛的能力，"她又说，"记住，跟电脑不一样的是，我们的大脑控制着我们的每一个行动、呼吸、心跳、眨眼，甚至每一个情绪。而且同时它还在不停地接收着大量的感观信息。仅仅你的视网膜就有超过一亿个细胞在向你的大脑不断地传输视觉信息，包括超高清的图像。如果一台电脑像这样监控和管理你的身体功能，同时还要如此对大量的信息进行下载、处理和反应的话，那它早就融化了。"

德什此刻已经完全被迷住了。她也许是魔鬼吧，他心里暗自想着。他现在仍然在为自己的生命抗争，但说不清什么原因，他还是违背了自己的意愿，不管是身体上还是精神上都对她产生了反应。

"秀丽隐杆线虫的幼虫跟一个神经系统的功能很像，包含了302个神经元。"琪拉继续说，"你知道人类大脑有多少个神经元吗？"

"总比302个多吧。"德什故意挖苦地说。

"一千亿个，"琪拉强调说，"一千亿个啊。并且在它们的排列上与一百兆的突触连接，更别提还有二百万英里长的轴突。电讯号像弹球一样沿着神经通路不断地快速移动，创造了思维和记忆。人类大脑能生成的神经通路的数量基本上是无限的。而电脑使用的基础只有两种，一个通路要么打开要么关闭，就只能是一或者零。而你的大脑就要微妙复杂得多，你的大脑用于计算、思考或者发明的通路，可能达到的数字完全可以让电脑相形见绌的。"

"好吧，"德什说着，朝她点了点头，此刻他的双手仍然被绑在床头，他无法做任何手势。"不管这些是真是假，你是一个分子生物学的专家，我不得不同意你的观点，人类大脑确实蕴藏着巨大潜力，"他停顿了一下抬起他的眉头说，"但是你如何利用这一潜力呢？"

"问得好。"她说，"如果你是我，你就会开始研究天才和中度弱智儿童的大脑结构之间的差异。"

"中度是什么意思？"

"IQ在40至55之间。他们可以学习到二年级水平。人类智商的动态范围是很明显的。从智商低于25的严重弱智到智商高于 200 的世间极品。在我之前，大自然就已经展示了人类大脑和智力的可塑性，"她指出，"我还学会了关于自闭症的所有相关知识。"

"那是人们常说的白痴天才的别的称呼吗？"

"是的，就像达斯汀·霍夫曼在《雨人》中扮演的角色一样。"

德什点点头说："我很清楚那种情况。"

"很好，那么你应该知道，有的自闭症患者可以跟你用美元计算器比赛数学，可以用大数计算乘法结果，甚至还可以瞬间算出平方根结果。有的还可以背出整本电话本。"她敲了敲手指，继续说，"不过仅此而已。"

德什眯起眼睛陷入思考。"白痴天才"的确给人类大脑潜力的研究提供了一个独特的视角。

"他们在特别领域往往有惊人表现，但他们的情商很低，而且他们的理解力和判断力很差。为什么？因为他们的神经联结跟你我的不一样。"她解释道，"我的目标是了解这些神经元形态差异的遗传基础，将自闭症患者和正常人之间的差异描绘出来，最终可以找到一个方法，在正常的人类大脑中形成短暂的重新联结，从而可以达到自闭症患者的某种能力，但不同的是，效果会更加的全面并且没有明显的不足之处。不仅仅是在数学和记忆技巧方面的优化，而是在智力和创造力方面的增加，挖掘出大脑无限的原动力。"

"使用基因治疗手段吗？"

"是的，"琪拉说，"我们的大脑结构是不断变化的。我们每一个想法、记忆、感觉输入，以及实际经验都在以非常非常细微的方式重塑我们的大脑。我了解到，自闭症天才和我们普通人的大脑之间的差异也是非常微妙的，几乎就像晶体的形成，一旦你将形成晶核的一部分大脑里注入了一个更有效和优化的结构，你就会得到剩余部分的连锁反应。在大脑初期发育过程中有很多重要的用于建立神经模式的胎儿基因，在胎儿出生以后就关闭了。有了基因疗法，我就可以以指定的序列和特定的表达方式，让我想要的那些基因得到激活。"

琪拉停顿了好几秒，好让德什消化刚才她说的内容，并且看他有没有什么问题。

"你继续说。"他说道。

"我开始用啮齿类动物做实验。我在深夜利用神经科学联盟的设备设施，这样我才能保证我的研究得以秘密进行。"

"为什么要保密？你的研究，即使是我这样沉默的人也知道，是具有很重要的直观意义。"

"我对你的沉默作了仔细的研究，戴维。"

"我再问一次，"德什坚持说道，"为什么不公开你的正当研究行为？"

"我真的希望我可以，"琪拉说着，举起一个手指。"首先，同行的科学家会认为这是不可能成功的徒劳行为。"她又举起另一个手指，"第二，美国食品和药物管理局同意为了帮助人类免于疾病或者促进改善医疗条件，可以将外来生物制剂或药物制剂放入人体当中。但如果并没有不良状况，而只是尝试使人得到提高，就很难。"

"太喜欢扮演上帝了，是吧？"德什说。

"这个，也同样被认为是不必要的风险。美国食品和药物管理局不会批准这种事情。如果得不到他们的许可，那么在人类身上进行这项研究实验就是违法的。"

"哪怕是在你自己身上吗？"

她点点头："即使是我自己。我是用我的整个事业和声誉在冒险。就算有人发现并且也相信我，我还是得不到掌声。特别在这样的情况下，你想想，试图改变大脑的结构，这是人类灵魂的所在之处。就像你说的，我是在扮演上帝的角色，这牵涉到了相当复杂的伦理和道德层面。"

"但你并没有因此而停止。"德什略带谴责的语气说道。

她坚定地摇头，神情里却带着一种遗憾。"不，"她叹着气回答，"我坚信我能成功。我自己虽然有风险，但潜在回报却是惊人的。"

"目的决定手段吗？"

"那你会怎么做？"她立刻反驳道。"假设一下，你有理由相信你能解决人类面临的关键问题，并且创造出改变世界的技术。但你受制于一些社会规则，你会为此而退缩吗？"

德什不愿意被套进去。"我会怎么做不重要，"他说，"重要的是你做了什么。"

琪拉不能掩饰她的失望，但她还是重新开始她的叙述。"神经科学联盟的实验室完全符合我的需要。我们致力于老年痴呆症的工作，所以里面已经建立了智力和记忆的研究。我利用我所了解到的大脑和自闭症天才的知识，开发带有注入了基因结构病毒载体的新型鸡尾酒，得到了能实现我目标的混合物。我在实验鼠身上作了测试。"

"我想说，实验鼠和人类的大脑并不十分相似。"德什说。

"很客观地说，的确是有一些细微的差别，"她笑了笑，说，"但如果你问，是否有足够的相似性使其结果有意义，答案是有的。"

"那么，你创造出你的阿尔吉农了吗？"

"是的。阿尔吉农是一只老鼠，我大多数时候用老鼠做实验。"她说，"但是，94号老鼠显示出在智力上的显著提高。我又花了一年将鸡尾酒进行了改良。"

"然后你就在你自己身上做了实验吗?"

她点点头。

"然后呢,你变成了超级天才了吗?"

"没有,还差点要了我的命。"她回想往事,眉头紧锁,看起来很痛苦。"很显然,老鼠的大脑和人类大脑不完全一样,"她苦笑,"谁能想到呢?"

"到底发生了什么?"

琪拉在椅子里抖动了一下,痛苦的表情掠过她的脸。"有很多的负面影响,我无法完全描述。听力完全丧失,有一些类似服用麦角酸二乙基酰胺(一种毒品)后产生的奇异幻觉,头痛欲裂。"她停顿了一下,"而最糟糕的部分,是我发现神经的重新联结影响了我的自主神经系统。我的心跳和呼吸不能自主进行了。"她在痛苦中摇摇头。"在转型持续的那三个小时里,每一秒钟我都要跟毒品产生的那种幻觉作抗争,同时我还不得不引导我的心跳和肺功能呼吸,就像你指导你的手一次又一次地去握紧。"她战抖着说,"那是我人生当中,最漫长最可怕的三个小时。"

德什发现自己已经被完全吸引。"而这个结果也没有让你放弃吗?"

"差不多,"她很认真地说道,"几乎是要放弃了。但老鼠的结果显示这是一个反复的过程。最初的 78 只老鼠死了,所以对这些老鼠的研究让我足以避免同样的结果,尽管成功概率很小。但是从第 79 只老鼠开始,我就能够逐步细化重新联结而不会导致更多的死亡,直到 94 号的出现。"

"所以,你认为你可以将实验老鼠的结果复制在你自己身上吗?"

"是的。接下来我在浮选槽里进行了几个实验。以这种方式就不会有感观输入不断冲击我的大脑,并附加于我的神经元物质上。我可以专注于大脑的创意中心到底发生了什么。"她稍作停顿。"我又花了十八个月的时间达到目前这种稳定的智力水平,每一次可以让你的 IQ 增加 50 至 100。我的智力提高越多,额外的进步也会变得更加的明显。在每一次达到新的水平以后,过去长时间困扰我的问题都能在几分钟内得到化解。"

德什思考着她的申明。她真的有可能实现如此巨大的进步吗?或许吧。自闭症天才的存在确实使这成为可能。如她所说,不可否认,这些为数不多的人们可以毫不费力地计算出平方根或者记下整本电话簿。而自己要花多长时间才能做同样的事情呢?答案很简单,永远都做不到。

她的故事很牵强,但此刻全都拼接了起来,并且解释了她在神经科学联盟里工作之后进行的实验,以及在她的公寓里发现的浮选槽。

"那么你最后的智商是多少呢?"

"到最后,就无法去衡量了。智商测试里面最有挑战的问题对我来说也是轻而易举。这个标准里的任何数字对我已经不具有任何意义。"

德什又想到:"那么你怎么管理你的病毒基因鸡尾酒呢?"

"刚开始是注射,后来我进行了升级,将溶液装入空的胶囊里,基本上跟喝下去的效果是相同的,而胶囊可以提供准确的剂量并且携带更方便。一个胶囊可以直达胃部,然后立即溶解,释放出基因工程病毒。这些病毒在相对较短的时间里来到大脑,将它们负载的基因注入到细胞染色体中,整个过程能够迅速完成。"

德什沉思一会又问道:"你能消除负面影响吗?"

琪拉重重地叹了口气，说："已经是最大限度了。"

"这是什么意思？"

"我失去了感受情绪的能力。我完全没有任何偏见和情感包袱，可以最纯粹地理性分析，达到了思想最纯净的形式。我在自己的公寓里做实验，"她解释说，"将自己锁起来，独自一人，所以我不确定对别人来说，我是否还有其他的人性上的显著变化。"她低下眼睛，"不过，重新联结后有一个影响，一直困扰着我。"她承认说。

德什眼里充满期待地看着她。

"在效果持续的短时间里，"琪拉·米勒说，"我的想法越来越多，"她停顿下来，搜索着用词。她皱起眉头，很苦恼地摇摇头说，"我想最恰当的形容词应该是，反社会。"她不安地说出来。

13

德什的眼睛睁得大大的。琪拉·米勒再一次让他感到吃惊。她煞费苦心地想要说服他，自己不是一个反社会的人，但是还没有明显地达到效果，而此刻她又作出这样的结论。

"这很简单，"德什说，"你是一个模范市民。你的这个过程，从某种意义上说带给你精神疾患，是这样吗？"他说道，他为自己差点上了她的当而感到愤怒。

"你看，戴维。我以前没有告诉你这些。但唯一能让你相信我的方法就是告诉你事情的全部真相。但是，我并没有做康奈利说的那些事情。也许我曾经有过这些念头，但我并没有去实施。"她坚持说道，"那些念头只是有强烈的动机，当我的大脑结构恢复到正常以后，这些念头自然就会消失。"

"那你跟我说说你反社会的状态。"德什说。

琪拉皱起眉头:"我知道,"她说,"反社会这个词其实也不完全准确,说是精神病患或者自大狂也不对,尽管这些词都非常接近。基本上,那是一种完全的缺乏良知或纯粹的自私。不管你怎么称呼,无情的自私,可以这么说吧。"

"与之相应的是什么呢?"

"相应的是与施虐狂附带的元素。"

德什思考了一会儿说:"我明白了。你不是通过折磨别人来娱乐自己,但如果当你不得不这么做以达到目的的时候,你也不会有一丝一毫的犹豫,是吗?"

琪拉勉强点点头。

"这稍微令人感到欣慰。"德什满脸厌恶地说。他思考了一会。"你的这种看似反社会的行为似乎是你治疗之后的负面效果。"他怀疑地说。

琪拉皱起眉头:"在实验之前我也是这样认为。但我现在意识到,这是智能得到提升之后的自然结果,而并非重新联结的副作用。"

"怎么会这样?"

"这些概念非常的复杂。老实说,在我的智力处于正常水平时,这些概念超出我的理解能力。但我会尽可能将要点告诉你。"她集中精神,然后大声地说,"让我从最原始开始吧。当我们的祖先最早出现的时候,他们并不是这个世界的主宰。恰恰相反,他们只是勉强生存在地球上。史前人类只是这个星球上千百万个生物物种当中的一个,与其他的生命共同争夺着狭小的生存空间。如果你是一个赌徒,那你只有万分之一的机会得以存活,更不要说爬到食物链的顶端。他们没有盔甲,没有速度,也没有有形武器。"

"但是他们有智慧。"德什说。

"对。北极熊没有智慧也可以生存。而我们绝对需要它。智慧是我们祖先唯一的出路,他们也及时地做到了。"她停下来,意味深长地看着德什,"在生存阶段的智慧意味着狡猾、彻底的无情和完全的自私。"她抬起眉头,"就是你认为的反社会行为的原始形式。"

德什回想起他在三角洲部队的时候看到的人类行为的阴暗面。他以前所看到的那些场景能让一个资深的病理学家呕吐,包括斩首和其他难以形容的折磨,其手段超乎想象的残忍。毫无疑问,暴力和野蛮、杀戮是人性固有的特征。有史以来,任何一个世纪,都有大量惊人的残暴事件发生,大规模地屠杀无辜者、残忍的战争、奴役、大规模强奸和谋杀,以及其他多到不容忽视的暴行。希特勒只是这数不胜数的暴力分子中的一个典型。人类用文明的外衣将自己包裹起来,假装人性中的这一面并不存在,但在这外表之下,敌意和野蛮天性一直在人类血液中沸腾,驱使着地球上最危险的食肉动物爬上了食物链的最顶端。

"为了生存,"琪拉继续说,"人类发展了智慧,同时冷酷无情和自私也出现在我们的基因当中。这是一个必然的结果。"她停顿下来。"但是仅仅是狡猾和无情的智慧是不够的。除了智力,我们还需要团队合作才能打倒乳齿象。而我们的大脑结构非常复杂,在出生以后还需要很长时间的发育。人类的婴儿比地球上任何其他的动物都要软弱无助,因此我们必须培养自私的天性。我们还要发展团队和公平竞争的意识。我们为了后代而牺牲,将族群的生存看得高于我们自己的生命。"

德什完全被此刻进行的关于智力的谈话而吸引,暂时忘记了怀疑琪拉的每一个字以及她的行为。

"那些只有自私基因的物种,"她继续说道,"从长远来看,最终都将灭亡。而那些变得完全残忍无情的，却能合作和参与团队的物种，就得以生存下来世代延续。到今天，在一些方面纯粹的自私与其他方面纯粹的自私之间有了一种微妙的平衡，融入到我们的基因当中。为了方便我们讨论，我们可以使用极端一点的例子。我们称一种自私叫反社会行为，称另一种自私叫利他行为。"

"所以你相信有利他行为这种事情吗？难道亚伯拉罕·林肯是错的？"

琪拉·米勒歪着头，好奇而又欣赏地看着德什。她很奇怪，他竟然对这个虚构的亚伯拉罕·林肯的故事这么熟悉。

这个故事讲的是，林肯在旅行途中的火车上与同行的旅客讨论人性。旅客坚持认为有利他主义的存在。而林肯却强烈反对，认为人类的所有行为都是纯粹的自私。在讨论的过程中，林肯注意到远处有一只小山羊躺在铁轨上。他立即叫停火车，走了出去，轻轻地将小山羊从轨道上移开。火车重新启动，旅客说："亚伯，你刚才证实了我的观点。你刚刚的行为是完全无私的表现。"亚伯立刻回应："恰恰相反，我证实了我自己的观点。刚才的行为是完全自私的行为。"旅客感到很困惑。"为什么？"他问道。林肯回答说："如果我什么都不做来救那只可怜的动物，我会感到很不开心。"

琪拉思考着怎么回答，眼睛眨了眨。"这是个很有见地的问题，"她说，"不管怎样，我实际上认为林肯是对的。但是对于我们现在讨论的内容，并没有太多的实际意义。利他行为的存在植根于我们的基因当中。至于它是不是自私的另一种形式，与我的观点没有关系。"

德什抬起眉头："那跟什么有关？"

"我想说的是，这种反社会和利他主义的两极之间的微妙平衡，很容易倾斜向其中一方或者另一方。当然，有人生来就有强烈的遗传倾向于其中的一种，但大部分人都是在刀刃上努力达到平衡。一个普通人如果接受别人的善意和关怀，往往也会表现出慷慨和仁慈作为回馈。同一个人，如果以另一种方式稍微给他鼓励，他也会牺牲他人来追求自己的利益，哪怕是让自己的朋友或者家人遭受痛苦。为了保证文明得以存在，这个平衡稍微向利他主义倾斜，因此人类智慧创造出了宗教。"

德什皱起眉头："创造了宗教？"

"是的。随着历史推进，已经有成千上万种不同的宗教产生。每一个宗教的信徒都相信他们的创始人受到了神的启示，而其他宗教的神话都是妄想。几乎所有的人都认为其他的宗教都是人类创造的，只有他们自己生而信奉的那个宗教是特殊的。"

德什决定不去理会这一点。"继续说下去。"他说。

"大多数的宗教相信在我们生存的地方以外，有一个更加高尚的所在。"琪拉继续说道。"那是我们人类承受痛苦的终极目标，是我们死了以后继续存在的另一种形式。所有这些说法都助长了人性当中利他主义的一面。为什么不能是完全的自私呢？特别是现在，我们不需要族群也能生存，我们可以仅凭一己之力就打倒乳齿象。答案是：在未来的生命中会受到惩罚或者奖励。"她停下来摇摇头，"如果你相信，人死以后根本没有任何一种来世的存在，那为什么不可以自私呢？如果没有神，那会怎么样呢？那就没有对与错，只有做什么能让自己开心。你的生命很短暂，为什么不将自己的体验最大化。让其他人都见鬼去吧。"

德什陷入沉思。"即使你不相信有来世，利他主义仍然联结在人性当中。这就是林肯的观点：利他主义可以给自己奖励，享受做好事的感觉很好。"

"很好，"她说，"这是真的。因此相信没有来世并不意味着纯粹的反社会意识。这不是那么简单直接，但绝对是一个起点。"她稍作停顿，"我们的社会有法律。所以，就算你什么都不在乎，没有什么善恶之分，当你决定真的要自私一次的时候，你也会作一个风险与回报的分析。为什么不去偷那辆你钟爱的豪车呢？答案只有一个，就是如果你一旦被抓到，你就会坐牢。风险就是你的自私行为可能给你带来更糟糕的生存状态而不是好的享受。"

德什眯起眼睛："除非你有绝对的权力。"他补充道。

琪拉点点头："没错。我不想太夸张，但你如果不相信有来世，总是为所欲为，那么反社会的行为就会变得越来越容易。"

"回到刚才的话题，"德什说，"在你的智力得到提升以后，你觉得你可以做一切你想做的事情了？"

"是的。有了这么强大的智力以后，你会无法控制地感到超能和无敌。你真的可以解决所有事情。同时，你能清楚地看透现实，既没有神，也没有来世。"

德什对于她最后的结论感到吃惊："为什么提高了智力会让你变成无神论者？"他问道。

"大脑结构的改变会把你变成一个完全理智的生物。脑子没有多余的空间留给信念，而人类必须要有信念才能保持对神和来世的信仰。"

"那么，你提升之后的智力是如何解释宇宙是怎么产生的这个问题的呢？当然宇宙已经产生了，但谁是创造者呢？"

"在我转化的过程当中，我无法理解这个问题。我知道的是，当我提升完成之后，我绝对相信神是不存在的。"她稍作停顿,"你问我谁创造了宇宙。那我问你,是谁创造了神呢?"

德什皱起眉头说:"神是永恒的。他不需要创造者。"

"是真的吗?"琪拉说。"那么为什么宇宙就需要有一个创造者呢?如果神可以没有创造者就存在,为什么宇宙就不可以呢?无论你如何理解,某种程度上你都要面对没有创造就存在这个问题,而这个问题,即使是智力超强者也不能完全理解。幻化出一个神来解释创造是一个简单的欺骗手段,除非你能解释神是怎么来的。"她接着说,"为了讨论,就算你接受了神,那么一个如此无所不知、无所不能的人为什么要浪费时间来创造别的人呢?你在这个问题上思考越多,你就会变得越来越确信,神只是人类思想的创造结果,其他什么都不是。"

德什不同意,激烈地摇摇头,但他也没有再辩论。"于是超强的智力改变了利他主义和反社会之间的力量平衡?"

琪拉点点头。"在这种状态下,只需要一点推理就可以给任何自私行为找到正当理由。如果站在我的立场,杀死他们可以得到更好的智力感受,那么他们现在死还是三十年以后再死有什么不同吗?无论哪种,存在都是没有意义的。神都死了。为什么我不去做能挖掘自我潜力的事情呢?"她抬了抬眉头。"你想起什么了吗?"她意有所指。

德什在大学时辅修了哲学,毫无疑问琪拉对他作了研究,她知道这个。他看起来很困惑,"弗里德里希·尼采对于权力的意志,"德什不太高兴。尼采曾经高度赞美超人的概念。不是指克拉克·肯特那种超人,而是指一个人的善恶观完全基于何以帮助他成功或者失败。好,就是能帮助他达到他的潜力。坏,就是对他造成阻碍。什么叫"好"?"好"就是所有能增强力量感的事物,追求力量的意志,力量本身。什么是"坏"?坏就是天生都是虚弱的东西。

琪拉皱起眉："我担心，"她说："在超强的状态时，一旦你开始思考任何永恒的话题，你立刻就将这种学校哲学问题带入到了一个连世界上最伟大的哲学家也不能理解的复杂程度。"

一时间房间里沉默下来。

"但你说过你还没有表现出任何的反社会倾向，"德什终于说道，"是这样吗？"

"到目前为止是的，"她严肃地说道，"我天生的利他主义和公平感足够的强烈，但也只是勉强能够阻止我去做自私行为的冲动。但是对方却很强烈，"她承认说，"它们诱惑我放弃我最后一点尼安德特人的基因连结，将我自己从道德和伦理的约束中释放出来。"她说着，脸上出现深深的痛苦表情。"真的很有诱惑力。"

德什一时不知如何去回应。

"我已经有很长一段时间没有提升自己了。"她又轻轻地说。

"担心诱惑力太强而难以抵抗吗？"德什说。

她点点头，她嘴角轻微向上扬起，挤出一个难看的笑容。"有时候我觉得自己就像《指环王》里面的佛罗多。只是在我身上，指环的力量变成了不可思议的创造力和智慧。如同佛罗多的负担很容易显现，在我的脖子周围也有一股神奇的力量。在我特别需要了解什么的时候，去使用这股神奇力量的诱惑力，几乎是不可抗拒的。"

德什思考着。他从未想过托尔金的三部曲中的魔戒会变成权力的另一种表达方式。但它实际上就是权力的表达。魔戒本身不会让它的佩戴者变得邪恶，魔戒所附有的魔力却可以。"权力使人腐败，"他开始说道，不由自主地说出琪拉一直回避的词语。"绝对的权力导致绝对的……"

德什还没有说完，随后是一声枪响，房间的门向里爆破，两个男人从门的两侧同时用力地将门踢开。

14

由于外来者的入侵德什立刻端坐起身，他忘记了自己还被绑在床头上，本能地试图采取防守姿势，由于发力过猛差点使得他的胳膊从关节里脱落下来。就在房门撞击发出剧烈声响的同时，房间里瞬间陷入一片漆黑当中，琪拉捆绑在门把手上的台灯拉索被猛烈地从墙上拉了出来。

这些入侵者用力踢开房门闯入房间的一瞬间，碰到了琪拉准备的引线，枪掉在了地上，同时，他们什么都看不到，大脑接受的信号是他们现在几乎是盲人。接着两声意料之外的闷响，他们冲入房间准备展开袭击的几秒之后就被绊倒在地。

他们精确设计了此次袭击，突然闯入，女孩手里即使拿着手枪也无法阻止。但他们没有想到的是，他们的行动将房间里唯一的光源熄灭，并且还碰到了一根引线。

门被踢开的一瞬间，琪拉·米勒也被惊得跳了起来，但她很快就恢复正常。那些袭击者被击倒在地，还在困惑是什么击中他们，还有房间怎么会突然一片漆黑的时候，她立即将热成像眼镜遮住眼睛，两个闯入者立刻变成可视的发光三维轮廓。

"不许动！"她大吼一声。

两个袭击者中的高个子现在已经从意外跌倒中完全恢复理智。这个女孩并没有之前说的那么聪明，他自负地想着。房间里黑得像个山洞，而她愚蠢地出声，让对手可以清楚地判断她的方位。他不理会她的指令，而是悄悄地抬起手臂，将手枪指向她出声音的方位。

就在他准备开枪的一刹那，她用电击枪击中了他的胸膛。

高个男子剧烈抽搐了几下然后倒地不动，琪拉快速地撤回双电击鱼叉准备再次射击。另一个袭击者在地板上慢慢地改变姿势，也试图发起攻击，他完全没有从同伴的教训中得到任何警醒。

"你看不到我，不等于我也看不到你。"琪拉嘘声说道。

男子在原地一动不动。跟他的同伴一样，他以为她只是虚张声势，也不知道他的动作——这是很愚蠢又致命的假设——他们在之前已经被警告过她非常的聪明，不要低估她的能力。

"很好，"她满意地说道，"我戴着夜视仪的。所以我再警告一次，不许动。"她一字一句地强调，就像在跟一个倔强的孩子说话。

德什的脑子从袭击一开始就飞速地运转着，考虑他该作何选择。但他意识到即使他自己挣脱了绳索，要逃脱也是无望的。他也跟这两个袭击者一样，两眼一抹黑。

琪拉从包里拿出一只装好了消音器的格洛克手枪。其实房门被踢开的巨大响声已经吵醒了旅馆的其他客人，有人可能已经电话报了警。此时消音器的作用已经意义不大了。

"现在我正用枪指着你。"她解释说，"你们还有多少人，他们现在在什么位置？"她问道。

"没有人了。"男子摇摇头回答，"只有我们两个。"

琪拉开了枪。消音手枪发出呲的一声，她朝着他的大腿位置射出一颗子弹。"我再问一次，"她咆哮着说，"你们还有多少，他们现在的具体位置？"

"还有一个，"男子发出痛苦的哼哼声，拼命地想要去给他的大腿止血。"他在你的房间对面占据了最佳狙击位置，以防任何人逃跑。他也戴着热成像眼镜。"

琪拉一言不发。她调整了一下电击枪的设置，然后射击。

那个闯入者抽搐了一下就不动了，显然失去了知觉。她重新把枪装上，再次调整设置，然后对着第一个人又补了一枪，使他也陷入昏迷。她又从包里拿出一个滑雪面罩，跟她的连体衣是相同的材质，她把面罩盖在她的夜视眼镜上。这种材质紧紧贴合她的脸颊和鼻子，完全跟眼镜契合，使得她的脸上没有任何一处肌肤裸露在外。

"该死！"她怒气冲冲地说，"我们需要更多一点时间。他们本来应该至少多花上五六个小时才赶上我们的。"她对着德什也是对自己沮丧地报怨。"如果是那样，我们早就走远了。"她在处理两名袭击者时很有控制，但此刻，她忧心如焚，似乎刚刚遭受了可怕的损失。德什依然什么也看不到，但他能清楚地听到她的声音。

"我必须离开这里，"她沉默几秒以后说，"立刻，"德什注意到，她的声音里再一次没有任何情绪。"我还不能信任你给你松绑，但我也没有时间把你拖走。"

德什的心狂跳不已。那么她现在要对他做什么呢？她会决定在离开之前向他头上开一枪吗？德什知道她打算穿过相连的房间从旅馆的另一边逃走。她的计划出人意料。如她所料，袭击者们只会看着旅馆的前门，以为那是她唯一的出口。

"他撒谎怎么办？"德什绝望地说。"如果他们在后面也有狙击手呢？"

"他看不到的。"她轻描淡写地说。"我从头到脚都穿着连体衣，这种材料完全阻挡了我的身体热量。狙击手的热成像眼镜根本看不到我，肉眼也是一样。"

德什摇摇头："那不可能，"他坚定地说，"军队已经试验多年，根本没有这样的技术存在。"

"但现在有了。"琪拉平静地答道。

德什睁大眼睛。这是真的吗？如果她说的是真的，她确实已经大幅度提高了自己的智力。那她是否将自己的超级天才运用到对付热成像设备的技术中呢？如果真是这样，这就不难解释她是如何成功地留在美国并且能够长时间躲避追捕了。

当德什的脑子里闪过这些念头的时候，琪拉走近他用一把刀解开束缚他的手铐，让他的双手可以自由活动。尽管她有武器和视觉优势，但她还是在他没有完全松开就迅速地离开他。

"我必须走了，"她急切地说。"我会在相连房间的浴室里留下一把刀和手枪。等你挪到那里解开脚踝手铐的时候，我也应该已经走远了。"

德什深吸一口气。她真的就这样把他放了吗？

"该死！"她又说了一次。"还有很多要告诉你的。我们应该达成联盟一起离开的。"琪拉控制着自己说，"他们知道我冒险绑架了你，"她喃喃自语，"但不知道他们会怎么解读这次事件。他们有可能会决定杀了你，也有可能会利用你。我不知道。"她稍作停顿，"我知道你还是不相信我。但是就算你认为我说的每一个字都是谎言，你的生死也取决于一点，不要相信任何人。对任何事情都要作好准备。"她焦急地警告说。

琪拉抓起包冲到相连的房间。在浴室里待了十秒钟以后，她打开了房间外面的门。"我们只能另找时间来完成我们的谈话了。"她站在两个房间之间的房门里对着德什大声说。

她停顿了一下。"要小心，戴维。"她很真诚地说，"我希望你能如我想象的一样优秀。"

说着，琪拉·米勒打开另一扇房门，消失在夜晚的黑暗当中。

第三部分 源泉

15

相连房间的房门一关上,德什立即开始挪动。他快速挣扎到床的另一边,小心翼翼地摸索着另一个床头柜上的台灯。这个灯跟那个已经被拉掉插头的灯是一模一样的。他的手碰到了台灯,他又去摸台灯底部的开关,最后终于摸到并且打开。虽然台灯的光线比较暗,但由于在黑暗中时间较长,他还是眯起眼睛直到适应了光亮才睁开。

房门的门框原来上锁的位置已经被打烂,只剩下门锁和门扇之间还有一个铰链在那里笨拙地晃动,一片凌乱。两个入侵者歪歪斜斜地倒在地上,毫不动弹。德什从床上爬下来,用两个手指依次放在他们的脖子上,感觉他们颈动脉的搏动。两人都还活着——还好。他的两只脚踝还被绑在一起,他只有尽可能迅速地挪动双脚朝着相连房间走去。在确保没有打开其他的灯以后,他来到浴室,还不知道能在那里找到什么。

他等浴室的房门关上以后才打开浴室灯。不能让监视者有哪怕一丁点儿的可能性发现前面房间和后面相邻房间的秘密。琪拉没有撒谎,浴室地板上放着一把布朗宁半自动手枪,弹夹是满的,还有一把格斗军刀。令德什感到意外的是,这些东西旁边还放着福特汽车的钥匙,以及一副夜视眼镜。她应该知道,就算她略占先机，他还是可以去追赶她，为什么还会给他提供武器以及夜视眼镜还有汽车呢？

德什皱起眉头。因为她有信心这对她没有影响。她知道即使给他提供了这些东西，他还是抓不到她。她设计了一个完美的伏击和逃出旅馆的计划，同样也早已计划好了逃跑的路线。毋庸置疑，她早已准备了另一辆汽车，停在紧靠旅馆旁边的树丛里等待着她。

德什将手枪和汽车钥匙装进衣服口袋里，然后用刀快速地割断了脚踝上的塑料手铐。能够再次自由活动完全是一种解放。他将夜视眼镜戴在头上，然后敏捷地从浴室的小架子上抓了一条折叠整齐的毛巾。他冲回到那个受了伤但仍然没有知觉的人旁边，用毛巾将他的大腿紧紧地包扎起来。

两个闯入者带来两把一模一样的枪，现在也掉落在旁边。德什捡起其中一把仔细观察，他发现他根本不认识这把枪的型号。当他把弹夹抽出来的时候，他惊讶得眼睛睁得大大的。这是一把麻醉手枪，它射出的是镖而不是子弹。

他从头到脚搜了两个人的身。没有找到任何的个人物品和身份证件，这倒没有让他感到意外。但是他们每个人除了麻醉手枪以外还携带了致命武器，而他们却始终想活捉猎物。很有意思。不过他们究竟是谁？他们来这里做什么？琪拉·米勒的说法是他被自己人跟踪了，这或许是最大可能，不过还是不能说明问题。只是他们似乎不相信他一旦发现了她就会立刻报告。

现在怎么办？他可以去追赶她，但他很清楚他抓不到她。德什知道在警察到来之前，他没有多少时间。被她开枪射击的那个人说有一个狙击手可能是在骗她，但也很有可能有。而德什没有她的那种躲避热成像仪的装备。他也不打算成为第一个冲出房间的猎物。但是，他还是要重新规划一下，这样的话他最后就只能待在房间里直到警察来喊话。于是，他只剩下一个选择，就是像她那样，从后面相连的那个房间的门出去。

琪拉·米勒告诫过他不要相信任何人，不管她说的别的事情真实与否，她说的这句话是明智的建议。目前的情况太过复杂，已经超出了他的理解能力。他准备在弄清楚到底发生什么情况以及谁是幕后主角以前，他不会相信任何人，甚至他自己的影子。

德什将矮个男子的手机和麻醉枪都放在包里，然后用一条毛巾将另一支麻醉枪和两支手枪包了起来。他来到相连房间，将毛巾包的东西扔在床上，把两边的门都关上，将自己又留在黑暗当中。他摸索着门栓，把他自己所在房间的这面锁上了，然后打开他刚才拿的那只手机。手机屏幕发出微弱光芒足够照明房间和拨号。他记得康奈利的私人家庭号码，他迅速地拨通那个电话。

电话里响了三声，德什就已经很焦急了。

"你好。"康奈利在睡意中粗声说。

"上校，我是戴维·德什。"

"戴维？"康奈利显然感到意外。"天啊，戴维，现在是凌晨三点，"刚开始有点抱怨，但很快他意识到这个电话的重要性以后，就完全清醒过来。他的声音似乎也随着肾上腺素的增加有了力量，"你没事吧？"

"我没事，但我需要知道一些事情。"德什语调低沉。

"你现在被胁迫了吗？"康奈利小心询问道，现在已经提高警觉。

"没有，我现在一个人。"

"我们需要一个安全的线路，"康奈利很坚定地说道，"我想你还记得我们的谈话。但我没想到会接到你的电话。"他意有所指地说，似乎在提醒德什他给过明确的指示，不要给他打电话，要远离一切军事渠道。

"是的，我们不应该给我们的猎物任何信息，"德什语带讽刺。他稍作停顿然后又说，"但不幸的是，我们已经晚了一步。"

"她知道你的情况了？"

"可以这么说，"德什回答道，"实际上，我刚刚被绑架了，"他又继续说，"而且凶手不是别人。"

"什么？"上校不相信，低声说，"但是为什么呢？这没有道理啊。"他停顿下来思考了一会儿，"除非她认为你离她越来越近了。"

"她并没有这样认为，我也还没有这么快就接近她。"德什急忙接着说，同时敏锐地注意着随时可能赶到的警察。更糟糕的是，相连房间里的那两个人似乎已经恢复知觉，也有可能是他们的狙击手同伴失去了耐心，前来查探。"她试图让我相信她是无辜的。我现在没有时间，以后再跟你仔细说这个。但我现在需要知道一些事情。有两个军队的人闯了进来打断了我们的谈话，也把她吓跑了。他们是你的人吗？"

"我根本不知道这次谈话，所以我肯定不会派出这些闯入者，你要相信我。"他回答说。

"那你是否派人来跟踪我？"

"我为什么要那样做？"康奈利说，好似真的感到很困惑。"你并不是我的目标，而且我有信心你会做好你的工作并按照指示保持联系。"

"那么他们是谁？"

电话里停顿了较长时间。"我不知道。"电话那头传来不安的回答。

德什点点头说:"我要走了,上校。帮我一个忙。将整个人事部门从上至下调查一遍。一定有不对劲的地方。从这些不速之客入手。确保你能了解到这个案子的真实情况。"

"在你告诉我这些情况以后,"康奈利说,"就算你不说,我也会去查的。"

"好的,我会保持联系。"德什说着挂断电话。

德什把电话放进包里,把窗帘掀开一条缝,可以看到窗外。海岸线已经若隐若现了,但这也不说明什么。

德什听到相连房间传来沉重的脚步声,他迅速从窗户那儿抬起头,他的感官一向很警觉。

"哦,见鬼!"一个男人在另一个房间里咆哮,他震惊的声音传了过来。"他们还活着吗?"

"我要确认一下,"另一个人说。"你打电话呼叫支援。"他焦急地又说。

从他们看到两个失去知觉的同伴的反应来看,德什判断他们是穿制服的警察,并没有战斗经验,这反倒让德什松了一口气。即便如此,他没有继续听下去,而是打开了外面的房门,小心翼翼地迈了出去,猫着腰向着黑暗走去。

16

戴维·德什走进了旅馆后面的树丛里。琪拉留给他的夜视眼镜他现在正稳稳地戴在眼睛上,因此他得以最快速度地择路穿过郁郁葱葱的树林。夜晚的树丛里有一种特别的景象,但很少有人看到。当然除了有兴趣以外,还须有昂贵的红外线夜视设备。德什很幸运,有很多次机会得到适当的设备,见识了夜晚树丛里的勃勃生机,鸟类、两栖动物、哺乳动物和爬行类动物都在夜色的掩护下登上了舞台,它们不知道现代科技可以将它们之前一直隐藏的世界暴露在夜盲症人类的面前。温血的蝙蝠，通常情况下在夜晚是无法肉眼看到的，现在它们享受了昆虫盛宴之后展开翅膀，就一览无余，清晰现身了。猫头鹰往往在吓走鼠类族群后，吞下整个它们的猎物。

但是今晚，德什不能让自己有一丝分心。他全神贯注于脚下的路，可以让他尽快地穿过这片有0.25英里宽的树丛。十分钟以后他来到树丛边缘。一条公路平行出现在树丛旁。但德什仍然停留在树丛里，让自己停留在汽车大灯的射程范围以外，同时继续扩大他跟旅馆之间的距离。

在慢跑了几公里以后，他看到马路对面有一个尖顶教堂，前面还有一个小型停车场，他急忙走了过去。他走过一个门牌，上面写着圣彼得·斯路德教堂。他抛开了负罪感，把这栋砖砌建筑前门的锁撬开，然后溜了进去。

他径直朝着主殿堂走去，走上祭坛，把他从袭击者那里拿来的手机交给神职人员，他把手机关了机。几分钟以后他又回到树丛的边缘，待在视线以外，仔细观察着所有通往教堂的出入口。

他在树丛里耐心地等待着，他知道会是一个漫长的过程。他时不时地退回到树丛深处去做跳跃运动，以保持他的血液流动速度，为自己增加热量来抵御秋夜的凉意。他有一种奇怪的感觉，如果琪拉·米勒那个神奇的包里有多余的外套的话，她也会把衣服给他留在浴室里的。

那么关于她该怎么办呢？她说的故事是真的吗？但是不管怎样，德什不得不佩服她的能力。她计划周密，动作敏捷，并且还很果断。

但她是不是也太果断了。她以近乎无情的高效率朝着一个闯入者开枪，获取想要的信息。很少有人可以这样行动冷酷。

但另一方面来说,她其实可以轻而易举地杀死他们,一个真正的精神病患者是不会有一丝迟疑的。不知道是什么原因,她要让德什相信她是无辜的,这似乎对她来说很重要,以至于她的精神病本质都得到升华了。

又或许她根本不是精神病呢?也许在她改变自己的大脑化学物质之前,她的确是一个模范市民呢?也许是的。但即便如此,也还是有可能像她所说的,由于她的实验,无论她怎样保证,使她的本性发生了永久性的改变。

但是德什意识到,这仍然解释不了她的父母、叔叔以及老师们的死亡。即使她哥哥的死以及她与恐怖分子的合作可以解释为一个精神病患者的自我诱导行为的结果,还有她的大脑重新联结以后出现的可怕副作用,但早期的这些谋杀案不可能是这个原因。难道她真的不知道自己的本性吗?如果她得了精神分裂症,并且在很小的年纪就发展为人格分裂的话呢?或许在她的身体里也有杰克尔博士和海德先生[①]之类的存在,随着她的大脑化学物质的改变,海德先生的人格逐渐占据主导位置。

德什摇摇头,对自己很生气。为什么他会这么努力想要为她辩解呢?虽然他知道她正在慢慢影响他,但直到此刻他才意识到她已经改变他如此之多。除了有超常的智慧以外,他发现她那激励人心,温柔而富于表情的眼睛,以及她身上的魅力和诚意使她具有一种难以抗拒的吸引力,他心里很明白这只是一份要完成的工作而已。他不由得想起了古代希腊人,他们知道一个能够迷倒男人的奸诈女人,远比海上任何一个海怪要危险

[①] 英国著名科幻小说作家史蒂文森的一部作品《化身博士》中的同一主角的善、恶两面。

得多。他在想,有多少人被琪拉·米勒的海妖①歌声迷住了,放松了他们的警惕,撞上了悬崖。如果他们还会碰面,而他希望有一线机会可以活命,那么他最好找到一个方法把自己绑在桅杆上。

距离他将手机交给神父已经四十分钟了,他还沉浸在自己的思绪中。这时一辆大型的两门轿车停在教堂前面一百码远的马路上。两个戴着夜视眼镜的人从车里出来,他们一句话没说就快步走向教堂,留下司机在车里等着。他们上钩了。不管他们是谁,他们之间的联系肯定非常的紧密。尽管有警察在旅馆里出现,他们还是将他们的人撤出,并且几乎以创纪录的时间追踪到了丢失的手机。

德什拿出他刚刚拎来的麻醉枪。虽然他们在追踪他,但他们却很有可能没有杀心。他现在不能信任他们,但也不会考虑使用致命的武器,除非他知道他们是谁。

德什沿着树丛边缘朝着教堂的反方向走,绕到汽车的后面。当那两个人走进教堂,德什悄悄地穿过马路,用爬行的方式来到副驾驶门边,他甚至都不敢大声呼吸。他现在在赌司机没有锁上车门。

德什缓慢地做了一个深呼吸,静静地把眼镜取下,放在旁边的地上。然后,以非常娴熟的动作从地面一跃而起,一把抓住车门把手猛地打开。门没有上锁。他还来不及为自己庆祝,就用枪指着受惊而正要去掏手枪的司机:"把手放到方向盘上!"他低声吼道。

---

①希腊神话中半人半鱼半鸟的妖,数目多为两个及以上,据说她们住在一个小岛上,用动人的歌声吸引过往的航船和渔民,而在海岛的附近堆满了尸骨。

17

司机仔细地看着德什，过了一会儿才按照他的指示把双手慢慢放在方向盘上。德什说话的时候舌尖只从嘴唇露出一点点，好像他全神贯注地随时准备展开任何身体行动。他从车门处进入到车的后排座，手里的枪一直对着目标。

"到这边来，把门关上。"德什低声发出指令。

那个人照着他说的做了。

"现在回到座位然后开车，快点！"德什说，"朝教堂的反方向开。"此刻德什没有任何兴趣去管他的那些同伴，他知道他们在发现中了圈套以后随时可能会从教堂里冲出来。

司机按照他的要求操作，从后视镜里可以看到教堂渐渐退去。

"你表现得很不错，德什先生，"司机说道，"但是你知道吗，我听到一些好消息。"

"你是谁？"德什问，"为什么要追踪我？"

"你可以叫我史密斯，"司机说，这个矮个瘦小的男人大约三十几岁，棕色短发，耳朵下面沿着下巴有一条长约两寸的伤疤。"在跟琪拉·米勒交谈之后你就变得有些偏执了吗？不知道该相信谁，也不知道该相信什么了，对吗？"

"史密斯，嗯，"德什对自己说着。这个人毫无疑问是军队出身。除了这个明显的别名之外，他有一种特殊的傲慢，认为自己似乎高于一切，不受那些弱者的规则限制。"黑色行动，是吗？"德什猜测。

史密斯的脸上浮现出一个得意的笑容。"是的，"他说，"我们在追踪那个女孩，并且已经做到了。很抱歉让你受惊了。由于你刚刚经历的这一晚，你刚才的反应是任何一个聪明的士兵都会做的。但你和我是一条战线的，我没有骗你。"

"如果我们是一条战线的，那我为什么会受到监视？"

"我很乐意为你解释这个以及其他的问题，德什先生。事实上，是我授权首选你来完成这个任务。我想康奈利上校给了你一个电话号码，让你在找到那个女孩的时候联系使用的，对吗？"

德什没有回答。

"我可以借给你一个手机，"史密斯说，"我有两个。我现在要把手伸进口袋里去拿手机，但我还是会面朝马路。我会把手机朝后面扔给你。如果我拿出一把手枪，你可以朝我开枪。"他又补充道。

德什知道以目前的速度，任何激烈的打斗都会造成交通事故，让他们两人都非死即伤，这是同归于尽的做法。史密斯应该也知道这一点。

"好吧，"德什小心翼翼地点头说，"不过动作尽量要慢一点。"

那个男人伸手去摸口袋，然后小心翼翼地拿出手机，并将手机高高举起朝着后面，这样德什就可以看到。然后他把手机从肩膀上抛向后面，德什用左手接住，右手仍然拿着麻醉枪对着史密斯。

"你拨一下上校给你的那个号码。"史密斯说。

德什打开手机拨下那串他已经记了多次的号码。在电话接通时，史密斯的衬衫口袋发出了手机铃声的旋律。他从后视镜里看着德什，抬了抬眉毛说："你介意我接一下电话吗？"他得意地说。

史密斯从衬衫口袋里拿出手机："你好，德什先生，"他说着，他的声音同时从前排和从德什手里的电话传来，形成了一种立体声。"我想现在我们可以好好谈谈了。"

18

德什还是不知道应该相信谁,不过史密斯已经确立了他的权威,甚至连康奈利都不知道他的行动。但即使如此,德什的内心深处隐隐有一种不安挥之不去。

"好吧,"德什说,"我们来谈吧。"但他仍然用枪指着这位黑色行动的长官。

"我建议,德什,我把车停靠在路边,然后我们先来一个解除武器的仪式,怎么样?"

德什依旧保持沉默。

"你觉得怎么样?"史密斯又说,"你可以保留你的枪,而我会把所有的武器扔进袋子里,放在行李箱中,当然也包括我脚踝上的枪。你可以搜我的身来确认。"他停顿了一下,"而你,可以继续把枪放在你的身上,只是不要对着我就好。"

德什望着这个带着伤疤的人若有所思,仍然一言不发。

"我边开车送你回家,"史密斯继续说道,"我们边谈话增进互相了解。不过你要坐到前排来,这样说话也容易一些。我可不想做你的司机。"

德什经过全面考虑之后同意了他的建议。五分钟之后,两把枪和一把战刀被丢进袋子里,安全地锁进了行李箱,德什感到很满意,史密斯现在手无寸铁。然后德什同意这个瘦小的男人跟他的手下取得联系,让他们作了一个简短的报告。德什坐进副驾驶座,把安全带系好,但还是斜着身子朝着史密斯而不是面对马路,并且保持在史密斯伸手可碰的范围以外。

"好了,"史密斯加速行驶,他的左手放在方向盘,右手放在座位中间的变速杆上。这时德什说,"为什么你不告诉我到底怎么回事?"

"我想现在没有必要说那个,"史密斯平静地说,"我会告诉你一切。为了万无一失,同时我完全了解这个女人如何有能力迷惑别人,所以我们安排了人在你不知道的情况下监视你。我这样说可以让你放松一些,我们可以以这样的方式来开始,"他说,"你先向我提问,然后我来回答。虽然这个黑色行动机构没有正式存在和名称,但我还是你的高级长官。我相信康奈利跟你说过这点。"

德什抬了抬眉头,说:"高级长官?"他不为所动,"得了吧,史密斯。你一直叫我德什先生。你知道我现在是一个平民了。康奈利的确跟我说过要听你的指示,但德什先生可以随时让你去见上帝。"

史密斯叹了一口气说:"好吧,德什先生。我们来尝试另一种方法。如果你想知道发生了什么,你就必须要回答我的问题。否则,我会让你一直蒙在鼓里。"他扭头看了看德什,"怎么样?"

德什盯着他看了好几秒,最后还是生气地点点头。

"很好,"史密斯说,"那么告诉我琪拉·米勒是怎么把你抓住的。"

德什向他讲述了他从格里芬那里收到假信息以及后来在这位黑客的公寓里发生的事情。史密斯除了偶尔会打断以了解更清楚,一般说得很少。当德什说到琪拉剥去他的衣服为他穿上T恤的时候,史密斯瞥了一眼他的灰色衣服,当琪拉把这一件衣服从行李里面拿出来的时候就已经磨损到不能穿的程度了,史密斯的脸上浮现出一个开心的笑容。

当德什讲述琪拉在旅馆里做的这些准备措施的时候,史密斯听得相当的专注。史密斯非常清楚它们对自己手下的人产生的巨大影响。德什讲到琪拉通过旅馆相连房间的出口逃走以后就结束了，完全没有提到她说已经发明一种材料可以掩盖她的热信号。

"该死，又让她跑了。"德什讲完，史密斯说了一句。"真的很不可思议，她总是能够逍遥法外。然后，冒着被追捕的危险在国家首都的中心绑架了我们的特战精英，最后还是让她跑了。她把整个德克萨斯州玩弄于股掌之中。"他说着，语气中带着一点沮丧，还有一点钦佩。

汽车在黑暗的公路上行驶，史密斯陷入沉思。路面上除了偶尔几辆货运汽车，再没有别的车辆了。汽车行驶得很平稳，引擎发出的柔和响声打破了死寂的沉默。德什的整个世界现在缩小到了这个内饰豪华的轿车里面，汽车大灯将笼罩周围的黑暗切割开来，形成一片光亮，车里还有一个使用假名的陌生人，此刻，他脑子里的想法就如同隐藏在汽车大灯照射范围以外的那一大片黑暗，让德什琢磨不透。

"好了，"史密斯最终开始他的询问，"你说她跟你谈了大约有一个小时。她说了什么？"

"她声称自己是无辜的，"德什说，"她想说服我相信她。"

"她有没有说过为什么这个对她很重要？"

"没有。"德什回答。他在考虑要不要告诉这个黑色行动长官，她的目的是想要说服他与她合作，但很快他就否定了这个想法。

"她有没有解释，在她成长过程中发生的那些离奇死亡和失踪事件？她老板的死？还有杀她哥哥的凶手？"

"她坚持说她没有杀她的父母，其他的案件还没有来得及谈到，也还没有提到任何关于埃博拉和生化武器的事情。她唯一提到过恐怖分子，但只是在否认她与他们有联系的情况下才提到。"

"我知道了。如果她不能反驳那些指控她的有力证据的话,她凭什么说自己是无辜的呢?"

德什耸耸肩,说:"我不知道。我们还没有谈完,你的人就闯了进来。"

"我可以这样理解,她想要证明自己的清白,但是经过一个小时的谈话,她仍然没有解释清楚任何一项指控她的案件,对吗?"

"是的。"德什回答。

史密斯把眼光从笔直的公路上转向了德什,认真地看了好几秒。最后,他没有找到任何撒谎的迹象,才重新把注意力转移到公路上。"那么她还说了什么?"

德什叹了叹气:"她说了一些关于她进行的提高自己智力的实验,这背后的理论,以及这个实验带来的后果,诸如此类的事情。"

史密斯抬起眉毛:"她说她成功了吗?"

德什点点头:"她说她已经可以将自己的智力提升到无法测量的水平。"

"是吗?"史密斯不置可否地说,"那她有没有告诉你她是如何将这个新发现实施在自己身上的?"他问道。

"一个字都没有说。"德什说。

"那她有没有跟你提到别的东西?"史密斯问。

"比如什么,钱吗?"

史密斯再次仔细盯着他看,似乎这样可以确认德什的反应的真实性。"什么都有可能,钱、权力,或者提高你的智力,"他抬了抬眉毛,"以及其他能够吸引人的考虑条件。"

德什有点困惑地皱起眉头:"其他的考虑?你不会说的是

性吧？"他怀疑地问道。

史密斯激烈地摇头："当然不是了。"他回答说。

德什耸耸肩："那么我想你已经把我弄糊涂了。不管你想暗示什么，她什么都没有给我，哪怕一个硬币。不过在那样的情况，我是什么都不会买账的。"他特别补充道。

史密斯停顿了很长时间，陷入了思考。"你相信她的故事吗？"他最终问道，采取了一个新的策略。

"哪方面，是关于她提高她自己的智力，还是关于她是无辜的？"

"两个都有。"史密斯说。

"关于提高智能这点，我不知道，"德什说着耸耸肩，他的眼睛眯缝起来思考。"她是一个卓越的科学家，这是毋庸置疑的。她编织了一个非常令人信服的科学原理的概念。自闭症天才是确实存在的，也的确说明了他们的千亿神经元联结与正常人稍有不同。但有点牵强的是，如果她有可能提高自己的智力，那么只有她用自己的天赋为别人提高智力才是合理的。"他稍作停顿，"至于她是不是无辜的？这个问题很简单，当然不是了。在我们谈话过程中，她除了申明自己是无辜的以外，她没有拿出丝毫的证据来证明自己的清白。"

史密斯的嘴角向上扬，露出一个会心的笑容。"但是她还是让你有些动摇了，是不是？即使没有任何的证据，你有一半相信了她，对吗？"

"我要相信什么，和我真的相信什么是两回事情。"德什立马回击道。

"我没有见过她，"史密斯说，"但是她很出色，我也听说她很有一套。她会用无可辩驳的逻辑来迷惑你，忽悠你，而且在做这些的时候是绝对的真诚。更别提她那健康美丽的外表，让很多男人都难以抗拒。我相信你已经感受到了。"

德什皱起眉头:"有一点,"他承认说,"但是我知道她是谁,而我的警惕就全面提高了。她也许会提供一些证据来证明她是无辜的,也有可能最后会试图来贿赂我,但我们都无从得知了。你的手下闯了进来,而当时她正在讲能让自己变得更聪明的能力。"他稍作停顿,然后又很尖锐地说道,"你可以选择相信你想相信的。这就是发生的事情,已经发生的一切。"

史密斯再次沉默了好长一段时间,他们的汽车仍然继续飞驰在黑暗的公路上。车辆还是很稀疏,不过开始有点变化了,因为已经渐渐接近黎明。"我相信你,"他最后开口说道,"我在过去的人生中主导过无数的审讯,我认为你说的是实话。无论如何,这是很重要的事情。"他又补充道。

"很好,"德什说,"你准备好了吗,现在轮到你来提供你的信息了。"

史密斯考虑片刻后,回答说:"好吧。首先,我们相信琪拉·米勒真的已经找到方法可以将她自己变成终极学者。我们的专家同意你刚才说的,千亿神经元的智力水平是可以达到的。"

"你们有这种优化的实际证据了吗?"

"是的,虽然大多数都是间接的,但也足以使我们相信了。她告诉你的那些内容刚好跟我们得知的信息相吻合。有趣的是,她跟你说她让自己有了无法测量的智力,"他继续说道,"但她对怎么提高智力只字不提。"他对德什眨眨眼睛,"如果你有超级智能,你会解决什么问题呢?"

德什疲倦地摇摇头:"你看,史密斯,我一般很讨厌谜语和猜字游戏。真的,我已经差不多24小时没有睡觉了,这一整天也很辛苦。你为什么不直接告诉我呢。"

"永生。"史密斯直截了当地说。

19

德什呆坐在那里，头脑里一遍遍回响着这个词，以确认他刚才没有听错。一只正在飞行的昆虫，像一个小导弹撞在挡风玻璃上，瞬间就灰飞烟灭了。"永生，"他重复说着，然后摇头，"不可能。"

"是的，所以提高你的智商也是一样的。"史密斯立即回击，"还有，她现在还没有做到。但这只是时间问题。她已经成功地双倍延长人的寿命。就算不是永生，但也足以得到高等学校科学奖励。"他冷冷地说。

"你说的这些，你确定吗？"

史密斯点点头："你可能只有等到第一个被治疗的人活到160岁的时候，你才会相信。但我知道动物和早期人类的生命力是很强大的。"

"她是怎么做到的？"

"我怎么会知道？据说需要注射，每年注射一次。我不知道它是怎么起作用的。我所知道的是它可以减缓老化的进程，因此一个70岁的男人可以拥有一个35岁的男人的所有身体特征和能力。"

"太了不起了。"德什惊奇地说。

"我们认为，她把永生分为三个阶段。她已经完成了第一阶段。第二阶段应该是设计微型纳米机器人，注入到人体血液中，四处游走并修复人体，必要的时候也可以进行自我修复。如同一支由微型医学博士组成的庞大军队。理论上，这可以延长人的寿命至少500年甚至更多。"他稍作停顿后说，"第三个阶段，是她的终极目标，将会建立一个人工模型，然后她会将自己的智力转移到这个模型中。她可以无数次重复这个过程，这样就可以无限接近永生了。"

"你说她用人工模型来转移智力是什么意思？你是说她在设计某一天可以将她的意识传递到一个假的人体当中吗？难道她要将自己变成某种半机械人类？"

"我不知道，也许是吧。也有可能她每隔50年会克隆一个自己，然后将她的意识转移到那个更年轻的自己身体里面。我们认为她正在尝试的事情永远都不可能成功。即使对她来说也不行。但是这还不是重点。我们现在讨论的关键是，她已经做到了一件不可能的事情，那就是将人的寿命延长一倍。"

难以置信，德什心里想着，同时他让自己尽情地想象着这一发现给地球带来的粉碎性的影响。不仅仅是难以置信，而是太超现实了。但是他又进一步思考，这一切又是非常合乎逻辑的。如果他认为琪拉·米勒真的可以优化自己的大脑，在各个思想领域都变成一个类似自闭症天才之类的人，她绝不会将卓越能力仅用于解决没有什么想象力的问题。是的，她会去追寻终极的奖励，征服死亡。这是人类物种的终极圣杯。而她，在没有任何提升以前，就已经是一个基因治疗方面的天才。

现在琪拉在国内订阅的那些期刊变得有了意义。《人类大脑图谱》和《认知神经科学》杂志，这两份期刊对她努力改变自己的大脑都是很有用的。她还订阅了另外一份有关老年学的期刊，《应用老年学》杂志，是一门专门处理老年化进程的科学分支刊物。德什之前就察觉到这些奇怪之处，只是没有花太多时间去思考。但现在，这些零散的碎片全都十分吻合地拼凑成一个整体了。

德什从自己的沉思中回过神来："但是，如果她已经完成了这样的事情，"他说，"那么她为什么不公布呢？她会被认为是历史上最伟大的科学家,并且还可以很快成为亿万富翁。"

"你真的还不太了解她。"史密斯沮丧地说,"她的目的不是为了要延长人的生命或是给世界带来欢乐。恰恰相反,你想想阿道夫·希特勒吧,而不是佛罗伦斯·南丁格尔。"他停了一下,"琪拉·米勒发现了这个最终的手段,她就可以得到超乎想象的财富和权力。地球上的每一个人都想要延缓他们的衰老,而她是唯一能做这件事情的人。如果她将方法公之于众,那么任何人只要付钱就可以延长寿命。但是,如果她不公开,而是选择少数人可以得到这个待遇,那么她就可以得到超出只有金钱能达到的权力范围。"

德什冷冷地点点头。在人类的历史长河里,人们追求金钱的过程已经经历了相当长的岁月,而追求青春不老的努力,却仍然看不到成效。

"我们认为,她利用她的治疗手段作为交换,手中已经掌握了一大批有权力的人。"史密斯说,"其中包括美国陆军特种作战司令部的一个间谍。"他无奈地摇摇头,"虽然她治疗的人并没有公开身份,但她控制了后面的供应,如果他们做了违背她的事情,她就会停止他们的治疗,这样一来,这些人跟青春不老就只有说拜拜了。"

"有人做过吗?"

"只有一个,而且还不是自愿的,是一个早期资助过她的亿万富豪实业家。"

德什噘起嘴思考:"那智力提升是怎么回事?她利用这个做同样的事情吗?"

"不是的。延长寿命已经可以提供给她所有她需要的权力。而据我们所知,她只给自己提高了智力。目前为止,她是唯一获得这种好处的人,是唯一存在的得到过提升的人。她可以充分利用智力提升后的结果，所以为什么要让别人来分享这个好处呢？"

"有道理。"德什承认说。

"除此之外，"史密斯补充说道，"很少有人愿意接受她的这种治疗。当知道这个治疗会改变大脑化学物质以后，人们往往会觉得紧张。在大脑发生剧烈变化的同时，你无法控制自己的人性不发生根本性的变化。"他沮丧地摇摇头，"其他人可能不会像她那样急于将自己变成一个不完全的人类。"

德什想起琪拉说的话，她已经不愿意作任何的改变了。事实上，她声称她被自己的治疗所带来的效果吓到，并决心不再对自己作改变了，而这是否属实还有待见证。

他们继续向前开车，德什努力将他的思想集中在他刚刚听到的事情可能带来的严重后果上。最后，他打破了沉默。"现在我明白了，为什么你要让上校确保我找到她以后不要自己去追捕她，还有你的人为什么使用的是麻醉枪。你不愿意冒险伤害这个世上唯一知道如何能延长生命的人。"

"是的。"

"如果我抓到了她，你就会担心她是否利用她的魅力诱惑我或是贿赂我，所以你才会问我她是否给了我什么东西。你是想知道她有没有用承诺给我延长寿命来收买我。"

"是的，她一定会让你相信这是有用的，可以让你跟她的一些客户交流，诸如之类的话。但我想知道她是不是至少提起过。"

"她没有说起过一个字。"

"我相信你。如果我们不是过早介入的话，她很有可能会说的。"他停了下来，深深地叹了一口气，"现在你明白我们在做什么了。你怎么能相信任何被她承诺可以使之长生不老的人呢?"

"这也是为什么你不将整个真相告诉康奈利上校的原因,"德什明知故问,"也是你们监视我的原因吗?"

"是的。我不相信任何跟琪拉·米勒有关的人。如果你无视康奈利的指示而自行抓捕她,那么她为了获得自由会用终极的手段来贿赂你。这样的话,就不能保证你会跟进并联系我们介入。我们不想让事情交由你来定夺。"

德什意识到,也许她就是这样打算的。她说过她想要将他拉到她的身边,他们的谈话只是刚刚开始的序幕,后面她才会讲到她认为的终极招募手段。

"我是不会被收买的。"德什坚定地说,"即使是延长寿命。"

史密斯点点头:"我相信你。你的军队记录显示你是一个非常正直的人。但即便如此,任何人说对于长生不老不会受一点点诱惑,都是骗人的。"

"包括你吗?"

"包括我。"史密斯承认说。

德什噘起嘴思考。史密斯提到他的军队记录,并且高度赞扬他的诚信。而琪拉说对他作过深入的调查,也包括这些记录。如果这是真的,那么她应该知道他的诚信得分有多高。事实上,她也说过相比较其他人而言,她想要招募他也正是由于这一点。但是,如果是这样的话,她也应该知道任何贿赂他的努力,不管是诱惑还是什么,都不会成功。所以,这也许也不是她最终的计划。

史密斯澄清了一些问题,但还是有一些不清楚。

"那么跟恐怖分子的联系以及埃博拉是怎么回事啊?"德什说道,"是不是你们伪造出来,好让所有人都去追捕她?"

"我希望是如此。"史密斯严肃地说。他猛地把方向盘向左,以避开汽车大灯突然照到前方地面上的大面积的皮毛和血迹。"但我恐怕这都是真的。"几秒钟以后,汽车再次稳定前行,将那些不知名的血迹和皮毛抛在身后。他继续说道,"你知道以她的能力,恐怖分子的袭击会成功的。"

德什感到困惑:"但是她为什么要跟恐怖分子合作呢?"他问道,"这没有道理啊。她能从生化武器袭击中得到什么呢?她已经可以拥有她想要的所有金钱和权力了。"

"你可以这样想,"史密斯说,"但显然不是这样的。我们不知道在埃博拉事件上她的立场是什么。但可以肯定的是,不管是什么立场,都可以使她的计划提前。她是比我们优秀得多的国际象棋选手。不能因为我们不理解她的每一步,就认为她是随机的。"他耸耸肩,"也许她计划勒索政府在最后一刻取消攻击。也许她为了达到自己的其他什么目的,跟恐怖战争双方的权力人进行床上交易。我们都不知道。我们只是知道威胁是真实存在的,而她就是幕后主使。因此,不管其他任何原因,阻止这次袭击是黑色行动的主要任务,我们必须找到她。"

德什不耐烦地摇头:"你知道,这是胡说八道。"他大声说,"为了要得到延长寿命的秘密才是黑色行动的主要目的。"史密斯还来不及回应,他又说,"如果她在我视线范围以内,我确定杀了她就可以结束这次生化恐怖威胁。你想要我来扣下扳机吗?"

"这件事不是这么简单的,"史密斯回答说,"我们需要知道关于埃博拉事件她起到多少作用。让她活着,是阻止埃博拉的唯一办法。"

"你在回避问题。我说的是假如的情形下。杀了她,肯定可以结束威胁,你会支持吗?假设,这是唯一可以结束威胁的方式。"他目不转睛地盯着司机,"怎么样?"

史密斯犹豫了一会儿:"这事还不是那么简单。如果你杀了她,你或许可以挽救几百万人的生命,而付出的代价是现在以及未来的全人类有可能延长生命。你的底线在哪里?如果你知道要牺牲六十亿人口,仅仅是一代人,可以活得更久的机会,比如平均可以多活七十年,你还会去拯救两百万人平均只能多活三十年或者更少?"

"我知道了,"德什反感地说,"所以这是一个折中。是一个很容易得出的数学计算。"

"也不完全是。但确实有一些很重要的考虑不得不顾及。谁知道人类以后还有没有这样的机会呢?"

"所以,两百万人就必须为更多的人类做出牺牲,是这样吗?"

"你看,我们现在讨论的是假设的情况。杀了她也不大可能停止生化恐怖威胁。事实上,更有可能的是,在杀她之前审问她,以得到一点点机会,因为我们永远无法阻止威胁。所以不需要什么折中权衡,活捉她,对于阻止埃博拉的威胁和获取延长寿命的秘密都至关重要。"

"或许吧,"德什表示疑惑,"但我很怀疑。她是唯一一人有能力去完善他们计划使用的病毒。除非他们已经准备就绪,我所知道的事情就是,杀了她可以阻止这场威胁。不管你是否相信,拜托不要假装这只是有关生化灾难而已。"

史密斯皱起眉头:"即使我承认你的观点,但又能改变什么吗?我们仍然不知道琪拉·米勒现在在什么地方,但我们必须要找到她。"他稍作停顿,然后有针对性地说,"而你是关键。她冒着巨大的风险抓住你。现在的问题是,这是为什么呢?"

"我也还没来得及搞清楚。"

"又是一个我们不理解的行为。"史密斯沮丧地说,"如果她想要的只是肌肉,她随时都可以得到,想要多少有多少。你并不富有也没有多高的地位。虽然你很优秀,但以她的聪明和资源,你几乎没有可能找到她。以我们所知道的情况,你在她的棋局中,连棋子都算不上,更别提更多的价值了。但她承担的风险是不可估量的,我们一定是漏掉了什么。"

"我和你一样的不解。"

"我不确定我们是否能到找最后的答案。"史密斯说,"她提高智力后如同在一架我们无法触及的飞机上。而问题是,"他针对他说,"是出于什么原因,你对她来说非常重要?"

"我突然觉得,自己就像是渔夫放在鱼钩上的那条小虫。"

"你看,德什先生,你现在有一个前所未有的机会,可以最终接近这个女人。我们必须抓住这个机会。你会帮助我们吗?"

德什考虑着。史密斯还是有一些事情使他不能完全信任。他的直觉告诉他,这件事情远远不止这么简单。但是不管史密斯的动机是什么,必须阻止琪拉·米勒是没有异议的。而且德什知道,他单枪匹马已经失败了。即使他拒绝提供更多的帮助,也不能阻止琪拉·米勒再来找他,如果她想这么做的话。

德什深深皱起眉头,点点头说:"好吧,史密斯,我可以帮助你。"他等着史密斯转头看向他,眼里放出激动的光芒,说,"但这次要以我的方式来进行。"

20

黎明前的黑暗开始渐渐地褪去,挡风玻璃上开始出现细小的水珠,天气预报中的清晨细雨如期而至。再过一个月,预报的结果将会有飘雪。史密斯将雨刮设置为间隔十秒,并等待着德什说出他的条件。车子继续行驶,车里仍然保持沉默,只听到雨刮发出不间断的吱吱声。

"在这里转弯。"德什指着前面说。

史密斯抬了抬眉头:"这是到你的公寓去的捷径吗?"他问道。

"不是。现在更重要的是去格里芬的公寓。我需要取回我的衣服和手表,"他解释说,"还有我的车。"

史密斯什么也没说,按照指示驶离了高速公路,在一个长匝道的尽头停了下来。他看了一眼油箱表,提议先去加油。一分钟以后,他们来到附近的一个加油站,史密斯开始给油箱加油,这时德什感觉到他的胃开始抗议,他感到又饿又渴。但他也意识到他没有带钱包,于是不得不向这位黑色行动的长官借十美元,这让他觉得有点傻。

德什走进加油站里的小型超市,他从冰箱里拿了一瓶水,也给史密斯拿了一瓶橙汁,然后从冰箱旁边的一串新鲜香蕉上面扯了两个香蕉下来,这是给他自己的,最后走到柜台前。整个过程中,他都很用心地透过透明的玻璃正门观察史密斯,看他是否试图打开行李箱,拿回他的武器。虽然他和德什看起来是同一战线,但这并不意味着德什准备无条件相信他。不管将来发生什么,也不管他会相信谁,赌注是非常非常高的,而他宁愿选择成为偏执的一方。

一大堆恼人的问题持续困扰着他。如果确如史密斯所说,琪拉·米勒真的可以控制一些世界上最富有和最有权力的人,那么她为什么不利用他们的影响力来阻止对她的追捕行动呢?她为何没有得到更好的保护?她的治疗受益者一定对她的健康和生存有巨大的关注。如果她死了,那么他们的长生也就成为泡影。就算她拒绝了贴身的保镖,他们也可以安排灵活的天使保护,保持在暗处,但能保证像史密斯之流无法接近她,更不可能发生在旅馆里的那一幕。

有太多的事情是德什无法理解的。他感到自己像是在黑暗中摸索,感觉摸到了大象的鼻子,却被告知那是一条蛇。他需要回到最基本的原则。即使他相信琪拉·米勒真的可以优化自己的智慧,他还是不相信她已经成功地开发出长生的治疗手段。如果是这样的话,那所有的赌注都是真的。史密斯把自己描绘成天使一般,这在过去很有可能是真的。但是在目前的情况下呢?如果史密斯真的抓住琪拉以后,他会怎么做呢?还有在他上面的人?德什能否相信在抓到她之后他们整个集团会做正义的事情?他们会不会只是简单地从她那里窃取秘密,然后公之于众?有一个薄弱环节,就是她为了自由或者害怕某人取代她的位置,而改变自己。她是无限权力的关键所在,如果在整个环节里有一个邪恶的人存在,他为了从她那儿获取秘密,杀了她,然后消失,那么他很可能会成为一个比她更大的威胁。

德什相信,危险的个性特征,例如:自大狂、虐待狂,还有反社会者都倾向集中在那些已经有一定权力和影响地位的人群当中。这种个性集中在高层机构中更为明显,例如中情局和军队,有这些心理倾向的人往往可以得到优先待遇。特别是在黑色行动部门,他们躲在暗处,并且从来不会被问责。在这些机构的指挥高层,并不是没有足够的优秀男人,有为国家服务的热情,愿意做他们认为正确的事情。但通常是一个坏苹果在上面或者接近上面,而德什坚信,既然有这么诱人的诱饵,那么这个赌注存在的概率是百分之百的。所以,即使史密斯是清白的,把琪拉交给他以及他所代表的组织,也可能是个灾难。

德什慢慢走回到车旁,完全不顾打在脸上的小雨,他突然清醒地意识到一点。如果他相信自己的逻辑，那么只有一种方法他可以绝对相信，长生的治疗公布可以造福全人类，前提是他能够做到。这个想法令他感到不安。他无意于要自己深陷其中，但除非他能从自己的逻辑中找到破绽，否则会带来他无法忽视的前景。

几分钟以后，他们又回到马路上。史密斯喝了一口橙汁，转向旁边的德什，说："好了，我们现在已经加了油，我可以在一个小时以内把你送到格里芬的公寓。你想要做什么？"他直截了当地问道。

德什慢慢地咬着一大节香蕉，组织着他的思路。"首先，由我来负责。你和你的人都听命于我。"他急切地扫视着史密斯的脸，观察他的反应。

"继续。"史密斯不置可否，手上滑到中心控制台，弹出了两个杯子托盘，然后他将自己的橙汁放在靠近自己的那个托盘上。

"第二，立即解除所有的监听和定位装置。这些装置和你的监视唯一的结果，就是让琪拉·米勒永远不会再联系我了。"

"他们也没有在第一时间阻止她。"史密斯说。

德什摇摇头说："我知道她是怎么想的，"他坚定地说道，"所有的报告都说她很优秀，她的确是优秀的。但我知道，她还很危险，因为她太理智。她不会有任何的失误。她知道你会利用我来接近她，因此她会比之前更为谨慎。"

"我们可以以她察觉不到的方式来跟踪你。"

"真的吗？"德什表示怀疑，"如果我是你，我就不会指望这个。你太低估她了。相信我，即使你在另一个银河系，她也有能力觉察到你的气息。我认为，如果她知道我成了诱饵，她是不会来找我的。就算她真的来了，她感觉到你的存在，立即就会停止,而且我们再也不会有第二次机会了。"他目不转睛地盯着史密斯,说,"我要你在这点上给我保证。"

史密斯停下来思考很久,然后无可奈何地叹气:"好吧,"他最终还是答应了,但很明显地不高兴。

"很好,我会继续按照我之前的任务去寻找她,因为我觉得她不会再来找我了。还有,史密斯,按照原计划,应该是我找到她以后跟你联系。"他稍作停顿,"你应该知道,我原本打算同格里芬一起合作。他在他所从事的领域里干得很好。我的直觉告诉我他是一个好人。同样的,无监视的原则也同样适用于格里芬以及所有跟我工作的所有人。"他特别强调。

"在完全不知道发生了什么的情况下,他能为你提供有效的帮助吗?"

"我认为可以。"德什说着,把第一根香蕉的最后一节塞进嘴里,吞了下去,然后又喝了一大口饮料。

"现在我们来说第三点,"德什说,"我必须要有完全自主的权利来抓住她。我现在有从你的同事那儿借来的麻醉枪,我还可以增加别的非致命性的武器。如果我判断错误,而她又再次来找我的话,我这次一定会留住她的。"

史密斯皱起眉头,看起来很不甘心的样子。

"请相信我,"德什继续说,"你的不老泉守护者现在的状态很好。我只会在我认为必要的情况下才会行动。否则的话,我会打电话给你。还有,我不会使用致命武器。"

"看起来似乎我没有选择。"史密斯低声说道,"如果你有机会可以抓住她,而我没有在场的话,你就可以做你想做的任何事情,不管我是否同意。"

"我会让她活着。我也不会被收买的。你必须相信我。"

史密斯一边考虑,一边喝下了最后一点橙汁:"好吧,"他说着，把空杯子放进托盘里。"我同意你的条件。"他定睛看着德什，"但我也有一个条件。我的人告诉我，他们发现你用借来的手机，联系过吉姆·康奈利。从现在开始，我是你唯一可以联系的人。你要同意不管以后发生什么，不再联系康奈利。我们知道，在美国陆军特种作战司令部里面有一个间谍。你打电话给康奈利就正好落入了琪拉·米勒的手中。"

"你会告诉他是你和你的人破坏了今晚的谈话，并且告知他长生的情况吗？"

史密斯露出难以置信的表情，好像德什疯了一样。"她只是延长了人的一倍寿命，"他强调说，"目前世界上没有比这更伟大的秘密了。人们有知道实情的需要才会告知。而康奈利现在还没有知道的必要。"他皱起眉头摇摇头，"如果我们不保守这个秘密，那么很有可能会有几十、上百个派系参与争夺她的战斗。你现在还认为我们的黑色行动是在胡闹吗？"他抬起眉毛，让德什自己去思考。"我会告诉他我在旅馆里，但仅此而已。"

德什考虑之后说："我同意。这一点上我们理解一致。"

德什指示史密斯向右转。"我希望你能发一封邮件给我，将你们安放我身边或者跟我一起工作的人身边的所有监视和定位装置的位置标注出来。"

史密斯点点头。

"请确认清单两次，好吗？"德什特别说道，"我不希望你漏掉其中任何一个。"

21

戴维·德什站在格里芬公寓前的停车场，等着史密斯驾车驶出他的视线。他感到很满意，回到了他停靠雪佛兰巨无霸的位置，他从乘客座位取出一个光滑的皮套，里面有一个最新的故障检测设备，还有一叠厚厚的百元大钞，用一个钱夹紧紧地夹在一起。康奈利的确提供了相当大一笔预付金额，德什在前一天的清晨已经从银行里提取了超过格里芬要求的钞票。他把皮套拿在手里，很快又回到14D房间。仅仅是一晚之隔，前一晚他走过同样的走廊，遭遇埋伏，感觉那已经像几个世纪以前的事情了。

格里芬的公寓大门没有锁，这个大个子仍然躺在前一晚倒地的位置。他现在的呼吸很沉，但德什知道他随时有可能醒过来。他小心翼翼地剪开格里芬手腕上的塑料手铐，跟琪拉之前丢下的绳子一起扔进了厨房的垃圾桶里。

他把故障检测设备从皮套里拿出来，然后开始在公寓里进行仔细的搜索。在执行保护任务时，熟练掌握检测和删除监听设备的能力是至关重要的。弗莱明有最先进的设备，其价格超出了大多数人的承受范围，只有最富有的人可以接受。德什发现了两个无线装置，他把它们放进了隔音容器里。史密斯向他保证会删除所有的监听装置的。德什一瞬间就不信任他了。

德什换回了自己的裤子，从裤子口袋里拿出他自己的手机，查看是否有新信息，然后又重新武装了自己。他穿上风衣拉上拉链，遮住里面的灰色T恤和他的肩背带。他自己的T恤和内衣在前一晚都被剪烂了，他把这些衣服和运动裤卷起来，准备拿到附近进行处理。

做完这些以后，德什轻轻地摇晃格里芬，直到他开始苏醒。

格里芬睁开眼睛，但仍然迷迷糊糊，他努力地去辨认眼前站着的这男人是谁。终于，他把这张脸和一个名字以及前后发生的事情联系了起来。"戴维·德什？"他喃喃地说。

"是我。现在该醒醒了。"

"我为什么躺在地上呢?"他疑惑地问道。

"你感觉怎么样?"

格里芬的大脑似乎还处在重启状态,他的反应很慢。"感觉很好,"他最后说道,同时还很惊讶,"从未有过的好。"

德什点点头。琪拉·米勒跟他说过会有这种情况发生,在这一点上,至少她没有撒谎。

格里芬如梦初醒,最终站起身。德什去煮了一壶咖啡。几分钟以后,格里芬也来到厨房,带着感激的心情品尝着咖啡。

"昨天晚上你家来了一个客人。"德什开始说,"你还记得发生了什么吗?"

格里芬在脑子里努力地回想,但最终还是摇摇头:"什么都想不起来了。"

"是琪拉·米勒。"

"琪拉·米勒!"格里芬感到震惊。

"不用担心,她只是把你弄晕,然后就离开了。她用了一种良性的药物,你会没事的。而且她不会再来找你麻烦了,我向你保证。"

"那她想要什么呢?"

"她想要我。"

格里芬看着德什,就像是第一次看他一样。"你知道吗,你看起来真的很糟糕,像个魔鬼?"

德什无奈地笑了笑。由于他几乎没怎么睡觉,也没有刮胡子,头发蓬乱,还在汽车后备箱里待了几个小时,对于格里芬的说法他毫不怀疑。"谢谢,我的感觉也像魔鬼。"

"发生了什么事情?还有你现在在这儿做什么?"格里芬挠挠头,"还有,如果她在追踪你,为什么要把我弄晕呢?"

"我很想回答你所有的问题,马特,但是我真的不行了。"

他摊出双手表示无奈。

"你看，戴维，这里发生了秘密的埋伏，我的公寓被人闯入，我被击倒。现在我还能坐在这里，我需要知道到底发生了什么。"

德什叹口气说："你说得很好，或许以后某个时间我会告诉你一切，但是现在不行。有太多的事情发生，而我不知道应该相信谁。我想你不需要知道更多对我们两个来说都会更好一些。"

"那你就另请高明吧。"格里芬说。

"我不会怪你生气，"德什表示理解。"一个众所周知的疯子和凶手袭击了你，而你想知道自己身上发生了什么。但是我想请你相信我，我以后一定把事情原原本本告诉你，"他稍作停顿，"还有我会给你50%的奖金，作为你已经经历的和即将要面对的风险回报。"

"如果你死了，就不能付钱了。"格里芬不为所动。

"我会照顾你的安全，"德什向他保证说，"这是一次性的事件，以后不会再发生了。"

格里芬用怀疑的眼神看着他，最后还是点点头。"好吧，至少现在是这样。"他谨慎地说。

"很好，现在问题都解决了。"德什迅速转换了话题，让格里芬没有时间再去考虑。"我想让你找到一切能够了解到琪拉·米勒的信息。只要计算机可以访问的，我都想要。学校记录、导师笔记、学术文章、她在线购买的书籍，还有她在线买的所有东西，从香水到回形针。我跟你说两位老师的情况，他们是布鲁克中学的老师，是她的母校。一个被谋杀，一个十六年前失踪了。我希望你能找到有关这个的所有信息，报纸的文章、警局的报告，一切有关的。我想要建立一套关于她的完整个人档案。"

格里芬仔细地看着他:"好吧,"他最终无奈地说道,"只要我们是在努力地去寻找一个杀人凶手,我就愿意冒一些个人风险。但这最好不要偏离到令人起疑的程度。"他警告说。他指着桌子说,"记住,我利用我的技术和能力只做正义的事情。"

"那正是我喜欢你的原因,马特。"德什平静地说。他叹口气说,"当你在做这件事情的时候,你是否介意我在你的沙发上睡一觉。我太疲倦了。如果一点都不休息就直接开车回家,感觉很糟糕。"

"你可以尽情享用我的沙发。"格里芬回答,他的和蔼可亲再次展现。

"谢谢。"德什感激地说到。他立刻在沙发上躺下,闭上了眼睛。

德什再次睁开眼睛的时候,看到马特·格里芬那庞大的身躯站在他的面前,用力地摇晃着他,一脸焦急而又愤怒的表情。德什看了一眼手表,他睡了差不多两个小时。真是不可思议,他感觉好像一秒钟以前才闭上眼睛啊,而且还是很疲倦,但这一小会儿的集中睡眠,已经足以让他在接下来的一整天时间里面,维持必要的较高水平的活动需要。

"什么事?"德什看到格里芬脸上的愤怒表情,焦急地询问。

格里芬拿出一张纸在他的眼前,上面写着:我们被监听了吗?

"没有,"德什摇摇头,大声说道,"我们曾经被监听过,但我已经全部清理干净了。怎么了?发生了什么事情?"

格里芬递给他一张纸。"你收到一封琪拉·米勒的邮件。"

他说。

德什腾地坐起来，现在已经完全清醒了。

"你先看，然后告诉我到底发生了什么事情！"格里芬愤怒地咆哮。

德什看着邮件，心脏怦怦直跳。

发件人：xc86vzi

收件人：马特·格里芬

主题：紧急！给戴维·德什

马特·格里芬：

戴维很有可能清理了你公寓里面的监听设备，但是还是请保持沉默不要说关于这封邮件的话，直到他明确指示你没有被监听为止。请立即把这封邮件转给戴维。

戴维·德什：

我事先在你的运动裤里装了监听器以备不时之需。再次表示歉意，侵犯了你的隐私。我修改了监听器，使得你的检测设备无法侦查（不可能，是吗？我知道。）我刚刚听完了传输到电脑里面的你跟康奈利和史密斯的谈话。

德什恨得牙齿痒痒的。她总是比他快一步。她准确地说出了之前他谈过话的两个人的名字，说明她没有在虚张声势。每一次自己都显得很被动。他重新又把之前穿过的运动裤拿起来，打开房门，然后使出全力把裤子扔到走廊里，能扔多远就扔多远。格里芬依旧生气地看着他，一言不发。

德什自己也火冒三丈，但他还是强迫自己把注意力放回到邮件上。他知道现在不是自责的时候，他继续读邮件。

我们应该完成我们的谈话。我现在有一点宝贵的时间可以说一些细节，（我本来昨天晚上就准备说的。）但是有一批我跟你说过的药丸在多年以前就被偷了。所以还有另一个人能够不受控制地提高智力，也可以用史密斯的术语称之为"金鹅"。他就是一个无情的人，手中掌握着无数权力人物，但不包括我。他同时也是指挥所有对我的追捕行动背后的那个人。让他停止下来是至关重要的。

史密斯在欺骗你。偷了我的治疗方案的那个对手正是埃博拉背后的那个人，而不是我。

我知道你不相信我，但你可以相信这个：如果你不立即行动的话，吉姆·康奈利就活不过今天。你要警告他，让他全速展开行动。你打电话给他，让他保持高度怀疑，他的位置有权力可以窃取信息，这样能让真正的精神病患者感到不安。跟你一样，他同样不会被收买，因此他们会杀了他来阻止他得知真相。你可以不相信我，但是请一定要小心。这种异常人格类型带来的高风险就如同飞蛾扑火。

当他们认为你不能引导他们找到我的时候，他们也会立刻杀了你。他们还会清理掉跟你有关的一切，也就是说他们会在第一时间杀掉马特·格里芬。

祝你好运。
琪拉·米勒

WIRED

德什抬起头，正好迎上格里芬那冰冷的眼神。"你能告诉我，我到底陷入了怎样的境地吗？"他强烈要求说，"埃博拉阴谋！这到底是什么意思？他说某个组织正在计划要杀了我们两个。你说过我是安全的，而事实完全不是这样的！"他咆哮道。

"好的，马特，没有什么秘密了。"德什语气平静。"你已经比我预料的还要深陷其中，为此我感到很抱歉。你应该知道真相。但我首先要考虑这封邮件的暗示意义。它是如何安全地发送的？它是否被拦截了？"

"不可能，她的电脑跟我的一样好，像个堡垒一样。"

德什点点头，并没有感到惊讶。她还是那么的细心和聪明。但是这封邮件是否是她的另一个操作手段呢？德什已经感到很厌倦了，他觉得自己像一个游戏中的棋子，而他甚至不知道对手是谁，游戏规则是什么。

他作了一个仓促的决定，不管琪拉是否真的有一个对手，这些都是他以后需要考虑的事情。但她的逻辑是合理的，而直觉告诉他，她关于康奈利的警告应该予以高度重视。吉姆·康奈利是一个好人，德什同样认为他是不会被收买的。但是审判权仍然在史密斯的手上。

德什对自己感到恼火，他现在的偏执心态，一点没有考虑到让康奈利去搜取信息会使他成为目标的可能性。如果德什能从这个烂摊子里存活下来的话，他也许会做得更好。

"你有车吗？"德什问道。

"为什么这个问题让我这么紧张呢？"格里芬小心地回答。

"我们现在说话这会儿，康奈利很可能已经被人瞄准了。我们需要让他立即行动起来，最好能跟他碰面，这样我可以让他全力以赴。我们不能开我的车，那样太冒险了。在路上我会告诉你我知道的一切的。"

"这个女人是一个心理变态的杀手。你为什么要考虑她的建议呢?"

"如果她错了,我们只是浪费一点时间,以及给上校带来一些不便而已。但如果她是对的,那我们就可以挽救他的生命。"德什停顿了一下,"我想你应该有车,是吧?"他坚持说道。

格里芬看起来有点不高兴,最后还是点点头。"如果我想待在这里,你自己一个人去见康奈利可以吗?"

德什耸耸肩:"随你便吧。但是,如果是这样的话,我就只能在我回来以后再告诉你,你到底陷入什么阴谋了。还有,你可以问问你自己,你真的觉得自己待在这里更安全,还是跟我在一起更安全。"

格里芬皱起眉头:"那我去。"他闷闷不乐地说道。

"很好。你可以用电脑找到这里与位于北卡罗来纳州布拉格堡的中点吗?"

格里芬坐到电脑前面,几秒钟以后,一幅卫星地图出现在巨大的屏幕上。美国东海岸的形象几乎是清一色的绿色,没有一点人类居住的迹象,地图上检测到了所有的大型城市。图像中的大西洋,看起来比我们从海滩上看到的海洋更为深蓝和有活力。格里芬用一张驾驶线路图覆盖了之前的卫星地图,并标出了两地之间的目标地点。他的手指在键盘上飞快地操作。

"维吉尼亚商业中心,"他宣布说,"那儿距离华盛顿有一百七十二英里,距离布拉格堡有一百五十五英里。"

"很好,"德什说,"附近有国家公园、树林那样的环境吗?"

格里芬用鼠标在屏幕上一阵点击,显示了直升机鸟瞰商业中心及其周围的环境,还让这架虚拟的直升机慢慢向前飞行。他得到了更多小镇上的信息,并在另一个小屏幕上显示。"在梅赫林河旁的商业中心有一个水电站大坝。河流从大坝向西北方流去。"

"找到一条两车道的马路,与河流或者树林平行,也是西北方向的。"德什发出指示。他决定借用琪拉的剧本。她选择的旅馆在战术上是最理想的。"试着在马路的任意一边定位一块四分之一平方英里到二分之一平方英里的树林。可以轻易地进入,但要相对独立的。"

格里芬转向梅赫林河大坝,然后找到一条马路刚好符合德什的要求。他按照指示沿着马路向前,他找到一个候选位置的时候,将图像拉得更近,当他需要更多的全景时,他就再次返回。他进入了一个卫星数据库,相比公众的卫星地图,他可以得到更清晰的图像,还能缩放得更近。

"我想我已经找到了。"格里芬说。

德什仔细看着屏幕。果不其然,在距离商业中心右面大概二十英里的位置出现了另外一条路,与之前格里芬跟踪的那条路一起把树林夹在中间。两条路在树林的两旁平行延伸了好几英里。

"继续沿着你之前的这条路,但是要慢一些,高度再低一点。"德什说。

格里芬按照指示让直升机飞得更低。德什噘起嘴唇专注地看着四周不停变化的景观。"等一下,"吼道,"退回来一点。"

德什指着马路的一段区域,紧邻着树林边缘,中间还有一块空地。汽车可以停在那段马路上,然后可以毫无阻碍地绕到树林里那块空地去,距离大概五十码,从马路上看不到那个地方。他唯一希望的就是周围的树木有足够的树叶可以提供遮挡。

因为卫星数据有一点失实，所以从图像上是不能得到确认的。

"用 GPS 坐标把树林的这块空地标注出来，在我打电话的时候把坐标写下来给我。"德什说。

德什拿起格里芬的电话，这是一部无线座机，正好是他需要的。手机网络太容易被拦截了。他已经预先检查了电话是否有监听设备，现在是安全的。他拨通康奈利在美国陆军特种作战司令部办公室的电话，心里祈祷着他在里面。

电话响了一声就被接通。"戴维吗？"

"是的。"

"我很高兴你打电话来，而且是打到我的安全线路。"康奈利给予肯定。"我开始更为仔细地调查琪拉·米勒的案件，我遇到了在我的权力范围内不应该出现的障碍。我想你是对的。有太多的事情不像看到的那么简单。"

"康奈利，自我们上次谈过以后我又得到了更多信息。虽然还不足以把始末搞清楚，但也可以猜到你大概捅了马蜂窝。我想你现在很危险。我建议你立即离开你的办公室，你把这个记下来，"他示意格里芬把刚刚标注的坐标递给他。德什把坐标很仔细地念给康奈利，"我告诉你的这些坐标是树林里的一块空地，你要走的路跟树林边线是平行的。树林边线绵延好几英里。然后你从公路上下来开进树林里的空地，那里很隐蔽。从现在开始，三个小时以后我们在那儿碰头。你先检查你的衣服和汽车里面有没有窃听器，还有注意是否有人跟踪你。"

"好的。"康奈利说。他对德什足够信任，因此他没有问任何问题就会按照他说的去做。

"我会带一个朋友去，大概身高六尺五寸，体重三百磅，有浓密的胡须。见到你以后我会跟你解释一切。"德什停顿一下，"在我们挂断之前，我想再问一句，史密斯今天有没有联系过你，解释关于昨天晚上的事情？"

"史密斯？"

"这很显然是别名。我说的这个人，就是你要求我找到琪拉·米勒之后打电话联系的那个人。是黑色行动的长官，矮个子，很结实，耳朵下面有一条疤。"

"我不知道你说的是谁，戴维。"康奈利说，"黑色行动？我只知道那个号码是我的老板埃文·戈登准将在麦克迪尔的私人号码。"

22

陆军、海军、空军和海军陆战队都有各自的特种作战司令部，四个作战司令部都需要服从位于佛罗里达州麦克迪尔空军基地的美国特种作战司令部的指挥，其最高长官是四星级将军。这样设置的意义是保证了上层指挥的集中，所有的联系信息都直接到康奈利的老板那里。

德什感到浑身起了鸡皮疙瘩。当他听说史密斯的身份并不如他所说，这就增加了琪拉的话的真实性，康奈利现在处于迫在眉睫的危险之中。而史密斯告诉他的一切都值得怀疑。德什知道，他需要跟康奈利在以后的时间里对于这个信息所暗示的意义进行充分的讨论和分析，但必须要另外找时间。他很快结束了与上校的通话，好让他赶紧脱离危险。

"准备走了吗？"德什挂断了电话，格里芬问道。

"还没有，我需要想一想。"德什说。他低下头整整一分钟，而格里芬焦急地等待着。

德什终于抬起头，若有所思地看着格里芬："我们很有可能没有被监视，但也有可能被友好地监视。我们现在不能确定。所以我们要锁定他们的视线。我们需要确保他们没有理由将卫星锁定在我们离开的那个大楼出口处。"

"你在说什么啊？不管追我们的是谁，他们都不可能通过卫星得到一时兴起想要的任何实时图像。"

德什扬了扬眉毛。

格里芬艰难地吞咽了一下。"不是吧，戴维，"他紧张地说，"你是说这些人的权力那么大，他们可以授权实时卫星来监视我们吗？"

"我有理由相信是这样的。"

"我的天啊！"格里芬咆哮起来，"我们是真的彻底完蛋了。"

"别泄气，"德什说，"我有办法。如果我们可以让他们相信我们一直呆在这里，那么他们就不会利用卫星来监视你的公寓大楼出口。"

"那你怎么知道他们不会以传统的方式来监视出口呢？"

"我会在离开之前检查这块区域，但我认为他们不会的。他们为了跟我合作，已经把那些乱七八糟的手下叫停了。他们知道我会仔细检查他们是否遵守诺言。"

格里芬还是不太相信。"那你的计划是什么？"

德什告诉他，他会把之前放在隔音容器里的窃听器拿出来，确保它们仍然可以工作。然后他们会给他们的听众来一段表演。"作为一个黑客，以你的网络工程技术，这应该是小菜一碟。"德什鼓励他说，"但不要太过了，不要说得太死板好像你在背台词，也不要直接对着窃听器说话。他们会根据你的声音来判断你的位置。只需要做你自己就好。如果表演太假的话，我们就搞砸了。"

格里芬皱了皱眉："谢谢你，让我没有压力。"他冷冷地说。他停顿了几秒钟，在脑子里把事情过了一遍，做了一个深呼吸，然后示意德什可以开始了。

德什小心地拿出窃听器，把一个手指放在嘴唇上，然后对着格里芬点点头示意他开始说话。

格里芬的脸专注起来："戴维？"他的语气有点怀疑。"戴维·德什？快醒醒。"

"嗯。"德什发出喃喃的声音。

"快醒醒，告诉我这里到底发生了什么？"他的语气里带着指责。"为什么我刚才是倒在地板上醒来？你躺在我的沙发上做什么？"他的声音令人信服，慢慢地把自己投入到德什为他设计的角色中。

"对不起，"德什说，他装作昏昏沉沉地说话。"几小时以前，我就回来了，没能把你叫醒。我自己也睡着了，同时等你自己苏醒。我太累了。"他稍作停顿，"还是那件事情。"

德什继续说，将前一夜早些时候告诉格里芬的那些话重复了一遍。然后又重复一遍他要格里芬做的事情，就是大量搜索关于琪拉·米勒过去的信息。"马特，我很抱歉，但是我还想休息一下。你是否介意在你工作的时候，我继续在你的沙发上睡一觉呢？"

"你去吧。"格里芬说。

"谢谢，请你在两小时以后叫醒我，然后告诉我你的进度，好吗？"

"好的。"格里芬回答。

德什用大拇指给了格里芬一个信号，然后把手指放在嘴唇上。他小心翼翼地把窃听器又放回到隔音容器里。

"干得漂亮，马特。"他赞赏地说。

如果够幸运，监视他们的人会放松一会儿，并且认为在接下来的几小时里使用卫星会是一种资源浪费。

德什继续想象着可能出现的不同情形,他还考虑是否需要走出公寓出口的时候穿防弹背心,但他自己很快就排除了这一想法,因为很冒险并且浪费时间。还有,防弹背心只能阻止手枪不能阻止步枪。如果军队牵涉其中,哪怕是很小的一股力量,他们会想到他会穿防弹背心,并选择相应的武器。这样的话,防弹背心就成为了一个劣势而不是优势了。他喜欢像电影《星球大战》里面的家伙,而认为《暴风骑士》里面的角色太过愚蠢:他们从头到脚的白色盔甲什么作用都没有,反而让他们行动迟缓笨拙,结果使得连最弱的冲击波都没能躲过。

德什从皮套里拿出那叠厚厚的百元大钞,并在格里芬的面前展示了一下。"充足的现金在某些紧急状况下,就跟武器一样的有用。"他说着,把钞票塞进他的裤子口袋里。

格里芬抬起眉毛:"这么多年以来,我有一个经验就是携带大量的现金实际上会给你带来更大的危险,而不是减少。谁知道呢?"

德什咧嘴一笑,问道:"你有手机吗?"

格里芬点点头。

"把它放在这里。我想你知道他们会利用你的手机成为定位装置。"

格里芬从口袋里拿出手机放在桌子上。"好的,"他朝着德什点头,说,"那你的手机呢?"

"这个手机是我的公司特别设计的。它是无法追踪的手机。如果你的对手可以追踪到你,你就无法有效地保护他人。"

德什溜出门去,巡视了十分钟,直到觉得周围很安全,他才感到满意。即使如此,他和格里芬还是分别走了不同出口,他们低头走路,尽量不引人注意。

格里芬和德什在公寓外两个街区的地方碰面,来到他的蓝色克莱斯勒小型货车旁。他迅速滑到副驾驶座位上，德什也钻进来，很快地调整了座位和后视镜，然后驾车离开。这辆小货车已经很久没洗过了，车里堆满了空水瓶，星巴克的咖啡杯，还有空的披萨盒子。

德什转向格里芬，扬起眉毛："一辆小型货车？"他带着微笑说，"像你这样的单身男人会选这个车真是有趣，马特。我听说这是真的少妇杀手。"

"你们特种部队的娘娘腔或许需要豪华跑车来吸引女性，但我们黑客不需要。"格里芬带着夸张的表情说，"我们对女人是不可抗拒的。我们就像摇滚明星一样的受欢迎。"

德什笑起来："我知道了，所以这个小货车是用来阻挡她们的手段吗？"

"是的。"格里芬笑着回答。

"是个好主意。"

格里芬笑了："事实上，我用这车来倒腾我的旧电脑，有时候重新组装以后卖掉，有时候拆卖部分零件。"他狡猾地笑着说，"至于女人，我觉得我做得很好。我不需要用豪华的汽车，我只用最传统流行的方式就可以吸引她们了。"

德什疑惑地看着他。

"当然是在网上。"他开心地说。

德什的笑容持续了几秒钟，很快就被严肃的表情取代了。"好了，马特，"他说，"是时候该告诉我我知道的一切了。"

格里芬的脸上出现既渴望又焦急的表情。

在开往商业中心的路上，德什向格里芬讲述了他知道的所有情况以及他对目前形势的分析。他按捺住自己，迫使自己遵守时速限制，以确保他们不会翻车。这一天依然是一个阴天，还有时不时的小雨。他们的行驶方向看起来是逃离一场即将降临的雨而不是朝着它开去。

德什讲完以后,格里芬完全傻眼了。"这太令人吃惊了,戴维。如果这些是真的话,那么它的影响实在是太大了。"他说。

德什噘起嘴唇点点头表示赞同。"我知道我已经把你拉下水,并且陷得很深了。但你这样想可能会感觉好一些,我和你现在站在人类历史的十字路口,我们现在做的可能会对阻止生化危机和给全人类带来青春不老的结果产生重大作用。"

"谢谢,戴维。"格里芬脸上出现一丝痛苦的表情,"我现在感觉好多了。"

"我很擅长给人以鼓励。"

"你确实做到了。我很受鼓舞,同时也吓傻了。"

德什笑了:"你为什么不告诉我你在我睡觉的时候,查到的关于琪拉的信息。"他说。

格里芬刚刚讲了五分钟,德什的手机响了。他把电话从口袋里拿出来,小心翼翼地看着屏幕,是康奈利。由于这个号码不是安全线路,因此肯定很紧急。虽然康奈利的手机跟德什的一样,是不能被追踪的,但还是需要保持通话简短扼要。

"是我。"德什接起电话说。

"我按照计划在朝着我们的会面地点赶,一刻也没有耽误。"康奈利说,"确实发现有一个人冲了出来。我想我已经把他们甩掉了,但是不确定。"

"知道了。"德什说。他停下来想了一会儿又说,"还是按原计划行事。我会在你到了以后检查你的周边。"

"收到。"康奈利说着挂断电话。

格里芬疑惑地看着德什放下手机。

"上校发现有一辆车在跟踪他。"德什解释说,"他认为他甩掉他们了。"

"他认为他甩掉了?"格里芬紧张地询问。

"我们必须假设他没有甩掉。"

"但我听你说,按照原计划行事。为什么还要这么做呢?"

"因为我们需要信息,而这也许是最好的机会可以得到一些信息。"

"怎么得到?"

"通过给不速之客设置一些埋伏。"德什严肃地回答。

格里芬激烈摇头。"不行!"他声音沙哑,在感到害怕和生气的时候那些高尚的词汇又冒了出来。"这不是我同意要做的事情。你可能对军队那些大男子主义有关的鬼东西很感冒,但是我一点兴趣也没有。"

德什深深地叹了一口气,眉头紧锁,"我也是啊,马特,"他喃喃地说道,"我也是迫不得已的。"

23

德什焦急地再次看看手表,皱起眉头。他现在躲在空地边缘一棵大树下面等待康奈利。这块空地跟一个篮球场差不多大小。他和格里芬在商业中心搭了一辆出租车,然后在距离碰面地点还有0.25英里的地方下车,余下的路程步行。在德什风衣的一个口袋里有麻醉枪,另一边口袋里还有两颗格鲁45手枪的子弹。

格里芬站在距离空地二十码的距离等着。几乎没有一棵树是光的,大部分都树叶茂密葱茏,而且都还没有改变颜色。由于常青树的大量植入,这片树林提供了如德什所愿的那样丰富的覆盖,地上也铺满了颜色多样的树叶。

一辆汽车开了过来,德什高度紧张起来。

汽车进入他的视线以后他认出了方向盘后面的上校，这才稍微放松一点。康奈利小心地选择路线，在没有经历过大雨冲刷的坚硬路面上驶过，尽量不留下任何车辆通过的痕迹。他关掉引擎从车里走了出来，小心翼翼地观察身后是否有人跟踪。他穿着一条休闲裤和一件深色的绿色针织毛衣。从他的体型来看，德什猜测他穿着防弹背心。

康奈利沿着树林边缘有条不紊地搜索着。当他看到德什藏身的地方时，德什伸出头朝他意味深长地点点头。康奈利捕捉到他的眼神也给予点头回应。德什如约而至，康奈利感到很满意，他从地上捧起一把树叶回到他的车刚刚经过的路口，把这些树叶铺放在地上以掩藏所有的足迹，表面看起来是随机的落叶样子。

然后他又回到空地上，站在他的车旁边，像是在等人。

德什知道有可能康奈利甩掉了跟踪他的人，但是如果这些跟踪者可以授权卫星追踪的话，他这样做就几乎没什么用。也有可能跟踪上校的人无意对他采取恶意行动，但德什没有选择，只能往坏的方面去想。

德什静静地来到大个子黑客身边。"是时候了。"他的声音太低，以至格里芬不确定是否已经听清还是只是看德什的嘴唇在动。"不要动，甚至不要有任何多余的想法。"他继续压低嗓门说话，嘴唇几乎要碰到格里芬的耳朵了。"一个小树枝都有可能暴露你的位置。"

格里芬愤怒地盯着德什，是他把自己置于这么危险的位置，但还是点点头表示明白了。

德什采取猫一样的姿态步履轻盈地走过树林。他的舌尖微露，非常小心专注地避开松果和树枝，而脚下厚厚的落叶，有的已经干枯，行走的时候哪怕最轻微的动作也会发出嘎吱嘎吱的声响。

德什相信不管是谁在跟踪康奈利,他一定对上校怀有敬意,才不愿与他发生正面冲撞。由于康奈利在空地上的位置,他们肯定会在周围树林的各个角度选取攻击他的路径。德什在康奈利的南面,他计算着康奈利走来的角度。他选择了一个位置,使得他可以很好地藏身,但同时也能看到全景。

他在一棵茂密的常青树后面等待着,周围的地面上铺满厚厚的棕色针叶,像是刚从树上落下来。时间一分一秒地过去,他保持着绝对的安静。

他的眼睛余光看到了一点动静。

一个穿着黑色突击队服和防弹背心的人悄悄地沿着刚才设想的那条路靠近,右手的手上拿着一把跟德什一样的军事消音黑克勒-科赫格鲁点45自动手枪,这是特种突击部队的最爱。德什的心脏猛烈地在胸腔里跳动,但他还是凭意志力保持镇定。这个士兵一边审视着他的周围,一边动作敏捷而又无声地穿过树林向着康奈利的位置靠近。

德什举起麻醉枪对准这个士兵,等他靠得更近一些。他不想去伤害一个特种部队的战友,更何况是在他们被欺骗的情况下。虽然这个士兵穿着防弹背心,但麻醉枪应该是在任何情况下都最有效的武器。

士兵慢慢地,靠得越来越近,越来越近。

德什心里计划,在这个士兵采取行动之前,从树后面跳出来对他射击。麻醉枪是无声的。射出的镖击中他的大腿,然后麻醉剂会立刻产生效果,他立马就会倒下。

德什毫不迟疑。士兵的同事肯定也从另一面前进。德什朝着空地冲了过去,嘴里低声吼着:"别动!"他来到树林边上看到康奈利举起双手,这时两个士兵也迅速从树林后面的东面和西面冲了出来,熟练地拿着武器直接对准康奈利的前额。

德什开枪射击。站在康奈利东面的士兵应声倒地。

德什开枪之后迅速转身,对着剩下的那个士兵再次开枪,但他看到了德什的动作,然后本能地就地翻滚。德什射出的镖没有击中瞄准的部位,但还是击中了他的防弹背心。这个士兵立刻开枪反击,但德什已经冲到一棵树的后面躲避起来。

一颗子弹打到德什躲避的那棵树上,树皮从他的脸庞两侧飞过。士兵正要再次射击时,他的手臂后面被击中,手枪掉落在地。当他意识到自己中枪了以后,脸上露出惊愕的表情。鲜血从他的手臂上涌出来。康奈利冲上前去把他的手枪踢开,然后又退回到安全距离,手里的枪仍然对准这个受伤的士兵。康奈利已经知道德什在他的南面,并且已经作好准备,一旦德什采取行动,他也会相机而动。

德什从树林边缘绕到空地,手里拿着麻醉枪,搜寻着其他攻击者的踪迹。但是没有任何发现。他回到最初南面的地方,招呼格里芬从藏身之处出来,跟他在空地会合,然后他们又一起从树林里走到康奈利身边。德什保持着冷静和警觉,而格里芬脸色苍白如纸,好像他刚刚见到了幽灵似的。

"都清理完了吗?"康奈利说。

"看起来是这样。"德什回答说,"至少现在是的。我们问问这个人,然后赶紧离开吧。"

康奈利指着格里芬问:"这是你的朋友吗?"

德什点点头,说:"他是一个电脑专家,我跟他一起工作,把他也牵连进来了。我们可以信任他。"他停顿了一下,"他叫马特·格里芬,这是吉姆·康奈利。"他作了简单的介绍。

两个人握了握手,德什转身走向那个受伤的士兵,目不转睛地盯着他。"你是为谁工作的?"他大声地问道,"你们的任务是什么?"

士兵一言不发。

"你显然是美国军人,前特种部队的。我猜你们是黑色行动小组,我说得对吗?"士兵还是不回答。"你知道你刚才袭击的是谁吗?"他指着康奈利说,"他是美国陆军特种作战司令部的高级长官。"

士兵的神情表明,他知道袭击的对象是谁,但他并不在意。

德什把麻醉枪放进口袋里,拿出他的格鲁45手枪,把弹夹取出又装上。他用枪指着士兵的膝盖,说:"我再问你一次,"他咆哮起来,"你为什么要跟踪他?"

士兵的表情依然还是很坚韧,但他看了一眼自己的膝盖,又看到德什冒火的眼神,艰难地咽了一下口水,说:"我们被告知他要逃离保留地。"

德什看了一眼康奈利,扬起眉毛说:"那又怎么样?"

"我们不知道细节。我们只是被告知他已经变节,而且极度危险。他现在与美国的国家利益作对,我们必须要把他带回去。这个命令是从指挥层上面下达的。"

"是带回去还是就地处决?"康奈利说。

"带回去。"

"但是你没有说必须是活着被带回去,是吗?"德什说。

士兵没有回答,但是他脸上的表情已经充分说明问题了。

"正如我所料,"德什说,"如果你们可以不跟他发生冲突就带他回去审问,很好。但如果你们不得不杀了他,也没有谁会因此而失眠的。"

士兵看着康奈利:"你出卖了你的国家,这是你活该。"

德什摇摇头说:"你被骗了。上校没有出卖他的国家。不管最终是谁下达这个命令,他是害怕上校发现他的秘密。我再问你一次,是谁给你的命……"

德什话还没有说完,他猛地抬头望向天空,他感觉到了虽然很微弱但明显是直升机桨叶旋转的声音,他的心跳疯狂加速。直升机已经到了两百英尺以内的距离,并且还在迅速地靠近。

不可能。

德什立即冲进树林里,这时从上面传来一阵沉闷的枪声,一颗穿甲弹呼啸着穿过康奈利的防弹背心,在他左肩下方打了一个孔,他的枪被抛了出去。直升机上两个士兵手里拿着消音步枪,试图沿着德什的逃跑路线继续射击,但德什冲进树林里,他们只好停火。

直升飞机的噪声应该是非常大的,而这一架已经如此靠近却没有被察觉,德什提高了警觉。这应该是为数不多的新一代直升机中的一架,其设计目的是为了大大地降低噪声和躲过雷达的搜索。跟踪他们的人已经获得了军方最先进的设备,这令人感到非常不安。

直升机靠近空地,机上四个人手持自动步枪,身穿突击队服,从一根绿色绳索上滑下来,像一束流光。他们一着地,两个人就抓住了格里芬和康奈利,另外两个分散开来进入树林搜寻德什。直升机缓缓地在康奈利的汽车旁边停了下来。开飞机的正是那个自称史密斯的人。

德什在他的追赶者前面穿过了树林,在一棵巨大的树干前面突然停了下来。那两个人在后面小心翼翼地靠近,一直利用树木进行掩护,他们完全不知道德什的资历。现在他寡不敌众,不过他们的任务也很艰巨,是要把他找出来,而他可以获得任何的强化阵地。如果德什保持不动的话,其中一个人就可以绕到另一面,与另一个人协调进行包抄。但他并没打算这样做。经验告诉他,他有超过 50% 的概率的机会可以逃脱。

史密斯熄掉直升机的引擎,也走进树林中。"出来吧,德什先生。"他朝着树林中吼道,"我是史密斯。"他怕德什听不出他的声音,还特别补充说道。

德什没有回应。

史密斯打了几个响指发出信号,几秒以后,那两个士兵退回到他们的长官身旁。"我现在把我的人撤回来了。"他朝着德什的方向大声说,"现在我们手上有你的两个朋友。"他继续说道,"跟我们合作,他们就会得到贵宾一样的待遇。如果你帮助我找到那个女孩,我就可以放了他们。"他停顿了一下,"如果不合作,那我就杀了他们,现在,马上。"他咆哮着,"你觉得怎么样,德什?"

史密斯停下来等待德什的回应,但是什么也没有。德什并不准备就这样放弃他的打算。"你看,德什,我的人和我会在这块空地等你出来。你朋友的性命掌握在你的手中。你有三分钟的时间!"他洪亮的声音一直在树林上方回旋。

德什不相信史密斯会放了格里芬和康奈利,但他相信,如果他不合作的话,他一定会杀了他们。他已经通过射击上校证明了这一点。只要他们还活着,德什就有机会将他们救出来。他没有别的选择,只有走出去,而史密斯非常清楚这一点。

他来到树林的边缘。上校和大个子坐在康奈利的汽车旁边,手脚都被绑了起来。史密斯的人分散在空地的各处。德什看到康奈利虽然带着伤,但还算清醒,感到少许轻松。

德什准备在走出去之前,先宣布他要出去,以免那些士兵是开枪爱好者。他张开嘴刚要说话,又突然闭上了,这时他听到了让他完全意料不到的声音。

从空地的对面传来琪拉·米勒的声音。

24

"放下武器！"琪拉命令说，同时冷静沉着地走进空地，没有戴眼镜，也没有任何掩护。她身上穿着一件黑色运动衫和棕色夹克以外，没有武器，也没有其他的保护措施。

一个画面闪现在德什脑海中，琪拉也给过他一条这样的运动裤，被他毫不客气地扔掉了。而他现在还穿着昨晚那件运动衫。她一定是在上衣里也放了窃听器。天啊，她太聪明了。她告诉他，她在运动裤里放了窃听器，她知道他一定会换回自己的裤子，同时也知道他会继续穿这件运动衫，因为她已经把他的衣服毁掉了。就像一个经验老到的法师，她一方面转移他的注意力，另一方面继续按照自己的计划行事。所以，在他给康奈利念 GPS 坐标的时候，她一直在监听。他怎么能这么马虎呢？

"我再说一遍，"琪拉坚定地说，"放下武器，立刻！"

离她最近的那个士兵摇摇头说："你是神经不正常吗？你凭什么威胁我们，靠女人的权利吗？"

"女人的权利，非常聪明。"她讽刺地说。

"你是谁？"另一个士兵问道，眼睛睁得大大的。

史密斯跟德什一样，对于琪拉的出现感到震惊，但他很快就从恍惚中清醒过来。"不要放松警惕，"他指挥着他的人。"这个女孩很危险。不要因为她的外表和没有武器被迷惑了。"

士兵们点点头。但他们发现即使这样想把她当作危险分子也很困难。德什从他们的反应中看出，他们不知道她是谁。

"该死，"史密斯说，"终于看到琪拉·米勒本人了，真是太好了。不过我必须要说，我太惊讶了，你就这样落入我们手中，长久以来要找到你是那么的不容易。"

"我想你就是史密斯先生?"

"那是我昨天晚上的名字,那么说你一定听到了我和德什的对话。"

"差不多是这么回事吧,"她说,"但是,也有可能是刚才,仅仅一分钟以前,我听到你喊出你的名字,声音大到可以把死人叫醒了。"

"这也是合理的。"他承认。

"我需要你命令你的人放下他们的武器。"

"不然又怎么样?"史密斯轻蔑地说,"难道你研制出了超级武器,可以通过意志控制卸下我们的武器?我很怀疑。如果你有那样的东西的话,你早就使用了。"

琪拉的眼神闪现出钢铁般的决心。"我不需要任何武器来得到我想要的东西。要么你和你的人都放下武器,"她稍作停顿,"不然我就会自杀。"

距离琪拉最近的士兵大笑起来:"这是我听到过的最喜剧的威胁……"他话没说完,就注意到了史密斯的表情。史密斯没有一丝笑容。

"我可以把你抓起来,在你自杀以前就让你镇定下来。"史密斯说。

"是吗?"她得意地说。"在我的牙齿上面有一个装有氰化物的牙套。我可以用力把它咬碎,这样我会立刻死掉。而你不能让这件事发生,对吗?因为如果我死了,你就会是下一个。你的老板会用你的脑袋作为他下一次宴会的开胃菜。"她停下来点头示意史密斯的人,"快跟他们说,史密斯。你显然没想到我会出现在这里,或许你警告过他们。告诉他们,如果他们不小心杀了我,后果会怎么样。"

"她说得对。"史密斯意识到他们不知道情况的严重性,不能冒险让他们动手,因此他赶紧说道。"不要对她进行任何的敌对行动,哪怕有一点点危及她生命的可能,不小心或者怎么样,都不行。听明白了吗?"他嘘声说。

"明白。"他的人依次回答,脸上均是不可思议的神情。

德什充满敬畏地看着她的表现。她是他见过的最不平凡的女人。她步履轻盈地走近一队全副武装的精英人群,毫无畏惧,实施了一个他记忆中最为大胆的一个计划。

"很好。"史密斯说着,转身再次面对琪拉。"至于你,你是不是看了太多传统的间谍电影。一颗用于自杀的牙齿?你在吓唬人。即使你没有虚张声势,你也不可能真的这样做到。"他从口袋里掏出麻醉枪,扬了扬眉毛,"我可以让你几秒钟以内就失去知觉。"他得意地说道。

"你只要用它对准我,我就会咬碎我的牙齿。你可能认为我是在虚张声势。那么你是否愿意赌上你的性命呢?"说着,琪拉偷偷地朝着德什的方向看了一眼,并微微点点头。

她的点头示意,把德什从吃惊的恍惚一下拉了回来。"即使这个牙齿不是真的,"他领会到她给的暗示,在空地的另一边大声喊道,"我绝对是来真的!我有一把枪对准她的脑袋,我扣扳机的手指有点发痒。我很高兴可以为这个变态贱人自杀提供帮助。"他狠狠地说。

"天啊,德什!"史密斯紧张起来,得意的表情从他的脸上瞬间消失,他意识到他忽略了德什在这其中的作用。"不要!她是我们唯一的希望,可以终止埃博拉的攻击。你杀了她,就等于判了其他上数十亿的人死刑。"

"我不相信这个,你知道的。"德什大声回应,"我认为杀了她才可以终止一切威胁。因此,我告诉你怎么做,你让你的人放下武器,匍匐在地上,不然我就用一颗子弹打穿她的脑袋。"

没有回应。

德什开了一枪,子弹距离琪拉的头只有几英尺。

"按照我说的做!"他咆哮道,"否则,你就准备被你的老板知道,是你让她被杀死,然后你弯下腰跟自己的屁股说再见吧。就算我死了也开心,我结束了她的生命。"

德什猜想史密斯的脑子里一定在飞速运转,盘算着各种可能性。

"你有十秒钟时间。"他用力说,"九、八、七、六……"

"照他说的做!"史密斯焦急地发出命令,"马上!"

他的手下感到不可思议,但还是照做了。他们放下武器,趴倒在地上。

史密斯原地不动。

"你也一样,史密斯长官,"德什要求,"趴在地上。你和我需要进行一次好好的谈话。"

史密斯摇摇头,说:"我真的不是那么健谈。"

说完,在德什做出反应之前,他把麻醉枪对准自己的大腿,扣动了扳机。

第四部分 重聚

25

他们一行几人徒步穿过树林，琪拉·米勒走在最前面，德什紧随其后，手里的格鲁45手枪指着琪拉的后背，康奈利和格里芬走在最后，他们保持着高度的警惕以防可能发生的伏击。他们朝着琪拉的越野车走去，这辆车是用假名租来的，现在停靠在半里以外的一块营地，而且也不会马上被追踪到。他们现在正在走的这片树林是一块无人区域，因此他们要自己开辟新路，所以行进的速度比德什希望的要慢很多。琪拉用一个小型定位装置找到了空地，现在又每隔一会儿用它来确定他们走的路线是到她车子的最直线路。

德什自己默默地在生气。他怎么能让史密斯就这样逃过自己的掌控呢？史密斯知道他们不可能等到他恢复意识以后再来审问他，而拖着毫无知觉的他上路也同样的不现实和不理智。正如他所料，史密斯没有带身份识别证件。妈的！德什在心里第三次骂道。他刚刚已经很接近了，有机会可以知道到底在发生什么以及是谁在背后操控史密斯——这简直太疯狂了。

德什把其余的几个士兵也麻醉了，这样他们就不会发出警报。他把康奈利和格里芬的手脚解开之后，第一时间从直升机上拿出配备的军用急救包，清洗和包扎上校的伤口，还给他吃了一片止疼药。在他们出发前往树林之前,德什还迅速地给那个被康奈利打伤并失去知觉的那个士兵做了包扎。

总之,康奈利是幸运的,但是他失血过多,被感染的风险很大。他需要马上得到医生的治疗。

琪拉停了下来,朝着德什的枪做了一个手势。"你真的一定要用枪对着我吗?"她低声说道,尽量不引人注意和暴露行踪。

这是一个很好的问题,德什心里想着。自己真的有这个需要吗?她跟他提醒过史密斯,警告他康奈利很危险。而她说的都应验了。也是她,刚刚把他们从一片混乱中解救出来。

但是,如果这全都是一个陷阱怎么办呢?德什只知道,如果她和史密斯一同工作……还有,他们的目的是什么?如果她想让德什死,她早在旅馆的时候就可以做到。如果她和史密斯联手要将他和康奈利以及格里芬一同抓获,那么几秒钟以前他们就可以被带走。而现在,她完全是自愿地进入德什的控制当中。

德什本来准备到更安全的区域以后再把枪收起来,但他现在走上前去加入了琪拉的队伍,也不再用枪指着她。

"谢谢。"她认真地说。

"你在T恤里也放了监听器,是吗?"他们又开始前进,德什用低沉的声音问道,声音中尽量不带任何欣赏的语气。

琪拉不好意思地点点头。

"你来这里做什么?"

"我知道他们会跟踪上校到你们的碰面地点,并且会杀了他。我不想让这件事情发生。"

德什仔细地看着她,没有发现欺骗的痕迹。"你真的有用于自杀的牙齿吗?"他轻声说。

她的脸上展现出灿烂的笑容:"当然没有了,"她承认说,"在那种情况下我只能想到那样说。"她扬了扬眉毛,"事实上,我想我的恐吓不能持续太长,很快就会被史密斯识破我是在虚张声势。我寄希望于你能理解我的暗示,然后来一出双簧。而你也确实是这么做的。"

德什知道他应该第一时间就这样做,但当时他忙于去欣赏她的表演了。"你怎么知道我在一旁观看呢?"他问。

"我听到史密斯用你的朋友来威胁你,给你三分钟时间回头。我知道你不会让他们死的。"她低声说,"我知道,如果你听到我的声音,你会停下来看看会发生什么情况。"

德什点点头,但没有任何回应。除了卓越的科学成就以外,她还可以站在任何一个人的立场去想问题,而这是相当的有用。

不久,他们来到一块很大的空地,立着一块牌子,上面写着"营地3B"。有八个小木屋呈半圆形排列,旁边停着几辆车。一条碎石路朝着营地的反方向延伸而去。

琪拉的车停在营地的边缘,他们迅速上车,由琪拉开车,德什坐在副驾驶,康奈利和格里芬坐在后排。

琪拉发动引擎,德什转向她说:"我猜你走的是跟我们那条路相邻的路线。可以把我们带回到那条路上吗?"

"当然。"她驾车来到碎石路,缓慢地前行。越野车在坑坑洼洼的路面上晃动,康奈利由于伤口的疼痛而蜷缩成一团。

"我们上了主干道以后往什么地方开?"她问。

德什噘起嘴陷入思考。"现在还不能确定。得看他们什么时候会将这辆车跟我们联系起来。"

"很难说,"她回答,"还要看他们什么时候发现他们的突袭失败,有多少辆车经过这条路。不过这都不会很快的。"

德什眯缝着眼睛思考各种可能性。"在彼得堡和里士满之间有一个大型购物中心叫做庄园山购物中心。这个地方是全封闭的,卫星无法监测。我们可以利用那里的人群脱身,然后再离开。他们可能会追踪我们到那儿,但从那儿开始他们要花很长的时间来追赶我们。"

琪拉看起来很感动。"我喜欢这个主意。"她说。

"上校呢?"德什问。

"我也是,"康奈利说,"我建议我们到那儿以后就兵分两路。"

"同意。"德什说着,转向琪拉,"如果你能在 I-95 公路北把我们放下,那这个购物中心就成了一个主要出口。"

她点点头说:"没问题。"

宽阔的碎石路很快走完,紧接着是一条狭窄的碎石路,蜿蜒着穿过树林的中心,半英里后与一条笔直的主干道相连接。琪拉将车开上主干道,加足马力向前疾驶。

德什转过身面对康奈利:"上校,你感觉怎么样?"

"我很好。"康奈利强忍着说,但是鲜血仍然慢慢从他的绷带里面渗出来,他的脸色也很苍白。

"马特?"德什又问,"你呢?你还好吗?"

"不是太好。"他说,"但这个时候,旁边坐着一个身负枪伤的人,我是不应该再有抱怨的。"他冷冷地说道。

德什感到很欣慰的是,格里芬已经恢复了他的幽默感。"等我们到达购物中心以后,我们就兵分两路。"德什说,"我会跟琪拉一组。马特,我可以信任你能照顾好上校吗?"

"照顾他?"

德什点点头:"别让他把你骗了。他实际上没有看上去那么好。"他把手伸进口袋里,拿出厚厚的一叠钞票,将其中大概四十张递给了后排的格里芬。"这是一点用来花的钱。我想让你带他去看医生。"

"我会尽我最大努力的。"格里芬严肃地说。

"上校,你有值得信任的军医朋友吗?"德什问道。

康奈利想了一会儿:"是的。唐·门肯。他已经退休了,不过仍然住在布拉格堡附近。我可以相信他能帮我处理一下,而不会追问我任何问题。"

琪拉打开越野车的中心控制台,拿出一只手机。她把手机递给格里芬说:"用这个电话跟我们联系。"她继续说着,"我有成对的另外一只,按自动拨号1就会连接我的号码。这个电话是绝对安全的。"

"没有一个手机是安全的。"康奈利疲惫地说,他声音中的活力慢慢消退,说明他体内失血又开始增多。

"信号是可以很容易被截获,但是其他的电话是不能连接到我的手机的。就算可以连接得到,所得到的音频也是乱码。这两只手机可以相互解码,但是即使是最顶级的密码专家也无法短时间里破译内线对话。"

康奈利怀疑她的密码是否如她所说的那样严密,但是他没有反驳她的借口。

"我们来想一个进入购物中心以后可以实施的游戏计划。"德什建议说。

"我同意,"康奈利说,"但是,请先跟我简短解释一下,为什么我们现在要与我们的头号敌人为伍呢?"

琪拉饶有兴趣地看着德什,好奇他会怎么回答。

德什叹了口气。康奈利是他们之中了解情况最少的。"我们都知道,发生了太多超出我们理解的事情,"他开始说道,"史密斯的手下破坏了我们在旅馆的谈话。史密斯有一只手机,就是你给我的那个号码,你说你听命于他。但我们现在知道这根本就是一个局。琪拉说她是无辜的，也没有参与任何的恐怖阴谋。她警告我说，你由于史密斯而很危险，事实证明她是对的。"他抬抬眉头，"而且，她冒着自己的生命危险来救了我们。"他最后意有所指地补充道。

"你看过她的档案，"康奈利回答说，"她是非常出色的操纵狂和骗子。这些都有可能是精心设计布局的。"

"这些都是真的。相信我，我还没有失去判断力。她声称她可以证明她的清白并且解释正在发生的事情，我打算给她这个机会。我可以向你保证，我会保持应有的怀疑态度。"

德什看看他的手表，计算着他们到达目的地还有多长时间。"我们需要确定我们知道在购物中心里面做什么，通过这样做我们就不会犯明显的错误，"他说，"不过也不会花太长时间。剩下的时间里，我会尽力向你解释我所知道的一切。马特在有机会的时候，也会向你讲述更多的细节。"

"非常好。"康奈利说。

"在我开始之前，我要提醒你，如果不知道细节的话，你会发现很多的事情是很难以相信的。"

马特·格里芬露出狡猾的笑容，眨了眨眼睛说："你可以再说一次。"他坐在越野车后排说。

26

庄园山商城是一个活动中心，在彼得堡和里士满有超过一百万的人口，不难想象，他们中有超过一半的人都是在庄园山商城购物。这个商城有四层楼高，在四层楼之上有一个拱形天花板，形成了整个的零售空间，其格局很难描述。康奈利裹着德什的风衣，以掩藏他浸血的绷带。德什和琪拉把格里芬和上校放在商城的一端，然后开车半英里来到商城的另一端。

按照他们在开车时候讨论的方案，格里芬和康奈利进入到一个拥挤的服装店，从头到脚换一身衣服以便可以融入人群。接着买一把剪刀和剃须刀，到洗手间里把脸上的胡须都剃干净。当格里芬听到这里的时候，他几乎要跳起来与大家决裂，但最后考虑到跟被对手发现后被一枪打死相比起来，这也勉强算是一个较好的选择。康奈利对于要剪掉他珍视的胡须也感到非常痛苦，但是他以一种军人坚忍自制的精神来面对这样的损失。

在他们改头换面以后，两人以假名字叫了一辆出租车，来到附近的一家希尔顿酒店侧门。然后他们穿过大厅来到酒店大门，说服了另外一个出租车司机带他们去找康奈利的医生朋友。这个司机刚开始不愿意开车这么远，很坚决地拒绝了他们，直到后来格里芬递给他一叠百元钞票，他才说客户永远是上帝，他也很愿意载他们到他们想去的地方。

德什和琪拉也换了一套服装。德什现在穿着一条褪色的牛仔裤和一件连帽的紫红带金色的华盛顿红人队运动衫。琪拉换上了一件棕褐色的夹克，跟她之前穿的外套是不同的风格，她头发扎起来放进红人队的棒球帽里。他们两人都穿着网球鞋，既舒服又轻便。

追踪他们的人一定会以为他们来到这个商城，在里面只是停留一小会儿，时间足够将自己融入人群中，然后就会乘坐出租车或者偷来的车离开。这些人最不可能想到的就是，他们会在众人的目光下在商城里面徘徊好几个小时，他们的计划是，几小时以后乘坐没有事先预定的公共汽车离开。

庄园山商城里有十四个餐厅和一个美食广场。他们找到了一个询问处，想找一个气氛浪漫的餐厅，由于光线不强，他们在里面的时候就不容易被发现。但同时，他们却可以看到从商城里走进餐厅的每一个人。

二十分钟以后,他们来到蒙塔格美味披萨店的后排餐位,让人意想不到的是,这家披萨店的灯光昏暗。不管披萨是否真的美味,这个地方完全符合他们的需要。

服务员在远处注意到他们穿着成对的红人队服饰,猜想他们是来约会的。但当他近距离看到德什脸上的污垢和胡茬时,他就改变了想法。他们应该已经结婚了,他心里想着。没有人在约会的时候,会搞得如此邋遢。

德什点了一杯苏打水,给琪拉点了一杯冰茶,然后又点了一份大号披萨。尽管德什知道他有更重要的事情需要考虑,与琪拉共享一个披萨就像是在跟魔鬼一起掰饼,而这个魔鬼还救了康奈利的命。他决心在能力范围内,跟对面这个女人保持情感上的距离。

服务员走了以后,德什悄悄拿出他的枪放在大腿上,藏在他超大的运动衫下面,手指扣在扳机上。他保持着一个很别扭的姿势,这样他们说话的时候,他既可以看到琪拉也可以监视餐厅的入口处。

服务员为他们送来饮料后再次离开。琪拉开始说话:"我想你还记得我们昨天晚上的谈话说到哪儿了,然后被打断的?"

德什点点头,很难想象他们之前的谈话仅仅是在前一晚而已。"你可以把你自己变得更聪明,但你这样做了以后,也把自己变成了精神病患者。"他边说,边焦虑地扫视着入口,观察每一个靠近点餐台的人,同时以他的眼光监视着商城里所有的人流。

"真没料到你以这样的方式开头,"琪拉笑着说,"这也许是对前半段谈话最为简短的总结了。"

"我们不确定何时又会被打断。"德什冷冷地说,下意识地抵制她的热情。"既然你这么急切地要说服我相信你跟恐怖分子没有关联，那就不要浪费时间了。"

"同意，"琪拉冷静下来，重新整理她的思绪。"我在加入神经科学联盟两年半以后离开，那时我已经获得自己的突破。对于我之前进行的生物治疗你有什么问题吗？"

德什思考着，眼睛看着餐厅外面一群十几岁的女孩在漫步，身上穿的衣服明显比她们的年龄成熟很多，除此之外，她们还佩戴着许多缤纷而又华丽的珠宝服饰。"这个转变能持续多长时间？"他问道。

"只有大约一个小时。我很害怕让它持续更长时间。因为对这种转变还没有更多的了解，也不知道它会对我产生什么后果。"

"包括你对尼采作品的新发现的赞美吗？"

"是的。"

"我很惊讶这个效果原来这么短暂。"

"当你亲身经历的时候，你会觉得时间很长。处于这样的智商层次，一个小时内你所思考和洞见的容量及数据量是很惊人的。为了使这个效果可以更长久，我需要在身体的其他方面进行调整。即使是在这一个小时里，你的身体开始因为神经递质消耗你的分子前体细胞，你会变得非常渴望葡萄糖，那种渴望程度你都无法想象。在这种转变以后，我会连续多天感觉到不太正常。我决定以后一个星期只进行一次这样的转变，最多一次。"

德什不知道史密斯在车里跟他说的那些话有没有真实的部分。既然琪拉听到了整个对话，那也没有什么不好意思的。"那么你会决定你的这个高智商重点怎么利用呢？"他问道，"史密斯说你是为了延长人类的寿命，最终战胜死亡。"

"他是对的。"她说，"我以后会更仔细地跟你说这个，但这只是我为自己设定的三个主要目标之一。"

德什很想催促她多说一些关于长生的情况，但还是决定多一些耐心，让她以自己的方式来说。"那么另外两个是什么呢？"

"一个是实现智慧的再一次飞跃。在我转变之后，我很清楚，还有可能达到大大高于我已经获得的智慧水平。"她喝了一口冰茶，"我最后的目标是，嗯，"她停顿了一下，似乎有点尴尬，"是为了积累大量的财富。"

"刚开始的时候，我还以为你是特蕾莎修女呢？"

琪拉点点头说："我知道你会是这种反应。"她继续说，"而我的理由是，我要这些钱不是为了奢侈。我只是为了确保不管我的智力提高之后会给我带来什么结果，在我的其他项目需要设备和其他用品的时候，资金永远不会成为一个问题。"

"我相信长生不死的人当然需要相当多的钱。"他说着，从桌上的柳条筐里拿出一根面包棒。"我敢肯定，变得富有这个目标你已经达到了。这些天，如果还有什么事情是我可以肯定的话，那就是这个了。"他不无沮丧地又说，"不过，我很想知道的是，你是如何在这么短的时间里做到的呢？"他带着谴责的语气说。

"你认为我向恐怖分子出卖了我的灵魂吗？"

"不然呢？即便你不是正常的反社会分子，你也承认了你处于转变后的状态。怎么会因为一百万人的死亡这样的小事阻碍了你的前进呢？"

"拜托，戴维，"她不耐烦地说，"你好好想想。即使我真的有反社会念头，事实上我也没有做过，那我也只是一个疯狂的变态，并不是一个傻瓜。我已经得到无法测量的智慧。拥有了这样超人的能力之后，你认为我真的还需要花上几年的时间研制生物恐怖剂卖给那些因为我不蒙脸就要杀了我的人吗?"她愤怒地摇头,"我用十分钟想出来的加密软件就可以卖百万美元,其他任何的发明都可以立即得到市场效应。你认为政府会愿意支付多少钱来买可以完全抵挡热源信号的材料呢?"

德什皱起眉头:"你这样说的话,那跟恐怖分子合作的确显得愚蠢之极。"

"谢谢你。"她强调地说。服务员走了过来,她也停下来。

"事实上不是这样的。"服务员走出听力范围以后,她继续说,"我是在股票市场赚到的钱。"

德什扬起眉头:"这超出我们的想象的。怎么操作的呢?"

"我在智力提升后的时间里分析了股票市场,"她回答。"当你处于转变之后的状态时,你拥有完全的能力可以访问你的记忆,你所有的记忆。人的大脑可以存储每一个接收到的信息,每一个你所想到的、读到的、看到的、触碰到的以及经历过的信息。在我们处于没有优化的状态时,我们不能访问到所有记忆,只能得到冰山的一角。而在我的智力得到提升状态时,在我自己都不知道的情况下,我可以发现各个信息当中的相关性和逻辑联系。任何诡秘复杂的模式也变得显而易见,市场的洞察力很快自己就显现出来。"

"那当你恢复常态以后,你还能理解你的这些分析吗?"

琪拉笑了,"一点都不懂。"她承认说,"我所知道的是,在百分之八十的时间里,我都是对的,这足以使我很快地就变得富有。我在不同的时间里进行了四次转变,唯一的目的就是分析股票市场。而我只做风险最大的赌注。汇率波动、期权、期货这一类的东西。在三个月的时间里,我的财富增加了一千倍。股票市场是合法的赌博,而我把自己变成了极端的雨人。"

跟之前一样,她把最荒诞的事情也说得貌似合理。"那么假的身份和瑞士银行账户是怎么回事呢?"

"我开始变得偏执,所以开始采取一些预防措施。"

"变得偏执也是智力优化之后的一个副作用吗?"

"不是,"她很严肃地回答说,"这是被抢劫之后的副作用。"

德什眯起眼睛:"这就是你来信中提到过的宿敌吗?你的莫里亚蒂①?"

"这说法我很喜欢,"琪拉笑着说,"你让我有了一点希望,你并没有完全相信我就是莫里亚蒂。如果你说,'你的宿敌是夏洛克·福尔摩斯',那我真的会很郁闷。"

德什忍不住回应她一个微笑。

"当我在研究你的时候,有一件事情特别突出,那就是你的阅读量是如此的惊人。"琪拉真诚地说。

"莫里亚蒂并不是什么生僻的典故,大部分十岁的孩子都知道他是谁。"

她笑了,眼睛闪闪发光。"这也不能说明我说得不对。还有,我也不太清楚,我不相信大多数的成年人都知道我们众议院发言人的名字。"

德什的脸上闪现出一丝微妙的笑容。"跟我说说关于抢劫的事吧。"

德什紧张起来,他看到一个三十多岁的男子表情严肃地来到点餐台,并且仔细地扫视餐厅内部,他的眼神很快就会扫到他们的餐桌这边。"别出声!"德什低声说,他把枪从运动衫下面拿出来,然后双手环抱。琪拉装作去捡掉在地上的硬币,弯

---

①意指阿瑟·柯南道尔所创造的一个虚构角色詹姆士·莫里亚蒂,被公认为超级反派的鼻祖。

腰到餐桌下面。

几秒钟以后，男子的眼神停留在离他们两人餐桌之外的一张餐桌上。一个长得很有吸引力的女人跟两个小孩子坐在一起，开心地朝他挥手。他举起手回应，脸上的表情也放松下来，很快他便加入了他的"家人"当中。

德什松了一口气。"假警报，"他低声说道，"不好意思。"

琪拉恢复到正常的坐姿，她摇摇头说："不要这样说，宁可错误也要谨慎一些。还有，我确信我的脉搏在一小时以后就会恢复正常。"她咧嘴一笑。

"你快告诉我关于抢劫的情况。"德什催促道。

"对。"琪拉说，"有一天我从单位回到家，我的家里被人闯入。我的梳妆台抽屉底部有一个夹层，里面有一个瓶子装了23颗胶囊还有我的实验笔记本，两样东西都不见了。"

"你的梳妆台抽屉底部有一个夹层？"

"我认为把贵重的东西放在保险柜里太过于笨拙了。我测量了抽屉，然后请五金店的人按照我的尺寸切了一个空间。我还给它贴了墙纸使它跟别的抽屉相匹配，然后堆放了几件毛衣在上面。"

德什扬起眉毛："他们还拿了别的东西吗？"他问道，继续咀嚼着面包，眼睛还看着餐厅的入口处。

"没有了，他们很清楚要找什么。"

"知道是谁干的吗？"

"在当时，我不知道。我完全惊呆了。一直以来我都很小心不留下任何的痕迹。我定期处理了使用过的动物，也从来不让我的实验笔记本离开我的视线。在那之前，我完全认为不会有人知道我在做什么。凭着一种直觉，我第二天就从保镖机构里雇佣了一个人，就跟你们差不多的，来帮我检查窃听器。"

她眉头紧锁,"结果他在我的办公室和家里都找到好几个。从那天开始,我就变得偏执起来。"

"这是有可能的。"德什喃喃自语。

"这是一场灾难。不管是谁,有了我的这 23 颗胶囊,他立刻就可以变成这个地球上最可怕的人。我开始采取精心的预防措施,学会了所有关于窃听器的知识,以及怎么找到它们。我还花了一些努力将我的财富分散到很多个账户。在后来的一次提升智力以后,突然觉得我需要制作一些假的身份,和学会一些技巧,在我不得不藏身的时候可以帮助自己隐藏起来。"

"直觉也会增强吗?"

她点点说:"直觉是你的潜意识,将各个微妙的线索联系在一起得出的结论,是你有意识的头脑还没有达到的状态。因为细胞的重新联结,使我可以访问到所有埋藏在潜意识里的记忆,于是让直觉爆发所有的力量。"琪拉稍作停顿,"后来的事实也证明,这种直觉是正确的。"

德什一言不发,吃完了最后一点面包棒,把剩下的苏打水喝完。对琪拉刚才所说的没有什么疑问。

"三天以后,"琪拉继续说,"我的老板,汤姆·摩根,在一场交通意外中死亡。"

德什毫不察觉地点点头。真有意思,他心里想着。他心里的另外一个困惑,现在,有可能,可以得到解释了。

"我没能找到任何证据,但我怀疑摩根无意中发现了我在做的事情,并且是他安排了那些窃听器。我的猜测是,他后来接触到了某个很有权力的人,把他所知道的信息和那些胶囊卖给了他。那就是我的宿敌,也是你称作我的莫里亚蒂的那个人。"

德什皱起眉:"莫里亚蒂杀了摩根,这样关于你的治疗就只有他一人知道了。"

"这是我的猜测。"

德什张嘴想要再问一个问题，这时服务员端着他们的披萨正好走了过来，他只好闭口不言。服务员小心地将披萨放在他们两人的面前，德什回想着琪拉刚述说的内容。她所讲述的时间节点使所有互不关联的事件都得到了解释。而他的任务的核心前提，即她和恐怖分子合作策划生化危机，此刻也变得那么的荒诞可笑。她提醒过他关于史密斯不可信，还冒着生命危险来解救了他们。

尽管他的理智在努力地提醒自己和她拉开距离，但她的美貌和魅力似乎持续不断地向他投下咒语。虽然他需要将目光锁定在餐厅入口处，一直保持警惕，但是他发现在他们说话的时候，他的眼睛还是不由自主地回到她的身上。他需要在头脑里不断提醒自己关于塞壬海的海妖的希腊神话。在考虑她的说法的时候，他真的做到足够的客观了吗？还有没有什么漏洞是他没有考虑到的？

无论她如何解释，他又回到了最初的原点，在她童年时所发生的那些离奇死亡是不争的事实。在德什躺在沙发上睡觉的时候，格里芬已经证实了，指证她杀了卢塞蒂和她哥哥的证据是严密的。不管她有多么的吸引人，她的解释有多么的巧妙，仍然存在着很大的可能，即这都是她精心设计的谎言。

27

他们俩狼吞虎咽地吃完了各自的第一块披萨，然后德什说出他的卫生间计划，再次侦察了商城。他在洗手间里待了几分钟时间，用肥皂和冷水把脸洗干净之后，感觉重焕生机，接着他走出了餐厅。

各种形形色色穿着艳丽的顾客从四面八方来到商场，汇成不断变化的随机的人群。有的人行色匆匆像是有紧急任务，而有的人则闲庭信步。有的人两手空空，而有的人手里拿着软饼干、冰淇淋、精致的手包，或者是塑料购物袋装着刚刚购买的商品。一个年轻的女孩，透过玻璃兴奋地指着橱窗里面的一双鞋子，而她母亲的脸上却是一副滑稽的表情。德什很羡慕他们拥有这样无忧无虑的天真。

他假装欣赏着商店的橱窗，在商城里面溜达了五分钟，偷偷地扫视着人群，没有发现任何被跟踪的迹象。

当他回到餐桌的时候，看到琪拉刚好快要吃完一块披萨，服务员给他的水杯续上了水。琪拉小心翼翼地看着他坐下，然后问道："有什么可疑的活动吗？"

德什摇摇头，说："我想我们现在在明处，如果他们到现在还没有找到我们，那他们就会继续寻找，绝不会想到我们会做出这样愚蠢的事情，像一只鸭子一样坐在这样繁华的餐厅里面大吃大喝。"

"像狐狸一样的愚蠢。"琪拉眨了眨眼睛说。

德什笑了笑。他拿起一大块披萨，示意琪拉："不管怎么样，你继续说，"他说道，"你刚才说到你的老板死了，你也离开了。"

琪拉收回注意力，继续她的叙述："在那次被入侵，以及摩根的死，还有发现了那些窃听器以后，我变得比以往更加的注意。我会定期地扫描窃听装置，并且在我自己的公寓里进行动物实验，而不再使用神经科学联盟的设备。"她稍微停了一下，"我的两个终极目标同时在进行，但我首先实现了神经元优化的再次飞跃。"

"那是在被抢劫之后多久呢？"他问道。

"大约九个月。"

"我想你做过测试确保这优化的有效性。"

"是的，为了预防任何可能的并发症，我设计了一批神经元只有极短的半衰期。当时我在超级优化的状态下只持续了大约两秒钟，但也已经足够了。"

"足够做什么呢？"

"足以证明我成功了。那两秒钟感觉就像五分钟那么长。第一个层次的优化是很难描述的。而第二个层次的优化是超乎想象的。"她的眼睛睁得大大的，"这是一个超越思维的层次。太恐怖了，我不敢再次尝试。"

这一次，德什完全理解她的意思了。她再一次表现出对未知力量所产生的破坏作用的畏惧。

"小剂量有累积的效果，"琪拉继续说，"我转变自己的次数越多，我的头脑中那种无情自私的倾向就越明显。我在情感方面变得越来越压抑，而我的优越感却在不断增强。当你开始相信没来生并且可以为所欲为的时候，就很难保留利他主义的想法。更糟糕的是，你开始觉得正常的人类智慧是那么的可怜和微不足道。"她显得很烦恼，"如果仅仅优化到第一个层次，我就开始这样看待人性的话，那在更高层面的智慧水平上，我在那两秒钟内会如何看待我们的物种呢？"

德什一边听她讲述，一边继续吃着披萨，但他很快就没了胃口。一辆智能的飞机是可以进行提升和优化，但正常的人类智慧却没有得以注册。人类可以不用多想就杀死一只虫子。如果有人的智力远远超越了正常的人类智慧，就像人类的智慧高于虫子一样，那就不必为对人类生命表现出的冷漠，甚至屠杀任何阻挡他们道路的人的行为而感到羞愧。

上帝也是毫无感情的反社会人士吗？或者，难道说，上帝虽有无穷的力量和智慧，却是"绝对的权力导致绝对的腐败"规则的一个例外？即使假设圣经中的一切内容都完全正确，这个问题却仍然找不到答案。每一个宗教都会感到震惊，因为上帝作为慈爱父亲的形象已经被许多人接受，这时却发现他无情地剥夺了地球上所有的生命，每个物种只留下两名成员，只因为他对人类的不良行为感到生气。

德什将思绪从他简短的遐想中拉回来，打量着对面的这个女人，她那大大的眼睛很有表现力，像两个黑洞，无视他做出的一切抵抗努力，要把他拽入到不可抗拒的引力井中。他需要保持冷静和客观。是时候该询问核心问题了。"你真的很棒，"德什说，"我会给你这样的评价。但在你继续说下去之前，我想回到最原始的问题。我希望你解释一下你父母以及叔叔的死亡，以及你的一位老师被谋杀和另一位老师失踪的事件。"

她皱起眉摇摇头说："我的父母和叔叔死于交通事故。至于两位老师的情况，我不知道他们身上发生了什么。但这跟我没有一点关系。"

"所以你认为一个失踪一个离奇死亡，是明显的精神病患者所作所为吗？"

"我怎么会不认同呢？这是事实啊。我永远不会忘记。那是所有人谈论了很长时间的事情。"她专注地向前倾斜，"你是在暗示你有证据显示是我犯下这些罪行吗？"

"没有，不过间接证据非常确凿。"

"这是由于你的偏见产生的唯一结论。我没有办法证明我与这些死亡没有关联。而你是否相信我，取决于你以什么样的眼光来看待这些案件。如果你一直在找可疑点，那你就一定能找到。"

"什么意思？"

"意思是,如果你已经认定我是精神病杀手,你就会戴着这样的有色眼镜看待我的过去,你就会找到一些证据来支撑这一论点。这是经典的证据挖掘。你先得出结论,然后逆向挖掘证据来寻找支撑。你总是这样做。我打赌如果我们回顾你的童年故往,在你的家乡和附近,一定也会有人失踪,或者发生了谋杀,或者有人因为交通意外死亡。而大多数你可能甚至都不知道。"

"这是有可能的。一些随机的事件可以解释为巧合,但也有一个限度。你的老师,或许是巧合。但是再加上你的父母和你叔叔的事件,我就不这么认为了。"

琪拉摇摇头,痛苦似乎刻在她脸上,就像这些悲剧事件带来的伤痛从未痊愈。"我不知道该说什么了。但是我打赌你可以找到别的人同样在交通意外中失去了父母和一位亲戚。倒霉的事情发生了,戴维。"她坚持说道,"我能够克服这些的方式之一就是不断地提醒自己,我是幸运的,至少我跟父母在一起度过了很多年幸福的时光。很多战争地区的孤儿和孩子们,他们甚至连这样的幸运也没有。"

德什皱起眉头,这一段的讨论令他不知所措。他不知道他为什么要这样想,他到底想得到什么答案,一个忏悔吗?她说对了一点。他的确是有偏见的。如果他之前没有看过那些证明她是反社会人士的证据,他也许会以不同的眼光来看待这些事故,此刻也很有可能为她失去亲人在安慰她。

德什叹了口气,说:"我们先不说这个了。"他建议道,"你为什么不跟我说说你的不老之泉呢?"

琪拉点点头,服务员拿着账单走了过来。德什立刻支付现金给他,还包括小费,这样他就没有理由再继续打扰他们了。

琪拉等待服务员离开以后又开始她的叙述:"我已经实现

了我的第一个目标,完成了一次智力的飞跃,但是我害怕使用它。大约在我被抢劫之后的十四个月,我完成了第二个目标的实质性突破。史密斯是对的,我可以延长人类寿命一倍。"

"怎样做到的呢?"德什问道,他既不想让谈话陷入僵局,也无法按捺住内心的好奇。"告诉我最精髓的部分。"

琪拉停了下来,似乎在思考怎样组织她的回答。"就像我之前说过,我们的大脑没有进行过思维的优化。同样,不奇怪的,我们的身体也没有进行长生的优化。这再一次说明,所有自然的选择都是有关繁殖。"她喝了一口冰茶,然后放回到桌上。"如果有一个突变,将你的生存期限的改变力提高到你的生育年龄,这个突变的结果会优先出现在你的下一代生命当中。但是长寿的基因不会因此直接生成,因为你还没有完成你所有要做的复制工作。活到四十岁的人可以有许多的孩子,以便将他的可怜的长寿基因遗传下去,跟活到八十岁的人将他的优秀基因遗传下去的概率是一样的。更长的生命本身没有进化的优势。"

德什眯起眼睛说:"但是活得更长久的父母可以增加他们后代生存的机会。因此长寿基因是有优势的。"

"很好,"她说,"这是对的。为了让我们要活得足够长,让我们的孩子能够照顾他们自己,我们的基因有进化的压力。但是除此以外,更长的寿命并没有更多的优势。事实上,还会有进化的压力。"

德什感到很困惑。

"在资源稀缺的时候,老人会成为部落的负担,"琪拉解释说,"也会降低后代生存的机会。"

德什的脸上出现厌恶的表情:"那么那些老人较早地体面死去,而不会再消耗资源的部落,比那些让老人长生不死的部落,要繁荣得多吗?"

"至少在资源稀缺的时代,是这样的。这也可以解释,为什么地球上大部分的生命,包括我们,都被设计成最终会死亡的。"

德什眉头紧锁:"那意味着什么?"他说道,"我以为衰老只是我们 DNA 中错误物质积累的结果。"

"部分原因是这样。但最主要的原因是,衰老是一种设计好的退化形式。我们的免疫系统减弱,我们停止产生激素例如雌激素,我们的头发变白或者脱落,皮肤萎缩,听力灵敏度降低,等等。我们的身体在基因的层面就已经设计好了,注定是要死亡的。"

"你是科学家,但是对我来说很难相信这些是真的。"

"这是因为它是渐渐发生的。"她说,"有些物种,比如太平洋里的鲑鱼和有袋的鼠类,它们的死亡是一瞬间发生的。某一天,在没有任何老化迹象的情况下,突然的,它们就死于年老。"她稍作停顿,"还有一些物种根本没有被设计死亡,像石斑鱼和一些社会性昆虫的皇后。"

德什歪着脑袋说:"但它们也会死亡,不是吗?"

"它们是会死亡,它们只是不会像我们以为的那样衰老。最后一些意外情况或者食肉动物或者饥饿会导致它们的死亡。"

德什还有问题想问,但他知道现在不是时候。"你说下去。"他说。

"我对这些物种作了广泛的研究,了解它们为什么不会衰老。我还从一种罕见的儿童早衰症人身上获取 DNA 样本。一个十二岁的儿童的样貌和声音就如同老人一般。"

德什摇摇头表示同情:"我听说过这种病,是很可怕的疾病。"

他停了一下又说:"但我想至少他们的 DNA 是有启发意义的吧?"

"非常的有意义。它直接关系到我需要的突破。"她说,"多年以来,我一直在研究所有我能找到的关于衰老的分子基础的材料。但是,当我将儿童早衰症患者与常人之间的基因差异数据比对之后,我优化之后的大脑就将所有的部分组合到了一起。"

"你肯定你的治疗是有效的吗?真的可以将人类寿命延长一倍吗?"

"绝对可以。"她毫不迟疑地说,"百分之一百地肯定。"

德什的身体从餐台上直立起来,眼睛仍不忘看着入口,然后又调整到一个相对舒适的姿势。"你为什么会如此肯定?"他问道,同时用左手摩挲着他的后脑勺,右手仍然紧紧握着他的枪。

"有很多的方式,"琪拉回答,"但你需要有更多的分子生物学和医学知识来帮助你理解。其中一种方式是看细胞倍增次数。大多数人不知道这个,但你们的细胞在生长时会进行大约五十次的分裂。这就是海弗利克极限。当细胞越接近五十次分裂的时候,它们会需要更长的时间来进行分裂,也就产生了衰老的迹象。"

"五十次分裂之后会发生什么呢?"德什问。

"就死了。"她简短地回答。

德什思考了几秒钟,说:"那么癌细胞呢?"

"问得好。癌细胞是个例外。它们是细胞中的不老神仙。它们不受五十次分裂的限制,它们可以持续加倍地分裂增长。正是由于这种不受约束的增长,最终导致它们宿主的死亡。"

德什听得入了迷,但他已经偏离原来的利他立场,他知道他必须继续向前。"就算我相信你的长寿治疗按照你说的方式是有效的,"他说道,"我甚至可以相信你跟生化危机没有关系,但还是有一个问题,如果你真的发现了不老之泉,你为什么要保守秘密而不公之于众呢?"

琪拉扬起眉毛,说:"因为我不想成为把人类带回到黑暗时代的罪人。"

28

德什朝着服务员挥手示意他过来。他们现在坐在一处昏暗、舒适的角落里,随着时间过去,德什心中担心被发现的焦虑也慢慢消退。他们还有时间,也不着急离开。

"我们可以再点一些东西吗?"德什问服务员。

"当然可以,你还需要什么呢?"

德什很快翻阅菜单:"给我们两杯热巧克力圣代。"

服务员点点头,匆忙离开。

"热巧克力圣代?"琪拉问道。

"我只是想有一个借口可以在这儿多待一会儿,"他解释说,脸上露出一点笑容。"还有,跟你谈话的时候,我的大脑也需要大量的葡萄糖。"

她看起来有些不好意思:"很抱歉,一下子跟你说这么多。我知道那感觉就像是被用消防水管灌水一样。"

德什听到这里笑了一下:"没关系,我再说一次,你已经完全勾起我的兴趣。所以你可以继续说下去。"

"史密斯告诉你,我保守长寿的秘密,"她继续说,"是为了获取权力和财富。"她十分厌恶地摇摇头,"那完全是胡扯。我是很乐于分享我的治疗。但问题是,当我在优化状态时,我考虑过如果我这么做了世界会变成什么样。而我被得出的结论震惊了。"

德什试图猜测她的话意，但还是没有猜到。

"如果所有人都能活到一百五十岁，"琪拉继续说，"那么世界人口会怎么样呢？"

德什把它当做一个棘手问题认真地想了一会儿。然后他耸耸肩说："人口会增加。"

"人口会增加，"她重复说道，"很多很多。每年会有很多的人口出生，但是很少有人会死亡。女性的生殖年限也会延长一倍。这个地球本来已经拥挤不堪，变得越来越糟糕了，推广我的治疗以后，所有人还要为他们的曾、曾、曾祖父准备房间。"她重重地摇头说出结论，"让人类的生命延长绝对是一场灾难。"

"我们的社会的确需要作出相应的改变，"德什说，"但也不能这样肯定地说，长寿带来的结果一定就是灾难。"

"人口过剩带来的不仅仅是生理上的问题，还有心理上的影响。"她说，"很多年以前，有人用挪威大鼠做过一个有趣的实验。实验者将一定数量的挪威鼠限定在四分之一亩的封闭区域内，给它们提供足够多的食物，也没有其他的食肉动物威胁它们的生命。他们预计大鼠的数量会增加到五千，但结果却没有。大鼠的数量稳定在一百五十只左右。当他们使用一些手段使大鼠的数量超过这个相对舒适的密度时，他们发现老鼠一些病理性行为开始急剧地增加，出现了逃跑、自相残杀、同性恋，以及其他的一些不正常的行为。"琪拉抬起眉头，意味深长地看着德什，"你觉得，当地球变得更加拥挤以后，人类的压力只是上升一两个等级而已吗？"

德什皱起眉头。即使不是很出色的科学家，也能回答这个问题。

"在我的智力提高以后,我很快就意识到如果我把长寿的治疗技术公开,世界人口在极短的时间里就会达到临界水平。最多在几代人以内,人类要么会回到黑暗时代的人口水平,要么就会种族灭亡。我还做了很多的电脑模拟。"

"然后呢?"

"电脑模拟的结果跟我的直觉完全一致。最后会产生一系列的可怕后果,我只跟你说最有可能发生的。人口的急速扩张会导致经济崩溃,资源枯竭,工作机会也无法满足人口增长的需要。现在的经济体适应于平均年龄六十五岁左右退休,以及平均寿命在八十岁左右。"琪拉稍作停歇,"你以为人类长寿,只是需要很大一笔退休金那么简单吗?"她提醒他说。

德什皱了皱眉。他是说过这个玩笑,但他没有意识到其深层的含义。

她继续说:"我们还说过,长寿对年轻人来说会成为负担。的确如此。随着经济的崩溃,人口增长会导致生存的卫生条件越来越差,传染病会如同野火般地肆虐蔓延,大规模的饥荒会成为常态。为了生存,人类异常行为增加,国与国之间爆发战争,核武器会被释放,地球末日很快就会来到。"

德什脸色苍白,听起来有点毛骨悚然。"但是,各国政府难道没有意识到这样的威胁,而实施严格的生育控制政策吗?"

"也许会,但我很怀疑,只是也许。但是,这是你想要的结果吗?为了生存的机会必须要牺牲你的后代?这在我得到优化的时候听起来是合理的。但当我恢复正常,我觉得这太恶心了。"琪拉停了下来,"毫无疑问,延长地球上人类寿命长达七十至八十年,会导致人类文明的灭亡。"她皱起眉头,看起来似乎心灰意冷。

她脸上绝望的表情使德什感到惊讶:"琪拉?"他轻轻地问

道,"你还好吗?"

她点点头,但眼神里仍然还有悲伤:"我只是为自己感到难过,"她轻轻地说,"我所有的努力最后都成了打自己的脸。我可以把自己变成一个智力超群的人,但却以牺牲掉自己的人性和变得无情作为代价。我找到了可以大大延缓衰老的方法,结果却发现这样做会毁掉人类文明。"

德什沉默地坐在那里,无言以对。他能理解她的沮丧。她是一个现代的迈达斯①。迈达斯国王很兴奋被赋予点石成金的能力,但直到最后他发现他无法阻止他的食物和他心爱的女儿也变成黄金,才意识到这可怕的后果。

29

服务员拿着他们的甜点过来,他们就安静地坐在那里。琪拉把一勺香草冰淇淋和热巧克力放进嘴里,然后吞了下去,还是很不开心的样子。德什心里想着,一个人拥有了无穷的智力以后,还能享受到热巧克力的美味吗?

德什开始品尝他自己的圣代,他打算换一个话题。琪拉还是需要解释她的哥哥和卢塞蒂的死亡,但他想她自己会说的。"那么,在你意识到你不能公布你的发现之后,发生了什么?"

"我决定认输了。我发誓不再进行任何有关长寿的实验,也永远不再使用我的大脑优化治疗。"她耐心等待着勺子上多余的热巧克力流下来,再放进嘴里。"但故事远没有结束。有人一直在跟踪我,不是用监听器而是用传统的方式来跟踪。当时我还不知道,但是拉里·卢塞蒂,就是那个私家侦探,他受

---

①希腊神话中的国王。传说他统治着佛里吉亚,地属土耳其中部,他非常富裕,有点物成金的魔法。

雇来监视我。他检查我的垃圾,透过我窗户来窥探我,就像一个偷窥的汤姆。没多久他就发现我停止了所有的实验。"

德什思考了一会儿说:"我想这给了莫里亚蒂一个信号,你已经获得重大突破,也不再需要更多实验了。"

"是的。几天以后我的公寓再次被人入侵。我已经很久没有更新我的实验笔记了,当时我把我的笔记放在我的电脑里面。那个文件进行了加密处理,其安全性能是在我的大脑优化之后设计的。即使有人破解了我的电脑,他们也必须要解码文件。但是这个解码是不可能做到的。一个普通人类无论如何都无法完成。"她深深皱起眉头,"事实上,即使你非常聪明,同时也有可能犯极为愚蠢的错误。"

"莫里亚蒂把文件打开了吗?"

她点点头:"在闯入我的公寓以后,他肯定也服用了一颗摩根之前偷去的胶囊。他在电脑面前,得到提升优化,然后轻而易举地通过了我的安全防护。"

琪拉皱起眉头,显然对自己感到恼火。"我还是很幸运的,"她继续说道,"由于我的偏执,我只将动物的个体试验记录在电脑里,还有我自己的一些哲学反思。真正的长寿治疗的每一个步骤和每一个基因的提示,还有第二个层次的大脑优化提升,都储存在我随身携带的钥匙环闪存盘里。我的电脑里没有提到这些,甚至没有任何有关我为更高的智能优化做的工作。莫里亚蒂仍然不知道这些内容。不过电脑里确实有一些关于长寿治疗的笔记。所以他不知道具体的方法,但他了解到我已经找到延长生命的方法了。"

德什眯起眼睛:"史密斯已经知道你能够延缓衰老一半。他还说你长寿研究方面的终极计划是设计一个纳米机器人在血管里巡逻,然后找到一个方法可以转移人的意识。"

"是的。这是存储在我的电脑里面的总体计划。那是我最初的想法,是在我意识到采取第一步之后带来巨大灾难之前形成的,跟史密斯所描述的一模一样。"

"真有意思,"德什说,"那你觉得他就是莫里亚蒂吗?"

琪拉想了想,说:"也许,但我的直觉告诉我不是。我觉得他只是莫里亚蒂的一个助手。"

"继续说。"德什说着,把他几乎没怎么动的甜点放到一边,他发现他没办法将注意力放在琪拉·米勒和餐厅入口的同时,还能细心品尝圣代的美味。

"我知道,一旦莫里亚蒂知道我发现了长寿的秘密,他一定不会善罢甘休的。"琪拉继续说,"也就是说我陷入大麻烦了。我把闪存盘放进一个不锈钢的药丸瓶,把它埋在一个我认为没人能找到的地方。我记下了它的 GPS 坐标位置。接着我优化了自己的大脑,我感到很慌乱,我的思绪漫无目的,所以就算我刚刚才跟自己承诺再也不会这样做了,我也别无选择只能这样。"

德什点点头表示同情。在这样的情况下,他无法责备她。

"在我转变自己以后,"她继续说道,"我明白了我需要做什么。修改我的治疗方案的指导建议有几十、上百页那么长。为了绝对确保秘密的安全,即使在胁迫之下,我还是把关于埋藏闪存盘的 GPS 坐标以及计算公式的有关记忆封存起来,就连埋藏地点的记忆也被封存。我将这些记忆分解到了不可穿越的精神防护墙之后。"她叹了口气,"这很不容易。"

"我相信是的。"德什说。

"即使是在优化状态,在自己的大脑中找到或者隔离特定的记忆轨迹,也是相当困难的挑战。"

"但是你做到了?"

"是的。我重建了这些记忆，只有当我强烈地感觉到有意识地决定想要的时候，我才能够访问到那部分记忆。这就像是中国的手指圈套，我把它设计成在受到胁迫的情形下，我越是努力想要得到那些记忆，精神上的阻碍就会越强烈。"她停了下来，"结果就是，我那样做得太及时了。"

德什不由得向前倾。

"仅仅几小时以后，拉里·卢塞蒂闯入我的公寓，把我当做人质。他想让我说出延长寿命的秘密，还说拿不到就不会离开。他给我服用了真话药物。那些药很有效，我告诉他我的发现，还有我为什么不愿意向世界公开。但是当他问我如何延缓衰老时，我跟他说我忘记那个治疗方法了。"

"这绝对是真的。"德什说。

琪拉点点头。她最后吃了一口圣代，然后把杯子放到一旁。"不幸的是，我没能保守住其他的事情。在药物的作用下，我告诉了他闪存盘，还跟他详细说了如何将 GPS 坐标封存到我的记忆中，在胁迫的时候就不会泄露。他也很尽职尽责地向莫里亚蒂汇报了这些内容。"

"那莫里亚蒂相信你了吗？"

"我想是的。不然的话，我猜他们会让卢塞蒂在使用真话药物以外，还会对我用刑，但实际上他没有。"琪拉停顿下来，用手支撑着自己的身体，好像对接下来发生的事情仍然感到心有余悸。

德什感觉到有点不对："接下来发生了什么？"他温柔地询问道。

"我第二天早上醒来，仍然被当做人质。"她望向远处，眼角蕴含着一滴泪水，"卢塞蒂告诉我，他们抓了我的哥哥，艾伦。"

德什的眼睛睁得大大的,事情之间的联系变得很明显了。

"卢塞蒂跟我说,他的老板正在辛辛那提艾伦的家里,"她痛苦地低声说道,"除非我告诉他们长寿的秘密,否则他们就会将我的哥哥活活烧死。"

"那你告诉他了吗?"德什轻声说。

她看起来脸色苍白,摇了摇头。

德什意识到自己问了一个愚蠢的问题。如果莫里亚蒂已经得到不老之泉的秘密,那他就不会如此疯狂地要活捉她了。

"我知道莫里亚蒂会不择手段地让他的大脑能够重新联结,"她严肃地说,"但是,如果他得到延长生命的秘密,他就会成为史上最可怕的怪物。还有什么可以阻止他呢?他可以提升他的智力,利用延长的生命来聚集超乎想象的权力。就是史密斯指责我,说我想要得到的那种权力。"

琪拉说完,一滴眼泪从她的眼角缓缓滑过脸颊。

德什意识到莫里亚蒂逼迫她作了一个艰难的决定。他可以想象,这已经在她的心灵上造成了永远无法愈合的伤痕。"你明白结果,你只是做了不得不做的事情。"他轻轻地说,"我为你的行为感到钦佩。"

她摇摇头,泪水再次涌上双眼,"我不是英雄,"她痛苦地说,"我是一个懦弱的人。我做了一切努力去救艾伦,甚至差点又释放了一个希特勒来到这个世界上。我用尽所有努力想打开我的记忆。但是我没有做到,"她低声说,"我自己建立的防护墙太强硬了。"琪拉闭上眼睛,"不过,没关系。我心里很清楚,莫里亚蒂是不会放过艾伦的。一旦我告诉他想要的东西,他就会杀了艾伦和我,还有卢塞蒂。我们的结局都很危险。"

德什知道她的分析是完全正确的。她当时处于完全被动的局面。"那你是怎么做的?"他问道。

"我需要时间来营救我的哥哥。于是我把真相告诉卢塞蒂。我跟他说,我很想,但是我无法得到那些记忆。在我的大脑中设置的防护软件非常强大。我向他解释,用我哥哥作威胁给我的压力,比让我的身体受到酷刑还要强烈。"

"那他相信你吗?"

"我想是的,"她说着,用手背不经意地擦去眼泪。"我请求他保证莫里亚蒂在二十四小时以内不会伤害艾伦,我会找到方法来打开我的记忆。他告诉我莫里亚蒂同意了。"

"然后你就杀了卢塞蒂吗?"

她点点头:"他给他老板打了电话之后,给我解开绳索,让我去洗手间。我知道在任何搏斗中我都可以占上风,因为在得到不老之泉以前他不会冒险杀我。他试图将我击倒,而我用一个大理石书立打中了他。我没想杀死他的。"她的声音充满悲痛,"但事情就那样发生了。"

德什眯起眼睛,"然后你闯进卢塞蒂的公寓,希望找出是谁在指使他。"他说。

"是的。我拿走了他的笔记本电脑和一叠有我名字的文件,然后直接去了机场。我搭上第一班飞往辛辛那提的飞机,使用的是我之前准备的假身份信息。在飞机上我研究了那叠文件和电脑,但没有发现任何有关莫里亚蒂的信息。"

琪拉整理了一下情绪。"我想后面发生的事情你应该就知道了。"她说,"飞机落地以后,我冲向我哥哥的房子,我决定不管我做什么,也一定要把他救出来。"

"但你还是晚了。"德什严肃地说道。

一个痛苦的表情掠过琪拉的脸上和眼睛。"我太晚了,"她重复道,全身发抖。她拿起一条毛巾,擦去眼里涌出的泪水。"我跟我哥哥艾伦有很特殊的感情。他大我五岁,总是照顾我。

当其他的孩子因为我与众不同,或者因为我跳了几级,就嘲笑我的时候,他会保护我。当我父母去世的时候……"

她的声音断了,她努力控制着情绪。"艾伦正在上大学,"她终于又继续说道,声音又有了力量,"在俄亥俄州。他花了一年时间来陪我,确保我没事。我恳求他不要牺牲他自己的人生来保护我,但他完全不理会。直到后来我自己离开去上大学,他才回到学校完成他的学业。"

德什同情地点点头,等着她继续。但她的神情显示她的情绪已经不能再谈论更多关于她哥哥的事情。

"所以当你发现没来得及救你哥哥,"德什神情严肃地说,"你知道,你必须消失了。"

她点点头。

"我真的很抱歉。"他轻轻说道。

沉默持续了好几秒,像头顶的乌云那样压抑。

"你杀了卢塞蒂,"德什终于开口说,"但明显属于自卫。如果你所说的都是真的话,你没有犯下任何罪行。"

她叹口气说:"如果不算非法的人类实验和挪用公司资源的话。"

"我没想这些。"德什毫不迟疑地说。

琪拉很努力地想要挤出一丝笑容。"从那以后,莫里亚蒂就开始追踪我。从这个游戏一开始,他已经拥有相当的权力和财富了,同时他又很无情和自私。他不会用二十三小时的超人智慧来创造巨大的财富和权力。我用很少的本金,在很短的时间里创造了财富。想一想在过去的几年时间里,他能做什么。"

德什想了想,但是不得要领。"有没有线索知道他是谁?"

"完全没有。"她的情绪开始稳定下来。"不管他是谁,他对于他的权力和财富是很敏感的。你不会在商业杂志的封面上看到他。真正强大的人不会抛头露面。他们只是在幕后操纵一切。"

德什思考着她的话，认为她说的大部分都是正确的。

"不管他是谁，他立刻把我描述成谋杀卢塞蒂和我哥哥的凶手。这还不够，他还把埃博拉的情节强加在我的身上，这样可以引起整个美国军队对我的反感。我不知道他是否参与了其他的恐怖主义计划，但你之前看到的证据都是他跟恐怖主义分子有关联的证明，而不是我的。"

"跟恐怖分子合作他可以得到什么呢？"德什问。

"我不知道。但一定比我们知道的还要多。因为我确信他们没法完善可以携带埃博拉的基因工程的感冒病毒。"

"为什么不行呢？"

"这是一项非常复杂的项目。"

"即使对提升后的大脑智力来说也是吗？"

"是的。我的记忆库中有上万个小时的分子生物研究的记忆，可以供我进行了转变之后的大脑挖掘使用。而他肯定没有。如果没有这些记忆储备，不管他的智力达到多么高的程度，他都不具备成功的知识基础。"

德什皱起眉头。他知道得越多，就越感到困惑。但他还是决定继续。"那么他现在为什么还要找你呢？他已经知道，他没办法迫使你交出长寿的秘诀。"

"我不知道，"她耸耸肩，"即使他知道我是他最大的威胁，并且不会放弃阻止他，他还是费尽心思想要活捉我。很明显，他仍然没有放弃要得到不老之泉的秘密。"

他们安静地坐了几秒钟。最后，德什看了一眼手表，叹口气说："我们得走了，还可以赶上一辆公交车。"

德什为点的圣代埋了单，然后他们小心翼翼地回到商城中心，他仔细地扫视周围，几分钟以后，还是什么都没有发现。

他们穿过商场向外走去，德什带着疑惑地看了一眼琪拉，"那么为什么是我呢，琪拉？"他问道。

她叹了叹气："我已经告诉过你了。你是一个好人。在关键时刻，你会做出正确的行为。你很擅长找人，你经过特殊的能力训练。你很聪明，阅读广泛。我一直想要找到莫里亚蒂并且阻止他。可是我没有任何进展。"

琪拉伸手放在德什面前，示意他停下来。她深深地看着德什的眼睛，他感觉到她似乎有话要说。最后，她低下双眼。"还有，我很孤独。"她轻轻说道，"已经逃亡太长时间了。我已不相信任何人，我对所有事情都感到怀疑。"她停了一会儿，"但是，我没法独自一人去阻止莫里亚蒂。当我研究你的经历时，我觉得我需要一个像你这样的人的帮助，你是我可以相信的人。"

所以她在他对她充满偏见的时候，冒险绑架了他，还要说服他成为她的盟友，就跟她在旅馆里说的一样。她甚至还冒着更大的风险，在空地的时候让自己处于他的控制之下。但他到现在仍然还对她有一些挥之不去的怀疑，不过他决定将这些先放在一边。

琪拉满怀希望地看着他的眼睛。"你愿意帮助我吗，戴维？"她问。

德什凝望着她的眼睛好几秒，轻微地点头："是的，"他终于说道，"我愿意。"

琪拉如释重负地长舒一口气。"谢谢你，"她真诚地低声说，"我很抱歉将你牵连至此，这是我太自私了。"

"不，不是的。"德什坚定地说。他的嘴角上扬露出一个微妙的笑容。"你没有牵连我什么。我是受雇于吉姆·康奈利上校，要找到并阻止一个在逃的精神病杀手。我现在仍然在做这件事情。"

琪拉的表情变得强硬起来："我现在唯一想做的事情就是阻止这个混蛋。"她牙关紧咬，一脸仇恨的神情，切切地说道，"我以我哥哥的灵魂发誓一定要抓到他。一场悲痛的交通意外夺去了我的父母。而莫里亚蒂却杀害了我唯一的亲人。"

她的眼睛里闪现出一道死神般的光芒。"总有一天，很快，他就会为此付出代价的。"

30

他们在里士满的市中心下了公交车，搭上一辆出租车来到一间二手车行。他们用现金买了一辆老旧的皮卡车。

在公交车上时，格里芬打来电话说他和康奈利很好，不过格里芬还是抱怨道，他被强迫刮去胡须，会给他以后的人生留下伤疤和创伤。他们很顺利地来到康奈利的医生朋友家，康奈利也正在接受治疗。

在获悉康奈利接受治疗完成以后，德什坐到皮卡车的驾驶座上，他问道："我们去哪儿？"

"回到95号公路北，"琪拉回答，"我们回到我的住处。"

"你还有住处吗？你不是一直在逃亡吗？"

她调皮地眨眨眼睛："那是一个汽车之家，我住在拖车公园里。"

"你是在开玩笑吧。"

"你为什么会这么说？"她顽皮地说。

德什耸耸肩："我不知道。你是一个卓越的科学家，你的发现足以改变世界。你不像是那种会住在房车里的人，"他咧嘴一笑，"当今的爱因斯坦·阿尔伯特住在拖车公园，这对我来说简直难以想象。"

她笑了笑:"这就对了。对于过去的我来说,拖车公园是我不可能会想到去住的地方,任何人也不会想到去那个地方找我。而且住在这里,我每隔一个月会改变一次地方,但还是有家的感觉。"

德什心里想,这其实是一个合理的策略。"很不好意思,我从来没有去过拖车公园。"

"那么你现在就可以弥补了。"她说。"事实上,我有三辆房车。一辆在东海岸,一辆在西海岸,还有一辆在中心地段。后面两辆安装了安全阀。我向拖车公园提前支付了一年的费用,以防任何情况我需要使用。"

"我等不及想要去看看。"德什停下车等待绿灯。"现在跟我说说你打算怎么找莫里亚蒂吧。"

"我会告诉你的,但不是现在。一直都是我在说,现在轮到你了。"

"我想为自己辩护,过去我一直被误导,但我还是不断地在审视观察。"

"考虑到他们告诉你的那些,我不会指责你。"她说,"但你可以跟我说说你自己。我已经很长时间没有去了解过任何人了。你是怎么结束军队生涯的?"她停了一下,"你真的觉得你没有别的选择了吗?"

有那么一刻,德什几乎忘记了她对他作过研究,但她的这个问题立刻又提醒了他。他的父亲曾经是一个将军,从她的问题中也可以看出她很清楚这一点。她肯定不会浪费时间在闲聊上,虽然他们一起经历了这么多,但此时此刻,闲聊显得太可笑了。

"当然是我自己选择的。"他回答说,"我父亲不会做那样的事情。他很喜欢军队,但他希望我和我的哥哥去做能让我们开心的事情。最后,我加入军队,不是因为他迫使我,而是他给我树立了一个很好的榜样。他既善良又富有同情心,还很有幽默感。"德什停顿一下,"大多数人在描述职业军人的时候多是用僵化、呆板、专制、官僚等等,大部分人的确如此,但我的父亲不是。"

"那你的母亲的观点呢?"

"她持有差不多的观点,她也同样希望我们快乐。她很崇拜我的父亲,但是她清楚无误地让我们明白如果我们加入军队,会做出什么样的牺牲。"他又说道,"有趣的是,我的弟弟也加入了军队,他去了安纳波利斯。有时候我会想,如果我的父母其中一人给我们施加压力的话,或许我们就会做了别的事情,仅仅因为叛逆。"

德什已经很久没谈论过他的父亲了,他的眼神里反射出一种深深的失落。

"对你父亲的事情我感到很抱歉。"琪拉轻柔地说。

他点点头:"如果有人明白这种失去的痛苦的话,那应该就是你。"他说,"我的档案里有没提到那是怎么回事?"

"没有,只是说他死于一次行动当中。"

"那是错误的说法。"德什闷闷不乐地说,"那时他在巴基斯坦与地区军事领导人进行为期一周的会面。当时他正在酒店不远处的市场里买水果。然后发生了一起恐怖分子爆炸事件。他一生见过如此多恐怖行动,最后却是在非执行公务时间,没有穿制服的时候丧命。"他厌恶地咬着嘴唇,"如果那些人知道他是一个将军的话,很有可能就不会炸那个地方。他们更倾向于杀害平民。因为这样的方式,能够制造更多的恐怖效果。"

琪拉感同身受地叹气。沉默了几秒以后,她问道:"你弟弟怎么样了?"

"他干得很好。在我离开军队以前,我并没有经常去看望他。但自从我成为平民,我就经常去跟他见面。"

"离开军队,你后悔过吗?"

"老实说,没有。我可能有点自私,也有点懦弱,但是没有。其实在发生伊朗那次噩梦之前,我就已经准备离开了。当你进入了三角洲部队,就不能与队伍以外的任何人产生密切的联系。其实也不完全是这样。但我不想那样过一辈子。我想在以后的某一天,能当一个丈夫和一个父亲。"

他们默默地开车,几分钟以后琪拉迟疑地问道:"你提到伊朗。那次到底发生了什么?"

"你肯定读过事后行动报告。"

"我粗略地看过,"琪拉承认说,"但是那份报告太长,我没有细看。还有,"她又说道,"既然我们成为盟友,戴维,那么我们最好更多地相互了解彼此。我更愿意听你自己怎么看待这些事情。"

德什耸耸肩:"没有什么可说的。"他说了一个谎。但他转念想到,在餐厅的时候琪拉对他完全打开了心扉,他就改变了主意。这次该轮到他了。他重重地叹口气,说,"好吧,我跟你简短地说一下。"

德什停顿下来,整理着自己的思绪。"英特尔终于找到了恐怖组织首领哈立德·阿卜杜勒·马利克的具体位置。他是全世界一系列教堂和犹太教会堂爆炸案的负责人,这些爆炸都发生在宗教仪式期间,产生了最大数量的人员伤亡。他的总部就在伊朗的西部边境萨南达季。我们受命前去,在可能的情况下捉拿他,否则就将他杀掉。我们非常完美地潜入到他们总部。"

德什歪着头,回想,"卫星捕捉到阿卜杜勒·马利克和他主要助手的活动，他们正准备去附近的马哈巴德镇。我们计划了一次伏击。"他摇摇头，脸上出现非常痛苦的表情。"但是，我们却被伏击了。"他阴沉着脸说。沉默了几秒钟以后，他继续说道，"他们似乎在等我们。"

"你们被设计陷害了。"

"这是毫无疑问的。但我不知道是怎么被陷害的。"德什不看琪拉，将眼神专注于前面的道路，他又继续说，"我们都被俘虏了，我和我队伍中的另外三个人。因为我是队伍的指挥官，那些恐怖分子，决定通过在我的面前使用酷刑折磨我的队友来对我进行惩罚。那些人是我视为兄弟的人啊。"他看起来想要呕吐。"我的头被固定，眼皮被撑开。我不能侧头也不能不看。"他战抖起来。"这种折磨，是那些最有天赋的恐怖小说作者也难以想象的。"他低声说。

琪拉一言不发，等待着他继续说下去。

"后面发生的事情我就不想再去描述了，"他最后开口说道，"我对任何人都不会说起。只说他们被折磨，并且最后被杀害就足够了。"他的眼睛里充满仇恨的眼神。"而这些可恶的混蛋，他们却乐在其中。"

"你是怎么逃出来的？"琪拉轻轻问道。

"他们杀完了我的手下，"德什的声音变得冷漠而毫无感情。"我就是下一个。那时一直有三个人守着我。其中一人到后面去小便，而另一人倒在血泊中。一个人身体里有六夸脱血。六夸脱听起来不是很多，但如果你把这些血洒在地上，你就知道有多少了。而八夸脱是很难想象的了。"

琪拉听着他的描述，心里想象着，身体战抖起来。

"我当时被绑在椅子上，"德什继续说，"我用椅腿给了他迎面一击。我连同椅子一起，扑向另外一个守卫，防止他拔出他的手枪，但他还是用他的匕首向我刺了几刀，最后我用头把他撞到失去了知觉。最终我逃了出来，并且成功跨过了伊拉克的边境线。"

"这部分我记得，"琪拉说，"我读到那些在伊拉克发现你的士兵，都觉得难以相信以你当时的身体状况居然还能走那么远。他们都为你的毅力和意志力感到震惊。"

德什苦笑一下："我应该跟兄弟们一起死的。"他低声说，"在特种部队，我们有严格的规定，不能丢下同伴独自逃生。"他的眼睛湿润了，悲伤地摇摇头，"事实上，我的士兵被残害得如此严重，即使当时我能做到，他们的身体已经不完整，我无法带回来了。"

31

德什加速行驶来到 95 号公路与高速公路交会通道处。
"我不知道说什么了。"琪拉无奈地说。
"不需要说什么。似乎我们都有自己的霉运和充满伤痕的挣扎。高赌注必定有高风险。"他说。

他们驱车前行，都不说话，直到琪拉打破了沉默，她决定换个话题。"你看，戴维，"她迟疑地说道，"听起来或许像个毒贩，但我希望你能尝试一颗我的胶囊。"

德什好奇地看着她："为什么？"他直接问道。

"我很感激你同意成为我的盟友，但我知道你并没有百分之一百地信任我。你怎么可能呢？发生了这么多事情，而这个故事听起来又如此复杂，只有傻瓜才会一点都不怀疑。而你绝不是傻瓜。在你的脑海深处，你仍然禁不住怀疑，我是一个出色的演员，而这一切全都是我的恶魔计划。"

"你是对的，"他说，"我不否认这点。但是我的怀疑已经从百分之一百降低到了百分之五，或许你听到这个会感觉好一些。"

"的确好很多。但是你服用胶囊以后，剩下的那一点怀疑也会被消除。当然，你可能会相信我已经从根本上改变了人类大脑，但是要让你真正地相信这一切都是真实的，你必须亲自去体验。我可以告诉你更多有关的情况和感受，但只有你的亲身体验是我无法描述和证实的。一旦你得到提升和优化以后，你就会明白，我告诉你的一切都是真的，哪怕是细枝末节。"

德什翘起嘴："我不知道，琪拉，"他显得有点不情愿，"我不确定，改变我自己的大脑结构，这是否是个好主意。"

"在你知道这一切以后，我不会责怪你。但我保证，这个效果只会持续一个小时。一小时以后，你就会恢复到平常的戴维·德什。"

"是吗？你怎么会这么肯定呢？"

她张嘴正要回答，但又把嘴闭上。"我想我不能绝对地肯定。但我知道你不会感觉到不同。在事后我接触过的人，都没有察觉我有任何变化，至少我还没有发现。"

"那反社会人格方面呢？"

"我说过，这个效果是需要积累的。你第一次得到提升，那感觉就像是爱丽丝梦游仙境一般，会对许多的冷酷想法感到震惊。反复的体验多次才会麻木你的情感，使你的万能感受得到增强。"

"然后又会怎么样？你就从爱丽丝变成佛罗多·巴金斯或者达斯·维德了吗？"

她皱起眉头："我用了很多愚蠢的文学修辞，是吗？"

德什忍不住笑了："不是，"他肯定地说，"是我想出了莫里亚蒂这个名称。所以我们俩是一个豌豆荚里的两颗豆子。"

琪拉看着他的眼睛，深深地叹气："这对我来说很重要，戴维。你一定要体验才能完全地理解它。"

德什迅速地看了她一眼，很快把眼神回到马路上，但他开始考虑她的要求了。"好吧，"最终他还是勉强同意，"我试一次吧。"

"谢谢，戴维，"她终于松了一口气，"我保证，这样做以后会将最后的那一点怀疑也抹去，并且你会得到超越。"她伸手在脖子处找到一根藏在衣服里面的项链。她把链子从运动衫里面拉出来，最后拉出一个银盒子。这个盒子是心形的，大约四分之一圆大小。她把项链位置调整了一下，现在盒子就露在她的外套外面。

"我正好手里就有一颗。"她说。

"那个盒子里有一颗胶囊吗？"他不相信。

"是的。"

"我不知道，琪拉，"德什转了转眼球，"你以药丸的形式把等同于一个戒指的权力戴在脖子上？你是不是对佛罗多的故事太入迷了？"

琪拉笑了笑："好吧，我承认我是一个怪人。"然后又再次变得严肃起来，"事实上，这样做的象征意义是为了增强我的决心，不会再次提升自己。我想要阻止莫里亚蒂，而不是变成他。将胶囊戴在脖子上可以提醒我，不放弃抵御权力的诱惑。"

"你小时候玩过很多龙与地下城的游戏，是吗？"德什冷冷地说。

一个顽皮的笑容出现在她的脸上："好吧，"她说，"我不否认这个方法毫无新意。但是，它真的是有帮助的。还有，只是为了申明，我从来就没有玩过龙与地下城的游戏。"她停顿下来，指着小盒子说，"你准备好了吗？"

德什皱起眉头:"现在吗?"

"为什么不呢?"

"我可以尝试,但我们不要急于一时。我不想在开车时服用这个,我还想好好地睡上一觉。我们明天早上再来试,好吗?"

琪拉点点头:"任何时候你觉得想做都可以。我可能太过于心急想要达到最信任的深度。还有,"她又说,"我也从来没有跟别人的感受做过对比。"

他们边开车,一路进行着愉快的交流。现在他们成了盟友,德什发现他可以很轻松和谐地跟她相处。在行驶了大概75分钟以后,琪拉叫停汽车,她需要去洗手间而她称之为生物分解。

德什离开高速公路,开车来到一个小加油站,这里只有两个加油泵,而且还没有随处可见的小超市。他将车停在一个离砖结构的洗手间最近的那个泵旁。他从皮卡车上下来开始给油箱加油,琪拉从服务员那里拿到洗手间的钥匙。

琪拉刚刚把钥匙还给服务员,看着德什把油管喷嘴挂回去,她也走回到副驾驶座,这时,德什的心一下子提到嗓子眼了。

直升机再次出现了。

在德什行动并发出警报之前,琪拉就扑倒在地,一个小飞镖从后方射中了她的脖子。

德什在心里估计了他们目前的位置,知道他们没有地方可逃或者藏身。直升机越来越近,他只有立刻采取行动。

他扑倒在琪拉的身旁,在这几秒钟里,他的大脑在飞速旋转。他近乎绝望地意识到他现在只有一个选择。他伸出手,抓住琪拉脖子上的链子,用尽了全力。链子断了,小盒子掉落到地面上。德什使劲将链子扔到尽可能远的地方,把那个盒子捡起来,慌忙地将盒子放进嘴里。他用舌头帮助将那个小小的银

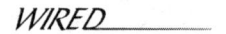

色心形盒子放到口腔后部，将心形的尖点放置于他的牙齿和牙龈之间，就像咀嚼一颗烟草，他希望它因为小而不会有明显的突出。

他的舌头还压着小盒子，这时他感觉到后颈一阵剧痛，他瞬间进入到无梦的失忆状态。

第五部分　被捕

32

戴维·德什醒来，茫然地摇摇头，眼睛仍然睁不开，恍惚间感觉到脸颊上插了什么东西。

突然间，一切重新浮上脑海。直升机来了，琪拉倒下，他们毕竟没有对他使用致命武器。或者他已经在天堂了吗，这也不大可能，因为在天堂应该没有任何痛苦了，而他嘴里的痛感是如此的真实。难道说，他是由于这个原因终结了生命。

德什努力睁开眼睛，却只能睁开一条缝。他想表现出一直处于无意识状态。他和琪拉在一起，坐在一间昏暗的地下室的地板上，背靠着一堵墙。房间里唯一的灯光来自于天花板上一个没有灯罩的灯泡，天花板也没有施工完成，灯泡的旁边有一根绳索控制开关。沉重的钢铁阶梯均匀地间隔在墙上。而他的双手被捆绑在背后，用一条塑料手铐绑在一条阶梯上。琪拉也以同样的方式被绑在离他五尺远的地方。在房间的另一个角落里有一个直径大约两英尺的水缸，里面有一个水泵，并且有十英寸左右的静水。有三根钢管在关键位置，从地底撑住天花板，从而撑起整个房间。

在这个地下室里，除了距离他们俩大概八英尺的房中间有一张工作台以外，什么都没有。桌上的小钉板上面挂满了各种各样的工具。房间的另一面墙有一排未完工的木梯可以通向一楼，最终连接着一扇通向外面的门。

看起来没有别的人。很有可能在德什第一次醒来的时候，没有人发现。但他知道可能现在有人通过监视器知道他已经恢复意识，并正朝这儿走来。

德什本能地打量他的位置，盘算逃跑的方略，但是他一无所获。就在他继续打量着周围的一切细节并打算牢记在脑中时，他注意到琪拉·米勒的头盖骨上有一小块地方，就在右耳的上面一点点，被剃去了头发，现在绑着绷带。

他用舌头把心形的盒子推到嘴巴前部。他正在做的时候，琪拉开始醒来。如果他之前的活动还没有引起注意的话，此刻她的活动一定被对方发现了。他没有时间了，他试着通过舌头和牙齿去打开盒子，但几次都没有成功。最后，他小心翼翼地把盒子的缝对准他的门牙之间，希望像咬开心果一样把它打开。尝试几次以后，最终盒子的两半被分开，却只有一毫米的空隙。这样就足够了。他也担心用力过度会使得盒子从嘴里喷出，就没法再拿回来了。他使用磨牙会更加的保险，但也有可能会把盒子咬得更紧，而不是把它打开。

他将整个盒子全部吞了下去，在吞下去的时候，盒子的尖点刺激了他的喉咙，他知道他的胃酸可以通过刚才咬开的那一毫米的裂缝进入到盒子里，融化那颗装有琪拉的基因治疗鸡尾酒的胶囊。但是会需要多长时间，那颗胶囊才会完全起效？这很难说清楚。

琪拉开始睁开眼睛，她摇摇头想要清醒头脑，这样做的时候还感觉到有点疼痛。她转向德什，一脸迷茫的表情。但很快她应该就恢复了记忆，想起了在加油站发生的事情，在失去知觉以前听到了直升机的桨声。"糟糕！"她沮丧地说，"他们用麻醉枪射击我们,是吗?"

德什点点头。

"我通常对疼痛不是很敏感,"琪拉说,"但这次感觉就像他们用箭射进我的脑袋里。"

"麻醉镖只是射中你的脖子。那不是你现在的痛感的原因。"德什焦虑地皱起眉头,"在你右耳上方的一小块头皮被剃掉了,那还有绷带。"

琪拉的脸颊顿时失去了光彩:"所以才会这么疼,是吧。"

"你知道他们对你做了什么吗?"德什问道。

"完全不知道。"她不安地回答。

"你现在感觉还好吗?"

琪拉停顿片刻,然后点点头说:"疼死了,但还不至于让人很衰弱。"她坚忍地回答说,"我还可以承受。"她的眼睛扫视着地下室,"我们在哪里?"

"我不知道。"德什说,他正要继续说下去,这时门打开了,两个人从楼梯上走下来。两人立刻认出了第一个走入视线中的人,就是那个瘦长结实的称呼自己为史密斯的黑色行动长官。

跟在他后面的人同样不知道身份。他大概四十多岁,身高中等,不过略微有点发胖。他穿着一条灰色的西裤,一件蓝色条纹的牛津衬衫和黑色的皮鞋。他嘴巴很小,嘴唇薄薄的,金棕色的头发从中间分成两半。尽管他保持着谦逊的外表,但他身上有一种东西令人不安,一看到他就有一种危机感。

"琪拉·米勒,"那个人得意地说,"终于见面了。"

他走到工作台边,面朝着两个"犯人",自然地坐在桌子上,两条腿随意垂在地上。史密斯在距离工作台十英尺的地方站着,面对同样的方向。

"你是谁?"琪拉问道。

"你不会真的以为我会回答你的问题吧。"他笑着说,"你可以叫我山姆,或者就别管我叫什么了。你可以期待你的下一个问题。我们现在在一个叫做安全屋的地方。楼上有四个全副武装的士兵,他们的工作就是听从我的指挥。"

德什从他们各自的姿势可以判断,这个人就是史密斯的老板,也很有可能就是自己与琪拉所说的莫里亚蒂。他可以进入安全屋,并且拥有相当大的权力。难怪!

"那你一定是政府的人。"德什猜测,"是山姆大叔的山姆吗?这个名字是为了显示可爱,还是你有精神病啊?"

那个人迅速移动,动作敏捷的程度与他的外貌很不相符。他推开桌子,上前几步来到德什面前,用他的皮鞋的鞋尖狠狠地踢向德什的腹部。德什立刻收紧肚子,试图躲避,但他的腹部还是受到了重重一击。剧烈的疼痛感通过神经系统爆炸开来。

那个山姆,恢复了平静,回到他刚刚坐在桌上的位置。"我不喜欢你的语气,德什先生。"他说话的时候,像是在指责一个小学生。"你跟我对话要有足够的尊重。我跟米勒博士在谈生意。而你还没有死的唯一原因,是我想搞清楚你是怎么掺和进来的。但你要注意跟我说话的态度,我的好奇心也不那么强。"

德什不作回应,那个自称为山姆的人再次转向琪拉。"你的头怎么样?"他嘲笑道。

"你们对我做了什么?"她质问说。

"哦,我们会告诉你的。但是首先,我们还有别的生意要谈。我不指望你会轻易配合告诉我不老之泉的秘密。你埋藏的那个闪存盘的GPS坐标一样可以有效。"

她一言不发,冷冷地看着他。

他无奈地双手一摊。"我以前不这么想,不过,值得一试。"他耸耸肩,说,"我之前认为这确实有点挑战。但最终,"他说着,嘴角露出了残忍的笑容,"你居然忍心让我把你的哥哥活活烧死。"

琪拉的双眼顿时变成两团火焰:"你这个婊子养的!"她愤怒地咆哮起来,情绪完全的失控。

他扬起眉毛笑了笑:"婊子养的?"他重复说道,"通常情况我会反击,但从技术上来说,你是对的。我妈妈就是一个婊子,你是怎么知道的呢?"他表情冷漠地说。

"我会杀了你的。"她怒吼道,"如果这是我最后能做的事情。"

山姆毫无所动。"你现在所处的位置是不能对我造成威胁的,亲爱的。"他带着嘲弄的遗憾摇摇头说,"但我知道,杀了你的哥哥,已经毁掉了我们俩建立浪漫关系的机会了。"

德什看得出琪拉已经怒火中烧,但她正努力保持平静,不让这个山姆继续得意地看到自己失去理智。这个人故意刺激她,扰乱她的思维,德什知道他需要做点什么来进行干预。"那么你就是那个闯入她公寓的人,"他冒着再次被山姆的鞋尖攻击的危险,转移了他们的话题。"还偷走了她的治疗方案。"

德什身体缩成一团以防袭击,还好没有。

"是的。"

"但是你现在没有进行优化和提升。"琪拉说着,已经恢复了她的平静。"为什么不做呢?"

"你们应该都知道,超速地运行人脑会产生大量消耗。不能每天都这样做的。"他稍作停顿,"如果你想问的是我的药丸是不是已经吃完了?答案是没有。我还没有吃完。还有,我已经找到另一个分子生物学家几乎可以复制你的工作。再有一个月，我就可以得到永久的供应了。"

"那么，是不是等到他成功的时候，就是他签署死亡令的时候呢？"琪拉说。

"你为什么总是问一些已经知道答案的问题呢？"山姆耸耸肩。"每个人都会死的。"他歪着头笑了笑，"或许除了你和我，亲爱的。"

"为你工作的那个分子生物学家是谁？"她问道。

"哦，我想你不认识他。他曾经在美国陆军传染病医学研究所的生物国防部工作。我发现他为了钱跟恐怖分子密谋，"他转了转眼睛。"他还有一个嗜好，就是对年轻男孩很有兴趣，这个有点麻烦。所以，我就，嗯嗯，逼迫他进入了军队。"

"你是说，你勒索他。"琪拉说。

山姆不理会。"我老实跟你说吧，"他摇摇头继续说着，"即使有了你的笔记本电脑，即使把你的指导手册放在他的面前，他还是花了好几年的时间才做到复制你的工作。"

"为什么不直接提高他的智力呢？"琪拉问。

"我试过，好几次。如果不这样做的话，他大概还在尝试找出如何复制你所做的事情。但是我不想给他太多的药丸了。首先，我剩下的也不多了。其次，那样的智力使一个人太难以控制了。你和我应该都清楚这一点。你完全无法想象，每一次我在提升他之前需要做的预防措施。"

德什在大脑中搜寻着任何变化的迹象，但他什么也没感觉到。他还是有一点不太相信琪拉的治疗真的是有效的。但是即使确实有效，他也不知道真正产生效果时是什么感觉。

"除了德什以外，还有多少人知道这个长寿的治疗？"琪拉问。

"好问题，"山姆笑着说，"答案是，只有我。我很小心地进行了清理。真的，虽然整个美国军队都在追捕你，但是只有我真正知道到底是发生了什么事情。"

"当然，还有除了我。"史密斯补充道。

突然之间，山姆从枪套里拿出一把消音手枪，指着史密斯的脑门开了一枪。子弹的冲击力使史密斯的脚离开地面，然后重重地掉在地上，在倒地之前就死了。

血里混杂着一些微小的大脑物质从史密斯的头上流出来，溅在他身旁的地板上。

33

混合的血液继续从史密斯的头上流出，琪拉由于害怕向后退缩。

山姆把手枪放回枪套里。"我刚才说到哪儿了？"他毫不在意地说着，好像什么都没有发生。

德什不需要去查阅任何教科书就知道这个人是个真正的精神病患者了。

"哦，我想起来了，"山姆继续说，"我刚才跟你说我是唯一一个人，知道事情的原委。"

山姆朝着地板上目光呆滞的史密斯的尸体点点头，然后又将目光转到琪拉·米勒身上。"不过，不得不承认，过去是我们两个人知道。但是现在我有了你，米勒博士，我就不再需要他了。"他解释道，然后又皱起眉头说，"还有老实说，他也不是很有用。在旅馆的时候，我就可以掌握你的生死，但是他却搞砸了。"

德什心中最后那一点对琪拉的故事的怀疑也消除了。她告诉他的一切都是真的。这个人才是康奈利一直要找的人。

"那你怎么跟你上面的手下解释史密斯的死呢？"德什问。

山姆笑了笑："朋友之间不需要任何解释。楼上那些人都是精心挑选的，全都百分之百忠诚于我。我给他们的报酬也很可观，我一直相信棍棒和胡萝卜结合的方式。他们都不是十条诫命的信徒，很不幸的，在他们的人生中都犯下过重大的过失。我掌握了他们这些污点，足以让他们永远消失。如果我死了，这些污点就会自动地被公布出来。"他的脸上露出得意的表情。"这些人可以为我做任何事情。跟这位已经去世的朋友不一样，这些人因为不知道发生了什么事情，他们也不会担心提前死亡，可以这样说。"

德什知道，史密斯的死亡所表现出山姆的冷酷无情，已经深深地震撼了琪拉，但她还是努力克制自己。"现在的游戏是什么，山姆？"她满带仇恨，一字一句地吐出他的名字。"你知道，你不可能通过用折磨或者药物的方式来得到长寿的秘密。你也要相信，我不可能在清醒的状态下告诉一个像你一样的疯子。那么，我在这里还有什么用呢？"

"我们早已知道你不会告诉我坐标位置的，"他扬起眉毛，脸上露出嘲讽的表情。"即使为了救你哥哥的命也不行。但是，或许还有一些牺牲比这个还要重大。自从那个卢塞蒂在你那儿失败后，我还付钱给他毫无价值的生命，我无法找到适当的方式可以让你，嗯，自愿地告诉我想知道的内容。现在，我已经找到了。现在有一个问题出现，你会愿意告诉我想知道的东西，来拯救未来的人类吗？"

琪拉继续保持沉默，没有上钩。

"卢塞蒂对你使用真话药物以后，他告诉我他明白了为什么你觉得保守这个秘密有多么的重要。人口过剩，对社会动荡的担忧。好吧，你运气好。我可以帮助你。如果以后世界上再也没有人出生了会怎么样啊？"山姆露出残酷的笑容，很得意的样子。"那样就可以解决这个问题了,不是吗?这样,你就没有理由不公布你的秘密了。"

"你在说什么?"

山姆扬起眉头:"把地球上的每一个女人都'消灭'掉。"他轻描淡写地说。

德什听到了山姆说的话,但他没有任何反应。他的头脑里开始出现奇怪的感觉。刚开始是痛觉,就像是头痛欲裂一般,但现在像是被通电,就像是发麻的肢体要入睡的感觉,但他的头脑里很清楚,肢体中是没有任何的感觉感受器的。

琪拉惊讶地看着山姆,似乎他已经变成了一个疯子。这样疯狂的、超乎想象的威胁好像是从《星期六早晨》的卡通剧中的恶棍嘴里轻易说出来的一样。尽管山姆如此残暴和危险,显然他拥有很大的权力,她感觉这个威胁不完全只是说说而已。

"你完全疯了。"她说。

"是吗?我的分子生物学家在智力提升以后,并不是这么认为的。他觉得大规模的消亡是孩子的游戏。当然,这对一个拥有无法测量的高智商的分子生物学家来说,只是小孩子的游戏。"他得意地继续说着,"一个女人生来就已经拥有了一生所有的卵细胞。把这些卵细胞都取出来,游戏就结束了。"

"怎么取?"

"我不是专家,但我听说只要努力就很简单。有很多办法可以只瞄准卵细胞。还有,事实上她们自己也会由各种性病导致不育。而你需要的仅仅是决心和提高智力而已。"

琪拉思考着他说的话,她很快意识到他是对的。即使是一个很平庸的分子生物学家,使用她的治疗方案得到智力提升以后，是完全可以胜任如此简单的任务的。所有的女性人口不会立刻全部被感染。如果一种工程病毒被释放出来，其目标只是袭击女性的卵细胞的话，这样的袭击在很长的时间里都不会被察觉。被感染的女性，她们的生育能力遭到破坏，而她们自己的感觉不过就跟一场感冒流鼻涕差不多。而一旦所有的人类卵细胞被破坏，那就是山姆说的那样了。即使克隆用的卵细胞也要求一颗完整的卵细胞，需要有自己的遗传物质才可以移植到捐献者的复制品当中。

"我从你的眼神中可以看出，你已经完全领会我所说的含义了。"山姆幸灾乐祸地说，"唯一存在的挑战只有如何分布这一点，要确保这种具有高度传染性的病毒可以蔓延到世界的每一个角落。有很多办法可以达到这个目标。"他说着，双手的十指互相敲击。"可以用基因工程大肠杆菌，专门设计来替换我们在人类大肠中发现的普通大肠杆菌，从而完成我们的目标，这样比直接释放一种破坏生殖细胞病毒的危害要小很多。另外可以使用有毒的水源和被污染的香烟过滤器。"

对于最后一条，琪拉感到很困惑。

"亲爱的，不要被那些反吸烟分子的游说愚弄了。"山姆说，"吸烟在世界的任何地方都是极为繁荣的。每年有超过五十亿人口吸烟。你认为，一个拥有无限智力的人，想出一个简单的办法用高度传染性的病毒来污染全世界大多数的香烟生产线，这会很困难吗？只要世界上所有的吸烟者都开始扮演'伤寒玛丽'（爱尔兰史上一名传染病毒携带者的故事）的角色以后，病毒就可以迅速蔓延到地球上的每一个人身上。"他咧嘴一笑，"我想，以后，二手烟就不是在你们面对吸烟者的时候要考虑的最大危害了。"

琪拉厌恶地摇摇头，却一言不发。

德什的思维跳跃起来。他的思想在一瞬间得到巨大的加速。就像有一亿张多米诺骨牌几乎在同一时间倒塌,也可以说像一组可以引起巨大爆炸的连锁反应。他的神经元重新排序组成了更为有效的结构。各种思想都以激烈的速度纷纷不断涌来。

德什心里默想着,754 的平方根,好像在他的想法还没结束之前,答案就出现在头脑中:25.459。时间好像变得慢下来。之前他的思想好像是在黏稠的糖浆中穿过,而现在是喷气式地在推进。

在山姆说话的时候,他每一个字之间的停顿变得非常长。德什不耐烦地想着,有话快说!他仔细看着山姆,发现他的身体语言跟他说的话几乎传递了同样多的信息,有时候甚至更多。他的每一个动作、呼吸、眨眼,以及面部表情都流露出他在想什么。

山姆张嘴正要说话,德什心里就已经知道他要说什么:为了保险起见,我准备使用好几套策略。这正是山姆要说的话,至少非常接近了。

"不管怎样,为了保证最大限度的感染,我计划了多种方案,"山姆说,安全一致。"但我不认为真的有必要使用其他的。在我们对整个世界释放基因工程感冒病毒时,仅此一项就足以达到效果了。"

"我们?"琪拉说。

"当然是我和伊斯兰朋友。有一个庞大的组织协助,其触角可以伸及每个国家,这样就可以毫无疑问地执行命令。于是,我们的小感冒就有了成千上万个感染中心。"

德什转向身边被绑架的琪拉·米勒。一瞬间，他明白了，自己已经爱上她，并且有一段时间了。

但是他是怎么知道的呢？

最近一些关键信号的记忆全部涌上心头。心率、脑内化学物质水平、瞳孔放大，他的身体和大脑对她的反应非常的强烈，他的状态明显是开心的。在戴维·德什没有得到提升的时候，这些信号毫无线索，事实上如果有人大胆说出这话，那一定被认为是比荒谬还要荒谬，根本不可能在这么短的时间内产生爱情。但是，他已经被爱神丘比特击中，而且伤得很深。

被提升后的德什当然还没有陷入恋爱中。相反，在他的大脑被改变的时候，他已经失去了感受爱的能力了，就像琪拉之前说的那样。现在，他能够凝视琪拉清澈的蓝眼睛，但是什么都感觉不到。他现在不需要临床就可以对她进行分解。爱是蜥蜴的本能，是一种植根于物种之间的生存机制，与其他原因是完全不相关联的。女人在孕育期间是极易受到伤害的，孩子在出生以后的多年内也需要得到保护。如果人类没有一种机制用于建立起配对关系，那么除了自私和滥交以外什么都不能留下。有些动物物种也是以同样的方式来联系的。

他是怎么知道这些的呢？

他惊讶地发现，还有更多。他知道了关于草原田鼠的研究，这种动物跟同伴一直保持着一夫一妻制的关系，研究显示公鼠的大脑在交配以后会投放到同伴，同时伴有大量神经递质多巴胺的释放。后来的实验也表明，多巴胺改变了田鼠大脑中被称为神经伏隔核的一部分，而这个区域在人类大脑中也同样被发现存在。

德什追溯着这些记忆来到它们的源头，那是一篇杂志文章，关于这篇文章周边的记忆是如此的清晰，就好像他再次回到当时。那时他正是大学新生,坐飞机回家看望亲人。空气中传来一缕微波炉加热鸡肉沙拉的香味,他旁边坐着一位第一次乘坐飞机的老年妇女。她的脸如此的清晰,就像此刻正在看着她。他带了一本书,但是没法读下去。他伸手从前排椅背后面的口袋里拿出一本杂志。他随意地翻开,第28页被撕去了一角,之前的乘客在纵横字谜里面填了三个字就放弃了。

从第19页开始,有一篇关于爱的化学反应的文章。他可以看到、理解、消化每一个字,比他第一次看的时候还要快得多,有效得多。草原田鼠只在交配之后坠入爱河。而这个可怜的有着蜥蜴大脑的智慧人类,在进行他的智力改变之前,就已经被琪拉·米勒迷倒,却甚至连一个吻都没有。

德什以他的生命打赌,他完全不知道草原田鼠的交配习惯。但是他有可能错了。还有什么东西埋藏在他无限的记忆中,准备可以随时访问的呢?

"这些恐怖分子不仅可以帮助你毁灭掉整个人类的未来,"琪拉说,"他们的妻子也同样会被感染。"

"说得好。所以我才没有告诉他们。"他得意地说道。

琪拉皱起眉头。她早该知道会发生这样的事情。"他们还以为他们释放的是攻击西方的埃博拉病毒,是吗?"

山姆大笑起来:"我认为由于猪肉引发的一些苦难是真正赢得他们支持的原因。这就是真主打击异教徒的手指上的那个戒指。他们真的很喜欢幻灯片的演示。"他讽刺地说,"自然的,我的演示中展示了一些他们的囚犯由于培根感染了病毒。当他们看到现实中这种疾病的杀伤力,他们就爱上这个主意了。"

"是你伪造了那些演示,对吗?"

他点点头:"你是对的。在适当的时间内做到完善,需要你的技能以及高超的智慧。我的代表看到,那些囚犯在被我们制作的基因工程感冒病毒感染而且被迫吃培根之前,就已经感染了真正的埃博拉病毒了。因为真正的埃博拉病毒是通过血液传播并具有高度的传染性,我的代表确信没有人可以接近这些囚犯,他们只能慢慢衰竭而亡。当那些观众离开以后,为了确保感染能够被控制,我的代表焚烧了这些尸体。"他微笑起来,"这让我想起了你的哥哥。"他冷冷地说道。

34

德什与恐怖主义斗争多年,他有丰富的经验植根于头脑之中。他用三十秒的时间将注意集中于反恐怖主义的策略,得到的洞察力一层深入一层。睡眠细胞的组织模式突然闪现于他的脑海中,而这是美国军队完全不可能拥有的。很明显,还有更好的方法可以找到他们。还有更好的方式来部署特种部队。另外还有更好的方法来对他们进行武装。

他就像是在糖果店里的小孩。由于他的智力得到了提升,加上他脑海中已有的固定的知识基础,虽然他自己不能做到,但有些突破性的想法自己就会产生。德什现在仅用一点点的注意,就可以监测和分析山姆和琪拉之间的谈话,并且可以同时在不同的层面进行。虽然外表看起来很平静,山姆内心里高兴得几乎要晕厥过去,特别是当他利用琪拉哥哥的死来折磨她的时候。而琪拉强装的坚忍或许可以骗得了别人,山姆却十分清楚,就像狗可以闻到恐惧,他的冷嘲热讽无聊透顶,暴露了他的神经质,如同一个牙医用牙钻来当做盾牌。

德什继续着他的新发现,然后他发现他的自主神经系统已经被他完全控制。在他决定执行命令之前,自主神经系统还是可以像往常一样无监督的工作。

他的心率安静时是每分钟大约五十下。他将数字降到四十，然后三十五，然后又恢复到五十。他将他的体温调节到36℃，但很快又调整恢复正常。他发出指令，要他的血液循环系统放弃他的四肢而集中于核心区域，这通常是身体处于自然极端寒冷的情形下，为了保存体温而进行的自我调节。他的血液循环系统忠实地执行了他的命令，血液改变了一贯的路径。他又下令恢复正常，于是血液立即冲回到他的四肢。他完成了所有的这些事情，却不知道他是怎么做到的。

德什思考了几分钟关于存在的问题。他可以使用更为延展也更加高级的分析，但很明显，琪拉是对的。根本就没有上帝和来生。他之前是个傻瓜。没有了情感的包袱，可以随意获取他曾经看到或听到的任何事物的记忆，一切变得水晶般透明。宗教是一个有用的幻觉，就像爱情，是大众的麻醉剂。他仍然怀有些许对人类的兴趣和感情，但他同时也看到这一点兴趣也在迅速地消退。他现在拥有的思考能力太令人欣喜若狂。琪拉是怎么做到对这种力量长时间的抵抗的呢？忽略意志的力量，应该是对每一个生命形式的责任感吧？况且琪拉已经达到了高于现在这个水平的更为先进的优化——真是不可思议。

德什很安静，以至于山姆几乎忘了他还在那儿。他的眼睛继续盯着琪拉·米勒的双眼。"我只用了一颗你的药丸，就得到了这个灭绝计划。"他说着，"在你从卢塞蒂那儿逃跑以后，我立刻开始用大肠杆菌的阴谋陷害你，我还补充了一些真实的证据，是我制造的真实。至少有关恐怖分子那部分是真实的。"

"我不想打断你，"琪拉谦逊地说道，"但你的这个计划并不能让你得到你想要的。你忘了上一次你试图得到长寿的秘密了吗？还记得吧，我几乎要绝望了，为了挽救我哥哥的生命。但是我没法打开闪存盘位置的记忆。不是我不想，而是我做不到。这就像是铃声响了。优化之后的我进行了设置，确保任何事情或者任何人都无法强力得到我的秘密。不管是威胁我，还是我的哥哥，还是整个宇宙之类的。就算给我嘴里灌满了真话药丸，我也还是只能说出同样的话。更大的威胁或者压力，只会让这些信息更加没法获取。"

山姆盯着她："不，亲爱的，"他平静地说，"我没有忘记。我的策略也考虑到了这点。但我一直相信，你一定能找到办法的，进入到你那个小小的记忆监狱中去，嗯，当然还是需要给予适当的动力。"他停了下来，"我会给你足够多的动力的。"

琪拉摇摇头："我设置了一个自动保护程序，我是不会被欺骗的。不会！如果我被任何方式所强迫，要打开获取这些信息，这个自动保护程序就会启动，并将我锁定。即便是我提高自己的智力，也无法解锁。我把这个隐喻的门锁上了，并将钥匙熔在了锁孔里。"

"那么，现在你有机会可以测试一下了，是不是？"山姆毫不为动，"你会告诉我这个秘密的。"他嘲讽地说，"不会有任何闪失。我相信你有能力打开你的自我记忆障碍，来阻止我实施我的灭绝计划。但是如果我错了，你最终也会通过你的自由意志告诉我的。"

"如果你是这样认为的，那你比我想象的还要疯狂。"琪拉挑衅说道。

"你想想，"山姆冷冷地说，"我会把你当做人质，无论花多长时间，直到你相信整个人类都已经不育。到了那天，你知道人类的幸存与否将会取决于你。尽管你对我充满憎恨，你也会尽一切努力来让人类最后一代人能够长生下去。"他摊开双手,"这样的话,没有任何的压力,没有任何威胁。你会真诚地想要分享你的秘密,完全符合你自己的要求。那个时候,你想要从你的记忆中得到信息的要求会顺利通过你头脑中的所有自动安全保护。"

一个恐惧的表情出现在琪拉的脸上,她知道他说的都是正确的。

山姆笑了:"你再也不用担心人口过剩的问题。我把你的反对意见转化成了分享秘密,而且我保证你不会承受任何的压力,"他停了下来,"不用谢我,亲爱的。"

琪拉向他扑过去,她的眼中燃烧着仇恨,因为双手被铐,她被拉了回来,手铐几乎要把她的手臂拉脱臼了,并且深深陷入到她手背的皮肤里面。

"你看,我跟你是一条战线的。"山姆说着,无辜地伸出双手。"我真的不想这么做的。这样做太麻烦了,不值得。我更宁愿给那些恐怖分子装水的雾化瓶在人口中心到处喷洒,而不是给他们活性病毒。你要做的只是给我秘方,并同意为我工作。在期限之内找出办法打开你的记忆。"他耸耸肩,"否则的话,我就会等到你自己选择告诉我了。"

琪拉感到恶心:"所有这一切只是为了多活几年吗?"

山姆笑着摇摇头:"那可是多很多很多年。你我都知道这点。适当地利用你的药丸,以及额外的七十年的时间,我有信心可以推动纳米科学家以及其他人,最终将你的蓝图变为现实。你的治疗方案可以给我足够的时间,确保在永生实现的时候,我还活着。"

空气凝固了几秒钟,琪拉狠狠地盯着他。"我需要病毒结构的信息,"她终于开口说道,"以及破坏卵细胞的方式。在我确信这些不是谎言之前,我不会作任何尝试去打开我的记忆。"

她皱起眉头,"更别说,我的尝试也不会有什么好的结果。"她冷酷地说。

"我知道,你是想要拖延时间,"他不无赞许地说,"但这是合理的要求。我会给你想要的信息的。但考虑到时间问题,一切都已经准备好了,只等你的到来。既然现在你已经在我手中,有些细节我不得不开始准备,所以我会给你三天时间。三天以后,如果你还没有告诉我想要的内容,我就会开始散布瓶子。一旦那些病毒流出,即使是我也没有办法收回,世界各地的恐怖分子也无法终止这项使命。到那时候,就完全超出我的掌控了。"他补充说。

琪拉环视一下房间,拼命想要找到出路。

"我可以真切感受到你思想的痕迹,亲爱的。你以为你可以骗过我吗?你还想着逃出去然后阻止我?我对你的能力有充分的认识。虽然这是不可能的,但我还是不确定是否已经完全掌握你。"山姆停下来,"所以,我们就在你的头上做了一个小小的门诊手术。"他狡猾地笑起来。

35

德什回顾了他人生中过去的这四十八个小时。此前他一直像是用消防水管灌水一样地接受大量信息,现在他有机会可以自己把一切梳理清楚。到目前为止,琪拉的分析是对的,但她还是有点短视了。将人类的寿命一下子延长一倍会导致巨大的灾难。但是还是有一个方法比简单地埋在地下然后走开更好,而且不会给下一代人类带来任何的牺牲和损失。只需要扩大人类的领土边界来消化人口的增长,这意味着征服空间。

如果人类可以轻易做到无限扩张,那么琪拉的治疗方案就可以公布并值得大事宣传,而不用担心对生物物种的影响。那些目前正在进行的可怜的太空旅行尝试,并不是在关注增量的改进,或是技术上飞跃式的改革尝试,而是把廉价的星际穿越作为目标。跨越未来几代人的太空科技仅仅在一个时代就能完成,包括反物质、虫洞、阿库别瑞曲速引擎和超光速驱光器。

这样的话,需要将对顶尖的物理学家进行优化,也许还需要琪拉的增强药剂。这就是她没有去考虑的原因。在她决定由于关系生死而相信德什之前,她都一直习惯于一个人独立工作和思考。她确信她的提升治疗会造成腐败而不能公布。

但事情并不一定会这样。有了提升之后的智力,就能找到简单的方法来评估一个人内在的诚信和正直。是的,这个治疗会带来无情的狂妄和自大,但这些接受治疗的人的大脑在恢复到正常以后,他们的伦理道德还是会回到基线水平。

这就要求真正的好人之间的团队合作,而这是能够做到的。可以采取一定的保障措施,确保得到提升的人能在掌控之中,并且为了共同的目标而工作。就连山姆都已经做到将一个精神病患者提升,并将他控制了一个小时。还需要一个像杰克尔博士一样的团队来约束海德博士的超级智能。

他思考着史密斯和山姆的身份,以及他们与琪拉在神经科学联盟的老板摩根之间的联系,还有摩根是怎么在第一时间获知琪拉的工作进展的。他在脑海中搜寻从他第一次走进康奈利的办公室开始,所有的记忆之间的模式和相关联系。他的意识中突然闪现出一个很有趣的可能性让他思考。事实上,是非常非常有意思的可能。

他在这个问题上思考了几分钟,尽管还有很多不确定的因素,但他认为自己是正确的概率在不断增加。不过,他还是需要判断他的假设是正确的,并作出相应的计划。

在他进行分析的同时,他还需要对另外一个发现进行尝试。

他需要重新定向他身体中的抗体和淋巴细胞。他不知道他刚刚发现的控制自主神经系统的能力是否可以同样作用于免疫系统。只有一个方法可以知道答案。

山姆对着琪拉笑了笑，用食指敲了敲自己的头，嘲讽地说："在你昏迷的时候，我在你的头骨中植入了一个很小的防侵扰的胶囊。里面装着炸药。我想要说的是，虽然分量不是很多，但足以把你的头骨变成液体。"

琪拉警惕地睁大双眼。由于手术带来持续的穿刺性的疼痛，因为没有麻醉药，此刻使得山姆的话变得更加令人毛骨悚然。

"我把爆炸时间设在晚上十点。东部标准时间。除非我通过我的手机将正确的加密信号传输给它，否则到时候它就会爆炸。如果我这样做了，爆炸时间就会重置在明天早上的十点。以此类推，每十二个小时重新设置一次。你明白怎么回事了吗？"

琪拉瞪着他，但什么也没说。

"你能逃跑的机会几乎没有。不过我是一个很小心谨慎的人，而你的经历令人印象深刻。为了预防你真的制造了一个奇迹逃跑了，以及你和德什做人质的时候也能找到突破口将我杀死。"他稍作停顿，"那么在你告诉我你的秘密之前，如果我意外死亡，那你的时钟就会定格在明天早上十点。不管是上午还是下午，只要最近的那个，在那之前你还有时间说出你的祈祷。如果我死了，那个灭绝计划也会自动实施。就算你在我刚刚重置了时间以后成功逃脱或者杀了我，你也只有十二个小时来阻止我的计划。即使以你的能力，服用多次剂量你的治疗药剂，你也没有办法在如此短的时间内做到。"

"你在吹牛，"琪拉说，"你在我的脑袋里植入爆炸装置，会有让我死的危险，这样你就没法得到你拼命想要的长寿秘密了。"

山姆摇摇头："完全没有危险。我已作好打算，会像一个虔诚的教徒一样每隔十二小时重设一次时间，只要我还健康。让你死的唯一可能就是我已经死了，那样的话，不老之泉对我也没有用了。"

"完全没有危险？"琪拉轻蔑地说，"你比我想象的还要疯狂。如果接收器失效怎么办？如果你的信号无法穿过我的头骨达到接收器位置呢？你到底在我的头骨里植入了多少个接收器？"她厌恶地卷起嘴唇，"把它取出来。"

山姆的眼睛闪着光，显示出对于这种说话方式的愤怒，但也只是一瞬间的事。他的双眼很快恢复正常，然后平静地说道："不用担心。这个装置还有两个备用的接收器。炸药被安置在你头骨以下几厘米的深度，而接收器是贴在你皮肤下面大概只有几毫米的位置。这些接收器都是最新一代产品。在未来的一年里市面上都买不到。亲爱的，没有比这个更适合你了。即使你和你的脑袋在西弗吉尼亚州的一个煤矿深井里的冰箱里，仍然可以接收到我的手机发给你的信号。"

琪拉看着他一言不发。

山姆用力一撑坐着的桌子，让自己站起身来。"现在我们来梳理一下你的选择，"他说，"选择一，你告诉我你的秘方，不会有任何人的生育能力遭到破坏。我把你的头骨里的炸药取出来，你还可以过上奢侈的生活，相当奢侈的生活，但有一个前提，就是你要继续致力于长寿的研究。"

山姆笑笑，言不由衷地说："选择二，你不告诉我，我们这一代人将会成为人类生命的终点，而你最终还是会说出你的秘方，并且持续为不老泉和长寿而努力工作。"

琪拉的眼睛继续燃烧着仇恨的火焰："我说过，"她以努力克制的音调说，"在作任何决定之前，我要证实你确实能够做到你所说的事情。"

山姆点点头："我保证你会得到你想要的所有证据的。"

36

德什意识到是时候把注意力转移到逃跑这件事上了。他的手表已经被取走，而且距离他最后一次看手表的时候，他也昏迷了很长时间了，但是他的大脑里却清晰地知道时间。现在已经接近十点了。山姆的讨论需要马上作一个总结，因为他需要去重设安装在琪拉头骨里面的那个爆炸装置。毫无疑问，他是打算在不得不去重设他的装置之前结束谈话，来达到某种戏剧效果。

山姆离开以后，会把他们单独留下，依旧戴着手铐，还是会派人严密监视他们呢？德什的脑海里闪现出多个可能和选择，他在几十个对策中进行思考和筛选。最后他的大脑锁定了一个方案，他觉得有很大的成功机会。但他必须要跟那些愚蠢的现代人类进行互动，也就意味着他必须要保持之前德什的个性特点，这样他就可以利用他们较低的智力水平，而不会引起他们的怀疑。

山姆的手表开始发出一系列尖锐的哔哔声，他露出得意的笑容。他按下手表上的一个按钮，哔哔声停止了。"我恐怕必须得走了，亲爱的，"他对琪拉说，"外面有一架直升机在等我。现在已经是9点40了，你已经昏迷了很长时间。所以在我离开之前，我要重新设置你头骨里面的装置。如果我不这么做的话，"他无奈地伸出双手，"我只能说，我们两人都不想看到那样的情形。"

他大声发出命令，几秒以后，三个便衣男子走进地下室，每人都拿着一支麻醉枪。如果是在其他情况下，他们手里应该是自动步枪，但是山姆不会让任何可能伤害琪拉生命的事情发生。

山姆指着十英尺外躺在血泊中的史密斯的尸体说："我上了飞机以后会打电话叫人来清理。"他对那几个人说，但也没有作任何的解释，他们也什么都没有问。

山姆指着三人中个子最高的人说："我不在的时候，吉姆在这儿负责，"他又转向他的犯人，"他会好好照顾你们的。"他停了一下，"德什先生，我明天早上回来审问你。我太享受可以一点一点揭开你生命中的每一刻来折磨你。我想那些真话药丸对你来说是非常好的，因为它可以验证你说的一切。好吧，"他失望地说，"不管怎样，我肯定这次对话一定会很有意思。"

山姆转向琪拉："至于你，我亲爱的，你很快就会得到你想要的信息来确信我们所做的不育病毒的行动不是在撒谎。"

山姆思考了一会儿，脸上出现一丝得意的神情："吉姆，如果这个女孩需要去洗手间，"他说道，"我要你们其中一个跟到里面去，另一个在门外。而且在里面方便的时候，也不要转身。至于这个德什，如果他也有需要，"他耸耸肩，"就让他尿在裤子里吧。"

说着，山姆转身走向木质楼梯。当他走到楼梯处又转回来面对琪拉说："还有一件事，几分钟以后你会听到三声尖锐的哔哔声，那就说明你的十二小时时钟已经被重设。"他笑了笑，"我还是比较人性的，为你提供了这样一个声音提醒。我尽量使你的压力最小，直到你自己愿意开口。"

"是啊,你是一个真正的王子,"琪拉毫不客气。她说,"你看,我们被铐在一堵水泥墙上,你认为真的还需要三个看守吗?"

山姆笑了:"你既然问了这个问题,等于告诉我我需要这么做。"说着他看了一眼手表,然后冲上了楼。

三个看守各自散开,站在离他们俩差不多的距离处。

琪拉转向德什,眼里充满恐慌的神情。现在的情形已经没有出路了。莫里亚蒂,或者山姆,不管他是什么人,他赢了。他在她的头中植入了爆炸装置,还以整个人类物种的存亡作为要挟。情况太糟糕了。

德什眨眨眼睛。动作之快,以至于她差点没有看到,但不会错的。她困惑地皱起前额。他知道了些什么她不知道的吗?

时机到了。德什发出指令让脸上的毛孔出汗,很快,一分钟以内,他的前额和脸颊开始出现水珠。同时,他还让脸部和嘴唇的颜色改变,并发出轻微的呻吟。

听到德什的呻吟,离他最近的一个看守走近他仔细地查看。"天啊,"他对他的同伴说,"这个人像猪一样地出汗。他看起来快不行了。"

"我需要医生。"他喘着粗气,为了表现出自己之前的特征,他一字一句地说话,还故意显得头脑麻木迟钝。

琪拉努力想要弄清楚发生了什么。如果不是他突然发出的症状和他给她的眨眼暗示,她几乎要相信他真的得重病了。那么这肯定是计划好的表演。但是他脸上流下来的汗水是真实的。他们现在处于地下室中,空气干燥且冰冷,没有人能使自己出汗。从常理看,这些不像是假装的,除非……

她低头看向自己的前胸,然后几乎感觉要窒息。那个盒子不见了。

她的眼睛睁得大大的。

那个叫吉姆的看守,站在他的两个同伴之间,不安地看着德什,问道:"你怎么了?"

"我不知道。"德什发出微弱的声音,"我想吐。"他低声说,"请带我去洗手间。"

"这是骗局,"那个离德什最近的看守说,"一定是的。"

"真是聪明!"琪拉愚弄地说,转动着她的眼珠,"你不知道什么时候人会发烧吗?这个样子怎么可能会是骗局?"她厌恶地摇着头说,"你看看他!你能假装成那样吗?"

德什把头向前伸,用力咽了几次,似乎极力地在克制呕吐反射。

"再过几分钟,他就要吐了!"琪拉再次吼道,"你们准备整晚待在满地呕吐物的房间里吗?你觉得你那位神经质老板回来的时候看到这个会高兴吗?"

吉姆痛苦地皱起眉头:"肯,"他对着那个离德什最近的人说,"给他松绑,带他去厕所。"

肯有些犹豫。

"快点!"吉姆咆哮起来。

德什继续呻吟,肯一边从皮带里抽出战刀,一边走过去。另外两人举起枪死死地对准德什。肯走到德什的背后,用刀切断了捆绑他的塑料手铐,然后他把刀放插回到皮带里。

德什跟跟跄跄站起来,发出痛苦的哼哼,他俯身抱住自己的腹部,瞥眼看另外两个看守。肯准备押着他去楼梯处,就在德什刚刚走到一半的时候,他弯下腰,发出一声低沉的沉重的呻吟，差不多一个星期以来胃里所有的东西都喷了出来。

看守都扭头看向一边，感到恶心，但只有片刻。

德什立即行动。他以正常人无法企及的速度和精度一把夺过肯的战刀，并以经过训练的流畅动作扔向离他最远的那个看守。战刀深深刺进看守的胸膛。在德什扔出刀的同时，将肯转到他的右边，挡住了吉姆朝他射出的麻醉镖的路径。德什把他的人肉盾牌朝着对面的吉姆推去，而吉姆将被麻醉的同伴狠狠地撞倒在水泥地板上。与此同时，德什一跃而起，朝着吉姆的手臂狠狠一脚踢过去，把他手中的枪踢飞出去老远。吉姆试图一手持刀刺向德什的喉咙，一拳击向他的鼻子，以这样的组合来给予德什致命打击，但都被德什轻易躲过。他能够精确读到对方的身体语言，在他行动之前就知道他的意图。

现在德什读到吉姆的防守姿势，他腾空一跃，转过身，一个回旋踢重重地踢在吉姆的胸前，将他狠狠摔在后面的楼梯上。关于这一脚的着力点，德什计算过到达楼梯的距离，以及精确的速度和力度，以此来达到他的目的。吉姆的头碰到了楼梯上，立刻就不省人事倒在地上，德什知道自己的计算非常完美。

德什从地上捡起吉姆的麻醉枪，跨过肯的身体，然后在楼梯的下面蹲下。如同他已经预料到的，一直待在楼上的那个看守，从门外冲进来，手里拿着自动步枪下了几步楼梯。德什心里想着，那个人手里的自动步枪现在已经不可能威胁到自己。

这个人已经熟练地端着步枪扫视楼梯和整个地下室。他看到琪拉仍然被绑住，还有四个人横七竖八地倒在地上，没有发现其他动静，于是他立刻意识到，他的对手正藏在楼梯的下面。

但已经晚了。

德什拿着麻醉枪，通过两步楼梯间的空隙，近距离朝着看守的大腿射出一枪。看守立刻倒下接连摔下四步楼梯，才最终停了下来。

德什擅长于多种形式的徒手搏斗，长期的锻炼使他的动作快而精准。而这还仅仅是在他的大脑没有得到提升时的水平。由于他的思维现在得到巨大的加速，看守们最快速的行动对他来说也慢如蜗牛。他虽然以一敌四，但他知道这场战斗对那四个看守来说是不对等的。

德什立刻冲到琪拉身边。他帮她松绑的同时，听到三声尖锐刺耳的音调从她的头骨里传出，吓了她一跳，但他却毫无反应。

太好了，德什心里想。自己的时间掐得刚好。他让脸部停止出汗，血液恢复正常流动，他的脸色很快恢复正常。他在考虑如果他按照自己的思维速度来说话，不知道琪拉是否还能跟得上他的节奏。但他最终排除了这个担忧。她是如此的聪明，他仍然需要继续利用一部分大脑来维持一个过去的形象。

"你确定真的要离开吗？"他问道，"你需要确定山姆在明天十点以前会再次重设他的装置。"

琪拉不满地点头："我们马上离开这个鬼地方。"她说。

德什牵起她的手，领着她穿过多个人体障碍，走上楼梯。山姆说一共有四个看守，但德什不准备相信这个数字。他小心翼翼地在门口张望，心里计算着出现任何伏击时他的反应时间。不过外面没有人。

他们发现自己身处在一个厨房里。"在这儿等着。"德什说。

琪拉还没来得及回应，他就冲了出去，审视了整个房子，确认没有其他人，几分钟以后他回到她身边。"我想要找到楼下那些人的身份信息。我怀疑可能什么都找不到，但也值得花上三十秒。"

德什回到门内走下楼梯，在身后轻轻关上门。他把插入一个看守胸膛的那把刀拔出来，检查那个人的脉搏。他已经死了。他来到那几个失去知觉的人身旁，两个躺在地下室的地板上，一个在楼梯处，他用刀依次划开他们的喉咙，小心翼翼地不沾上任何血迹。

他将这些谋杀的记忆孤立起来，在脑中创建了一个临时的死亡信息存放地，当他恢复到远不如现在的正常状态时，这些记忆将被隐藏，以此确保他不会因此感到不必要的内疚。他知道，那个具有同情心没有提升的自己，绝不会对无助的人再实施谋杀。

那一个德什简直是个白痴。

得到提升后的德什，要确保在山姆回来以后，得不到任何关于他们如何逃跑的信息。他们要让山姆尽量保持失衡的状态。他越感到困惑，他们逃脱的艺术越扑朔迷离，他们的机会就越大。

唯一的赌注就是看到这一切太恶心了。

37

德什回到楼上与琪拉会合。"他们有身份证件吗？"她问。

德什摇摇头说："没有。"

"一点也不奇怪。"她说，"不过我有好消息。我在厨房找到了我们的私人物品和手机。"

她拿出他的手表和手机，他很开心地接过："太好了。"说着把手表戴在手腕上。

德什使用了部分大脑来维持他之前的缓慢的那个幻觉，在琪拉要说下一句之前，他耐心地等待了半秒钟。而他大脑的其余部分仍然以惊人的速度在运转，同时按照几条线路在飞速地思考。一条思路是关于他们如何逃跑。在接受"徒手生存"训练的时候,他就已经学会了热线启动汽车,他将这些记忆都做了隔离,并将它放大,以防他在找到合适的汽车之前就转变回到傻瓜状态。

"我们离开这里吧,"琪拉建议,"我们必须要阻止那个发疯的混蛋,"她特别坚决地说,"而我们的时间不多。"

德什在头脑里同时计算着各种可能性,包括他们身上以及他们的个人物品里被安装定位装置的可能性,在附近有检测设备的可能,还有他们能够发现这些设备的可能,以及估计做这些所需要花的时间,最后是他们继续待在这里每一秒钟所增加的风险。他将所有的这些数值输入到一个方程里,然后立刻就得到答案,马上行动是最优选择,他将这个结果输出给他的另一部分大脑。

德什举起一只手:"现在还不行。山姆认为我们是不可能逃跑的,所以我的直觉告诉我,他没有在我们身上安装定位装置。但奇怪的是,他为了安全起见,也是为了恐吓你,在你的头里植入了一个设备。但我们需要确认。现在我们在安全屋里,因此这里一定有监听检测设备。我们要找到它。"

他们分开行动,开始以极快的速度翻遍整个屋子,把壁橱和抽屉里的东西全部都扔在地板上。仅用四分钟,德什就在卧室的一个衣柜里找到一个仪器可以同时检测监听和定位装置。

他匆忙给琪拉和自己都进行了扫描,包括他们的电话和其他的物品。一切都没有问题。他又很小心地扫描了琪拉的绷带,也没有发现任何的检测信号。

他们小心翼翼地走出房门,在邻居家里透出来的微弱灯光照射下,他们穿过黑暗向前走着,幻想着他们能有夜视装置该有多好。走过几条街后,德什发现了一辆老旧的汽车,很适合用热线启动的方法。他用手机打开后的微弱光亮来照明,迅速地启动汽车。此刻突然感觉就像一千亿条橡皮筋从拉伸状态一下子恢复到原样,他的超级智力消失了。

德什大声地喘着粗气,好像他被人打中了腹部。

琪拉瞥了他一眼,然后故意说道:"欢迎回到这个弱智的世界。"

他脸上充满着悲伤的表情:"我感觉我现在被蒙住双眼。"他低声说道。

她点点头说:"十分钟以后,你会感觉一切像做了一场梦,不会有太多的回忆。"

德什在记忆中搜索。他有没有在大脑里保留什么?他欣慰地发现几个之前处于超级智力时想到的事情,不过这些事情背后隐藏的逻辑关系已经消失或者远超出他现在可以理解的能力范围。德什强迫自己停止去回味已经不存在的光彩。时间紧迫。

他再次喘了起来。

他又想起另一个拥有超级智力的他得出的惊人结论:他爱上琪拉·米勒了。

"怎么了?"琪拉焦虑地询问。

德什转向她。他看着她闪闪发亮的蓝色眼睛,此刻他那改变后的自我照亮了他的情感,他立刻意识到这是真的,他确实是陷进去了,或者说是迷恋,他整个人由于她的存在而感到愉悦。她就像是一种毒品,而他在自己还不知道的情况下已经绝望地上瘾。让人几乎不能呼吸的智力带来的回报是丰厚的,但原始的蜥蜴大脑有它自己的奖励,"没事,"他低声地说,"对不起。"

琪拉疑惑不解,但也没有在这个话题上纠缠。

德什知道他想一直看着这张漂亮的脸蛋。她真的是一个卓越非凡的女人。但是现在不是可以放纵他非理性冲动的时候。现在只能考虑一件事情，那就是逃命。

德什将他的视线从她的脸转移到路面上："你的头还好吗？"他焦急地问。

"现在好多了。"她勉强说道。

德什怀疑她在说谎，但他决定先不去管它。"要不了多久山姆就会发现安全屋里发生了什么，然后他就会指派卫星定位。"他说，"因此，我们必须在有限的时间里，尽可能地走得越远越好。"似乎为了佐证他的观点，他狠狠地踩了一脚油门。

"也不是那么紧迫啊？"

"我们要把游戏升级。是时候使用亡命之计了。我们需要康奈利。"

说着，琪拉拿出她的手机，另一个对应的手机她给了康奈利，她把手机打开。

"你确信信号不会被拦截吗？"德什说。

"绝对肯定。"她肯定地说。她按下一个快速拨号键，然后把电话递给德什。

电话响了一声，上校就接通了，他们互相问了好。

"你们俩人到底发生了什么事情？"康奈利焦急地问道。

德什皱了皱眉："很抱歉刚才失去了联系。我们刚才遇上了一点麻烦，不过现在也已经解决了，至少现在是这样。这是一个私人线路。你们的情况怎么样？"

"我们现在还在我的医生朋友的家里，"康奈利立即回答，"我已经包扎好伤口，止了血，还吃了止痛药。我美美地睡了一觉，现在恢复得很好。马特已经把事件的始末告诉我了。"

"知道了，"德什说，"现在比起我们分开的时候，我对于我们正在面临的情况又有了更清晰的了解。我会尽快地向你解释清楚的。最重要的就是，我现在已完全相信琪拉是无辜的，她是我们的盟友。但是，如果我们不立刻行动起来的话，有一系列非常糟糕的事情就会发生。"

"有多糟糕？"

"糟到使我希望你最初告诉我的埃博拉情节是真的。"他没有等到上校回应，"空地上的那些士兵说你是叛徒。这个说法是只有他们被误导，还是已经被更多的人知道？"

"即使刚开始不是，现在肯定也是了。整个军队都相信我是一个叛徒，并做一切努力要把我抓到。"

"知道了，"德什说，"你以生命来相信这个医生。那么，在布拉格堡是否有这样的人可以让你用生命来信任的，同时他会开直升飞机并且有权力可以进入安全屋？"

康奈利思考了一下回答："是的。"

德什叹口气说："我换一个方式来说。在布拉格堡有没有人，以他们的生命来信任你。他们相信你是被陷害的，他们愿意冒着他们生命和事业的风险来忠诚于你。"莫里亚蒂确信他放出的陷害康奈利的误导信息具有毁灭性并且密闭性强。这就要求一个人要将对朋友的信任看得高于最高水平的合法军事权威所提供的信息。

电话里停顿了很长时间："我确信我自己是一个这样的人。"康奈利回答。"但我想我能找到。"他平静地说。

"一定要将你能找到的所有的武器和军事设备在离开的时候全部带上飞机，"德什说，"我们不知道我们会需要什么，所以越多越好。"他稍作停顿，"我不想给你施加过多的压力，"德什冷静地说，"但是，弄到一架飞机至关重要。我会在见到你以后向你详细解释。但是，现在，请你相信我，危险已经无以复加了。"

"知道了。"康奈利冷冷地说。

"祝你好运,上校。"德什说,"等你上了飞机以后给我打电话,我们再选择一个会合地点。"

"知道。"康奈利冷静地挂断电话。

38

德什发现了一条主路,沿着这条路行驶了十分钟,然后找到一家通宵便利店。一群十几岁的孩子,挤在一辆旧的四门克莱斯勒里面,收音机里放着摇滚乐,音量开到要震破耳膜的程度。琪拉他们到的时候,这群孩子正好离开,给他们留下许多空间。

他们走进这个被那群孩子遗弃的商店。琪拉匆忙打开一瓶她能找到的最有效的止痛药,迅速地服下了两倍的推荐剂量。德什买了一打糖瓷甜甜圈,每一个上面都有密密麻麻的白色糖点。他在付钱之前就狼吞虎咽地吃掉了两个甜甜圈,像个饿了很久的乞丐似的。他迫切地需要补充由于大脑之前极度兴奋而消耗掉的葡萄糖,而甜甜圈释放的葡萄糖融入血液中,即血糖指数的速度,简直成了一个传奇。

德什边开车,边继续把剩下的甜甜圈塞进嘴里,就像是参加吃热狗比赛的参赛者,用在商店买的佳得乐把那些甜甜圈冲了下去。他们从服务员处得知他们在宾夕法尼亚州兰开斯特市以东五十英里的地方,他们正在朝着这个城市的方向前行。

因为德什已经体验过她的基因治疗,琪拉很急切地想跟他分享感受。不过交流没多久,德什就将话题引到关于他认为如何将她的大脑优化方案安全地运用于人类文明好的发展方面,以及通过开拓更多的空间来解决生命的延长不会造成灾难。

现在德什能够充分理解琪拉为什么会感到害怕和她为什么

要将她的治疗方案藏起来。他仅仅尝试了一次这样的治疗，在此期间，他那无限而又无情的智力已经开始排挤他自身的同情心、他对于亲人以及其他人类的感情，还有他对于人类福利的关心已被大大地削弱了。

但这个其实也可以管理和利用。超级智力只能持续大约一个小时，谢天谢地，因此反社会的影响力也是如此。当大脑的结构恢复正常，一个人的秉性也会回归。情感、同情心和利他主义都会恢复，就像从未消失过。

他将他的想象解释给琪拉。一个人拥有她的治疗方案是不被信任的，但一个团队可以，当然是精心挑选的团队——即使是佛罗多也无法独自完成这一艰巨任务。

德什以生命来信任康奈利，同样，他的直觉告诉他格里芬是个靠得住的人。如果康奈利能够保证现在正在寻找的飞行员是可信的，德什也准备去相信他，至少目前是这样想的。不管是否喜欢，他们五人已经在一条船上，形成了一个核心团队。自此以后，他们要招募的新成员必须要有关键的专业知识，还要通过仔细的筛选。第一层就是琪拉筛选德什时的做法，通过计算机获取信息并仔细研究他们的历史。一旦这一层通过以后，新成员要经历更为严格的筛选，但是仍然不会让他们本人知道。德什相信，如果他再次被优化，他的超级智力和提升后的理解力能够获知人类心理和身体语言的细微差别，这些都能使他发明出一种探测器，不仅是只针对谎言，而且是针对人类的意图和天生的本质。只有通过了全部这些筛选的人才能加入他们的团队。

每次只能有一个人得到提升，并且一定是在绝对安全的条件下进行，其安全性要足以让诺克斯堡里的黄金都羡慕到变成绿色。德什知道通过了他们筛选的人对这些措施一定会欣然接受,甚至会坚持这样做,因为他们要确保在拥有超级智力以后的自我不会逃跑,做出他们恢复到正常状态以后会感到遗憾和后悔的事情。

未来不断增长的团队,很可能发展成为一个私营的公司,他们发誓会保守秘密,而其动力主要来源于改善人类状况的希望,而不是对权力和贪婪的欲望,这些都会通过测试来得到保证。经济学家提升之后将推导出第三世界的经济革命理论。物理学家以目前成本的一小部分就可以开发出清洁能源,即冷聚变。

整个团队将会牢记迈达斯的教训。他们会特别仔细地分析他们的突破性发明,以确保他们带来的技术革命不会导致意想不到的灾难性后果,就像琪拉的长寿治疗同样的情况。

这个团队将会推进文明,而他们的发明所带来的所有收益都用于将优化后的大脑得到的更多的新想法转化为现实。他们还会继续挑选招募更多的人才,扩大团队的专业实力,不断地拓展人类知识的前沿。同时,他们将大量的资源投入到革命性的推进系统工作中,使人类的活动范围扩大到无限的可居住星球,从而使整个人类物种的生命得以大幅度地延生。

与此同时,琪拉同一群生物学家和心理学家一起工作,致力于找到一种方法在提高人类智力的同时,仍然能保留他们人性当中的核心部分。不仅仅扩大他们的智力,还有他们无私的包容能力。他不相信,超级智力和同情心是无法共存的。如果有一个人可以完成这项工作,那就是她了。

琪拉刚开始持怀疑态度,但当德什把未来的前景全部描绘出来并且回答了她关心的问题以后,她也完全被迷住了。这是一个乌托邦式的梦想。但只要他们创造的海德先生能够用多重的安全措施加以控制,简单的筛选技术能够得到完善,那么他们的这个梦想就能实现。德什最终成功说服她相信，他之前是对的，她过早地认输是错误的。

德什知道他的这个设想具有惊人的视野和野心，但这并不能解决目前严峻的现实。他们正在被追捕，还在逃亡之中。琪拉的头骨里面有一个炸弹，剩下的时间也不多了。如果他们不能打败莫里亚蒂，他的这个乌托邦梦想将永远无法实现。

他们开了接近一个小时的车，这时琪拉的电话响了。德什做了一个深呼吸，然后接通电话。是上校打来的，如愿以偿，他带来好消息。他现在已经在飞机上，他的朋友，陆军少校罗斯·梅茨格也一同在赶来的路上。

上校将电话递给梅茨格，德什跟梅茨格互相问好。德什表达了他由衷的感谢，并告之他们的位置靠近兰开斯特附近。梅茨格在机载电脑上查阅了几分钟以后，建议了一个会合地点。如果他们择道283号公路向西北方的伊丽莎白镇行驶，他们会在城市的边缘看到一所学校。直升飞机就可以停靠在学校足球场上。

德什在四十分钟以后找到了那个学校，他将车停好，然后他们步行了一小段距离来到足球场。由于车上没有找到手电筒，他们在这漆黑的夜里视线严重受限。他们站在露天看台的下面等待着上校他们。即使有直升飞机，梅茨格从布拉格堡到这里的这段距离，仍然需要大约一个多小时。

德什回忆，虽然不是第一次跟漂亮女孩站在看台下，但作为成年人，和这样的一个女孩，还没有过。他发疯地想要去抱住她。他压抑着这种莫名的冲动，并为此不合时宜的想法自责。人类文明已经来到一个岔路口，一条路通往天堂而另一条路通往地狱。而他的行为决定了谁能控制开关。一旦他由于一时冲动而铸下大错，在他墓志铭上会这样写道：人类的未来毁于一旦,是因为这个有能力阻止威胁的人,陷入了对男女私情的迷恋,而无法在较量中保持镇静。"

过了不知道多久,一阵直升飞机的声音划破了夜空。几分钟以后一架直升机出现在足球场的上空,它的尺寸比例就像是一只蜻蜓。飞机在足球场的上空发出巨大的噪声,然后缓缓地降落地面。德什和琪拉从地面爬进飞机的舱内,受到格里芬和康奈利的热情拥抱,然后直升机再次起飞。虽然机舱里有八个面朝飞机前方的钢铁座位,两个侧向座炮手座位,但机内所有的成员仍然站立,手抓着肩带来保持平衡。

为了防止移动康奈利的左臂上挂着一个吊带,不过他的脸色看起来出奇的好。而格里芬因为刮掉了胡子,看起来有点搞笑,就像是被拔掉了毛的外星人,但德什假装没有注意到他身上的变化。

"天啊,上校,"德什赞赏的声音盖过了直升机的噪声。"你给我们弄来了一架黑鹰直升机吗?"

"这不过因为布拉格堡已经没有鹞式轰炸机而已。"康奈利苦笑着说。

39

吉姆·康奈利递给他们一人一套精致的黑色耳机,耳机上的麦克风可以随意放置在嘴巴下面。他们把耳机戴在头上,康奈利也趁这个时候把刚刚由于打招呼挪到一边的耳机重新调整好。

梅茨格坐在飞机前面的飞行员座位上。他从右肩转过头来,对着自己的耳机麦克风说:"我们去哪儿?"他大概跟上校差不多年纪,一头黑色的头发,还有浓密的眉毛。

"马里兰州的黑格斯敦,"琪拉以正常的音调说话。耳机在隔绝直升机制造的噪声方面有很明显的效果，因此所有人通过耳机能清晰地听到她的声音。"那里离华盛顿大概有七十里。"

梅茨格点点头，驾驶着黑鹰朝着西南方向俯冲前进。他在机载电脑上调出地图，几分钟之内就制订好了航行计划。在确保飞机在他的控制下顺利飞行以后，他就来到机舱后面，跟德什和琪拉依次握手。

"我们很感激你的驾驶，上校。"德什说，"你走的时候，没有被发现吧？"

"我想是的。"梅茨格回答道，"我修改了电脑里面的飞行日志，这样可以掩饰飞机的失踪。希望这样可以给我们赢得一天的时间。"他耸耸肩，"我还关闭了雷达接收器，就算他们发现我们偷走了飞机，也没有办法立刻找到我们的位置。"

"很好。"德什说。

梅茨格点点头回应德什的称赞："我们三十分钟以后到达目的地，"他说道，"但是在哪里着陆呢？"

四名乘客面面相觑，都没有立刻回答，要知道一架黑鹰是不容易隐藏的。

"我们需要一块没有任何车辆来往的废弃的空地，"梅茨格说道，"想想吧。"

琪拉噘起嘴陷入思考。她在黑格斯敦郊外的拖车公园里住了好几个月，应该能想起点什么。"在这个小镇北边的边界有一个社区游泳池，"她说，"过了夏天，游泳池的水会被排干，所有的设施会被锁起来。那有一个很大的池底可以供我们着陆。"

梅茨格摇摇头说："深度不够。这只鸟就有17英尺高呢。"

该死，琪拉心里沮丧地想。她转过身，继续罗列着其他的可能选择。他们之前选择的是足球场。虽然足球场有很宽阔的空间，但是无法掩藏直升机。她笑了起来，她刚才或许是挑错了运动项目。"黑格斯敦有一个青少年联盟棒球队，叫太阳队。他们通常在市政体育馆打球，那里有超过四千个观众席，四周被看台和本垒打栅栏包围。"

"那些栅栏有多高？"梅茨格问。

她没有去看过比赛，但多次驾车经过那里。"在入口处，就是本垒板的后面，应该是高于十七英尺的。"

"现在是因为淡季关闭了吗？"

"我想是的。"琪拉回答说。

"离居民区有多远呢？"

"没有居民，"她回答，"那里相当的工业化。这个区域晚上没有营业的酒吧和便利店。"

"听起来再合适不过了，"梅茨格说，"我们就去那儿吧。"

他们作了决定以后，德什示意康奈利来到直升机的后面。两个人跪在康奈利带上飞机的两个大帆布口袋旁边，里面装满了各种各样的武器和其他装备。德什打开一个口袋，欣赏地清点里面的东西：四把战刀、塑料手铐、金属手铐、绳子、带子、六把手电筒、一个急救箱、一个线切割机、一把螺栓刀，还有六副夜视眼镜。德什还看到几件多个武器口袋的冲锋衣，备用的弹夹和手榴弹。

第二个口袋里有各种电子和通讯设备，四支 H&K 45 手枪，四支 MP-5 冲锋枪，十几枚眩晕手榴弹。这种手榴弹也被称为闪光弹。就像它的名字所暗示的一样，它会发出强烈刺眼的闪光和震耳欲聋的巨响，能使对手在十几秒的时间里失明或者失聪。口袋里还有几副眼罩和电子耳塞，是为了减少在眩晕手榴弹的使用过程中对使用者造成的影响。最后，德什拿出几个空的帆布包，在特殊任务需要的时候用来装武器。

康奈利准备的东西足够丰富，他按照德什的要求武装了直升机。

德什继续检查着武器装备，他取下了耳机，并示意上校也照做。他靠近康奈利的耳朵说："这个梅茨格是因你而来，"他大声地说道，"但现在是我们内部交流时间。我现在要说的话非常重要，我甚至连自己都不能完全信任。"他意味深长地看着康奈利。

"他很可靠，"康奈利几乎是咆哮，但德什也才勉强听得见。"过去他是我队伍里的手下。我们一起执行过很多任务，有的人已经变质，变得很坏很糟糕，而他还是依然如故。"

"正直吗？"德什问。

康奈利点点头："有一次我们抓到一个哥伦比亚毒枭，只有我们两个人。那个人的保险箱有一整包弹珠大小的钻石。"他扬了扬眉毛，"百分之九十九的人在这种时候都会思考一个问题，就算少了几颗又有谁会知道呢？而梅茨格把装钻石的袋子从保险箱里拿出来，看了一眼就扔给了我，再也没有提起过。"康奈利无比坚定地看着德什，说，"他跟我们一样，戴维。他为自己做正义的事情而感到自豪。"

德什点点头说："谢谢，上校。这对我来说已经足够好了，跟我想要的差不多，但我不得不多问一句。"他把耳机再次戴在头上，康奈利也照做。两个人提着沉重的帆布口袋来到直升机的前排。

当他们距离黑格斯敦还有二十里的时候，梅茨格关掉了直升机的探照灯，德什把夜视眼镜分发给大家。现在从地面上看，是看不到他们的。不开灯，戴着夜视眼镜驾驶直升飞机是胆小的人无法做到的，而梅茨格具有相当丰富的经验可以应付自如。

五分钟以后他们进入黑格斯敦，琪拉指引梅茨格来到体育场。他围着体育场迅速绕行，然后在尽可能接近看台的地方降落，刚好就在本垒板的后面。

不出所料，大门入口处用重重的锁链上了枷锁。德什从一个帆布口袋里拿出螺栓刀，很快他们就上路了。

他们在距离体育场三个街区的地方发现几辆停放的汽车，德什熟练地打开一辆车的车门，将车进行了热启动。他们把夜视眼镜放回到帆布口袋里，并将两个口袋扔进后备箱。琪拉开车，康奈利坐上副驾驶位置，好保护他受伤的手臂，格里芬、德什和梅茨格钻进了后排座。

琪拉开车上了公路："下一站，是去我的住处，"她说道，"不到十五分钟就能到达。"

第六部分 莫里亚蒂

40

他们在琪拉住的拖车公园外面停了下来，然后默默地来到她的 A 级房车。现在还不到凌晨三点，公园里的其他居民还在熟睡当中，他们的到来也没有惊醒他们。琪拉悉心挑选了她的停车位置，距离周围的房车之间有足够的间距。

琪拉的房车长四十英尺，宽八英尺。窗帘都已经拉上，照明灯也调得很低。尽管空间有限，琪拉还是用精致的摆设和植物精心装点了住所，给了它一种家的温馨和女性的精致感觉。房车里有樱桃橱柜，还有独立的卫生间、厨房、餐厅、客厅和卧室。德什以前从来没在任何一辆房车里面待过，对于房车内如此巧妙地安放了这么多的设施感到无比的惊奇。厨房里有一个烤箱，一个三灶火炉，一个微波炉，还有一个很大的不锈钢冰箱。两边墙角各有一个皮沙发，面对面地摆放，沙发之间只有四英尺的距离。在厨房桌子下面有一台高端电脑，一个全尺寸的键盘，键盘上面有三个显示器。德什之前不能想象为什么会需要一个以上的显示器，但经历这几天以后，他开始明白这只是极少数专业人士的装备而已。

琪拉示意康奈利在其中一张沙发坐下，格里芬和梅茨格坐另外一张沙发。驾驶座和副驾驶的座位是铺有软质皮革垫子的船长椅,可以一百八十度旋转,瞬间就变成了客厅的额外家具,每当这辆房车停靠下来,琪拉就会把这两个座椅当客厅家具使用。她在其中一张椅子里坐下,并示意德什坐另外一张。只有那个朝着客厅突出的大大的方向盘的存在,提醒着他们现在身处在一个巨大的房车里,而不是一间狭小的房子里。

"我们需要向你们简短地说明一下,并立即采取行动。"德什一坐下来就开始说,"要说的太多了,所以我们就开门见山吧。"

在接下来的一个小时里,德什和琪拉回顾了他们所知道的一切,包括智力的提升,琪拉的长寿治疗方案,她给自己设置的记忆障碍,她哥哥的死亡,伪造的埃博拉病毒,还有最后,他们与称之为莫里亚蒂的无情男子的交手。他们尽量简明扼要地传达信息,但也确保他们能知晓这件事的重要性。整个团队需要知道所有的真相,不管这个过程需要花费多少他们宝贵的时间。德什在介绍的过程中仔细观察着上校,发现他很聪明,充满了好奇,对团队有积极的作用。

由于德什对于提升智力后那种神奇力量的激情描述,使得其余三人完全相信了整件事情的奇妙所在。如果最后能达到的智力水平真的如德什所描述的现象一样,他们欣然同意,在经过大脑状态改变以后生命的延长可以达到的,同时针对卵细胞的具有超级感染性的病毒也可以得到改善。

又介绍了三十分钟以后,琪拉煮了一壶咖啡,并给每一个人都倒了一杯,大家都对这杯咖啡表示出一致的赞美和感激。

最后,在凌晨四点过一点,他们终于讲完了。

梅茨格的身体从沙发里坐起来向前倾,以便他可以看清坐在他身边的刮得干干净净的大个子,然后他又担忧地看着绑在琪拉脑袋上的绷带:"我不想提起这个,但是,爆炸很可能在六个小时以后发生。"

琪拉点点头,不过什么也没说。

"这种事情真的会发生吗?"格里芬问道,直接看着他对面的康奈利说。

康奈利叹口气:"我想是的。"他说,"C-4是众所周知的炸药,而军方研制的塑料炸药比这个更有威力。根据需要塑造形状,也不会花太多时间。由于很容易设置钓鱼设备,因此很难去除。"

"天啊,"格里芬厌恶地说道,"我很抱歉,琪拉。"他又补充说,"这个山姆真是个可怕的怪物。"

琪拉试着挤出一个笑容:"我很感谢你的关心,马特,不过,我会没事的。记住,他植入这个装置不是为了杀掉我。他这样做是为了保险起见,确保我不会杀他。如果他死了,我就会死。同时,他会不断地重置时间。他需要我活着,才能让他得到不老之泉。他以为我会在几天之内试图去阻止他,一无所获以后,让自己再次被抓,最终为了阻止他执行恶魔计划只好乖乖交出我的秘密。"

格里芬点点头,但是仍然眉头紧锁。

梅茨格噘起嘴陷入思考:"琪拉,"他说道,"你所说的,就算你拼命地想,你也不能告诉他你的长寿治疗的秘密,和隐藏闪存盘的位置。这是真的吗,还是有点虚张声势啊?"

"很不幸,这绝对是真的,"琪拉面露难色地回答说,"他非常清楚,提升后的智力所带来的非凡能力,以这样的方式来操纵记忆是完全可能的。尽管如此,他认为利用适当的动机,我可以找到方法。但是他错了。"

"这真是不幸,"少校说,"这意味着通过谈判来阻止威胁也是不可行的了。"他皱起眉头,"如果他们的计划成功了怎么办？他说得对吗？那样你就会公开你的长寿治疗方案了吗？"

琪拉叹口气："我会的，"她回答说，"那个混蛋说得对。在那种情况下，没有理由不那么做了。那时人类唯一的希望就是达到真正的长生，或者找到方法再次研究出新的卵细胞。得到提升后的分子生物学家或许最终会完成这些，但是我不想指望这个。"

梅茨格的眉头皱得更深了："如果我们有机会可以阻止威胁的话，"他说，"我建议我们第一步要弄清楚的是，这个山姆到底是谁。"

"我同意。"德什说。

"有什么是我们需要做的吗？"格里芬问。

德什扬起眉毛："实际上，是的，"他满怀信心地说，"我想我们有的。"

41

所有人包括琪拉都看着德什·戴维。他甚至跟她也没有分享过他的想法。

"首先，可以肯定的是山姆是为政府工作，"德什开始说，"我们已经知道他拥有相当大的合法权力。更别说他可以调用最新一代的军用直升机和进入到安全屋。其次，他不断地吹嘘手中的人脉，不管是分子生物学家还是军事巨头。很显然，他与政府中多人有千丝万缕的联系，并且扮演了多个污点角色。"德什的身体向前倾，"那么一个人怎么能做到与这么多人有如此多的内幕呢？"他转头看向康奈利，抬了抬眉毛，"有没有让你想起谁，上校？"

康奈利想了一会儿，突然瞪大了眼睛，他一下子想到了德什指的是什么："J. 埃德加·胡佛。"他低声说道。

"J. 埃德加·胡佛，"德什点头重复，"担任联邦调查局局长长达四十九年，辅助了八任总统。据说他使用联邦调查局的权力进行窃听和监视公民利益，秘密保存了敌人的有关文件，其中包括各种可怕和令人尴尬的信息。没有人知道他手里到底有什么材料。传言说几位总统都召见过他，都想要开枪杀了他。但他最终都能够毫发无损地离开。"

"许多人认为他是美国历史上包括总统在内的，最有权力的人。"康奈利补充说道。

"没错，"德什兴奋地说，"我想山姆是想复制胡佛的经历，想要有一样的结果。我猜他已经以这样的方式干了很久了，他声称勒索了很多人。他在调集人力和物力的时候行使了相当大的权力，就像下国际象棋一般易如反掌，更别提安排上校给我提供史密斯的电话号码进行联系。从胡佛的时代开始，国会增加了针对国内监视更为严格的安防措施，当然。"他疑惑地扬了扬眉头。

"但是这根本不能对他起到一丁点作用。"琪拉接着说，"在得到提升以后，他就可以规避任何的安防设施。用'无情'这个词来形容他都不够。他在大脑优化之前就已经是一个精神病患者。是他将我哥哥活活地烧死的。"

德什严肃地点点头。

"那么你认为山姆就是联邦调查局的领导吗？"梅茨格问。

德什摇摇头："不，联邦调查局也不再是执行这个战略的最好的机构。一个现代的胡佛应该会作出不同的选择。"

格里芬瞪大了眼睛："是国家安全局。"他低声说。

"没错。"

"真希望你是错的，"格里芬焦虑地说，"因为如果你没有错，那么这整件事情就会变成一场更为可怕的噩梦。他们是世界上最大的情报搜集机构,也使他们成为世界上最有权力的机构。他们负责美国的密码工作,处理所有的信号智能,包括无线电、微波、光纤、手机、卫星等等。"

"你当然知道你的国家安全局,马特,"德什站起身,为自己又倒了一杯咖啡,"在有些方面,他们从一开始就已经介入其中了。"他的眼神转向琪拉,"有人下令用卫星来追踪你,琪拉。但这并不说明莫里亚蒂,或者如果你愿意的话叫他山姆,就在国家安全局工作。因为所有人都相信你是埃博拉病毒威胁的幕后主导,国家安全局于是就介入进来了。"

"但是,如果他的确在那儿工作,那么很多事情就可以得到解释。"梅茨格说,"美国国家安全局每天向多家机构发送每日情报报告,甚至偶尔还会发给白宫。如果这个山姆是在国家安全局工作,那么他可以很容易地散布虚假情报。他散布的有关琪拉的假情报,已经被当成事实被接受。他还以创纪录的时间,给上校编织了一个紧凑的框架。我一直认识吉姆·康奈利,我知道任何事情都不可能使他背叛国家。但是他们提供的证据,几乎让我也差点相信了。"

"你越仔细思考,"德什说,"就越觉得是这样。对山姆来说,国家安全局是最理想的,使用胡佛梦想中拥有的能力,来重新实现他的战略。他不仅能够修改情报报告,还能以政府最高级别窃听到他想监视的任何人,并且勒索他们,于是他变成了最终的木偶大师。"

"他在政府中的级别很高,"琪拉说,"但不是最高指挥,一般的匿名人士可以排除在外。"

梅茨格噘起嘴,"听起来很正确,"他说着,皱起眉头,浓密的眉毛几乎要触到前额。"但这有什么用呢?即使我们知道这是真的,我们能找到他吗?"

"戴维和我现在知道他的样子。"琪拉说。

"是的,但他们并没有将国家安全局的所有员工公开登录在网络目录上,而且还附有照片和地址。"康奈利说。

"他们现在有多少员工?"琪拉问。

格里芬笑了笑:"这是机密。"他说,"他们的预算也是。他们的总部位于华盛顿郊外的马里兰州米德堡。我在网络上读过一篇文章,有人计算过在那儿有一万八千个停车位。华盛顿邮报几年前也刊登过一篇文章,估计他们在全世界各地的机构所有的车位总数有接近四万个。他们的安防是个传奇。"他冷冷地说。

"你怎么会知道这么多关于他们的情况,马特?"康奈利好奇地问道。

"你是在开玩笑吗?"格里芬冷静地说,"国家安全局对阴谋论者和黑客来说就如同不明飞行物对51区一样的重要,他们规模大,权力大,很神秘。还有,他们有一个超级计算机中心,拥有地球上最强的计算能力。"

德什反问道:"有黑客进入过吗?"

"肯定没有啊!"格里芬惊奇地说,"他们是黑客世界的第三轨道。首先,他们有世界上最坚固的防火墙,据我所知是坚不可摧的。其次,就算你真的进入,他们也会找到你,然后就尾随你,随时对你进行反击。"

德什笑起来:"如果这样说能让你感觉好一些,他们已经尾随你并对你进行反击了,"他指出,"当然简单的员工记录和照片并不能保证给国家安全局提供最大限度的保护。"

"或许不是,"格里芬也说,"但是,即使他们最低级别的保护也是相当难以攻克的。"

"你是我们唯一的机会和希望,"琪拉温柔地说,"你能做到吗？"

格里芬叹口气："也许吧。如果给我三到四天的时间，我有可能得到员工记录，只是有可能。但我们没有那么多时间啊。"他无奈地摇摇头，"琪拉是跟我一样优秀的黑客。如果我们一起来做的话，或许会快一些。"他皱起眉头，"但是还是不够快到阻止这个山姆启动他的基因工程计划。"

琪拉摇摇头说："我只有在提升之后才能拥有跟你一样的水平。还有，你执行的命令比我要成功得多。"

"那么提升马特，怎么样？"上校建议说，"如果进行这样的大脑转变是万全之策，他又有很好的操作技能，那么他就能够对付国家安全局了。"康奈利从口袋里拿出一颗止疼胶囊放进嘴里，用已经温热的咖啡将它送服下去。

德什叹口气："我毫不怀疑他能够做到，"他小心翼翼地看着琪拉，"但我不知道我们是否现在就需要采取这种方式。"

"你在担心药物的副作用吗？"康奈利说。

"我跟琪拉的感受进行了比较，"德什回答，"我的反社会影响来得比她更为快速，也更猛烈。"

梅茨格再次抚摸下巴，他转向琪拉："你觉得戴维更为强烈的反应会不会是因为他的雄性激素跟药物的作用？"他问道。

琪拉思考以后说："这是一个很有意思的假设，"她说，"但我还不知道。"

"也有可能马特在第一次不会表现出任何的反社会倾向。"德什说，"琪拉告诉我，她的治疗是在进行了多次的转变以后，才开始对她产生反社会的影响。"他皱起眉头，"但是我们也不能排除他会面临比我更加强烈的副作用的可能性。那样的话，对所有人都是非常危险的。"

"到底这个副作用对你产生多大的影响呢？"梅茨格问，

"对我来说很难想象,你会变成一个彻头彻尾的怪物。"

"不是很彻底的,不是。"德什说,"但是现在回忆在提升期间我的那些想法,会让我感到害怕。我那时还保留一些对琪拉和人性的忠诚,这也是我会帮助她逃跑的原因。在我身上的影响对琪拉是好的,但在马特身上产生的影响对我会是好的吗?"他脸上出现毫不掩饰的担忧,"最终,你们都需要亲身经历这个过程,但必须是在更安全和可控制的条件下进行。"

琪拉叹口气:"你知道我认同你的说法,戴维。"她说,"但是,比起这个风险,我们有太多其他更大的风险要去面对。而且这只是他的第一次。"她停下来,不好意思地笑了笑,"在我们进行讨论的时候,我们最应该问问马特,他是否愿意这样做。"她又说道。

所有的目光都注视到格里芬身上。

"好吗?"琪拉说。

格里芬点点头,然后笑着对德什眨眨眼睛:"我猜这是我的一个机会,我可以变得无比强大。"他幽默地说。

他看到德什脸上严肃的表情一点都没有变化,也收敛了笑容:"我知道你的担忧,戴维,"他说,"如果能让你感觉好一点的话,你可以把我的腿绑起来。"

"哦,我想要做的还远不止这些。"德什说。

"好吧,"格里芬有一点吃惊地说,"这很好。但即使我变成了魔鬼,你觉得一个超重的计算机专家,面对三个经过美国军队特殊训练的干将,我能做什么呢?"

德什脸上出现一个苦恼的表情:"你能做到的远超过你的想象。"他十分担忧地说。

42

　　琪拉·米勒进入到位于房车后半部分的卧室，她转过身面对德什说："那些胶囊在一个很安全的地方，我要用一个螺栓刀把它们取出来，大概需要五分钟时间。"

　　德什点点头，看着她消失在分割卧室和客厅的那幅门帘的后面。"我们来作准备吧，马特。"他说着，示意这位黑客在一把厨房椅子里坐下，面对着琪拉的电脑键盘和显示器。

　　他坐好以后，德什和梅茨格立即用绳子将他牢牢地固定在椅子里。他们用金属和塑料手铐将他的脚踝捆绑起来，还用加强版的胶带将他的小腿分别绑在椅子的两个前腿上。

　　他们刚做完这些，琪拉手里拿着一个不锈钢的小罐回来了，她将小罐递给德什。他倒出一颗胶囊并塞进格里芬的嘴里，琪拉从橱柜拿了一个杯子装满水。格里芬喝下琪拉喂给他的水，吞下了药丸。

　　"什么时候开始起效？"他问。

　　"大约五分钟以后。"琪拉回答。

　　德什从帆布口袋里拿出一把 MP‑5 冲锋枪递给了梅茨格："在琪拉的卧室找一个尽量离马特远一点的地方，"他说，"看着他。"

　　梅茨格照着他说的去做，他打开了房车里面的帘子，以便可以全方位地观察整个车里的情况，德什将两个帆布口袋都放在副驾驶座位前的地板上，给自己也拿出一支 MP‑5 冲锋枪。"上校，你跟我一起。"

　　德什将座椅旋转到面对马路，而自己跪在椅子上，头从椅背上伸出来，手里的冲锋枪也向前突出。他坚持让康奈利坐在舒适的司机座位上，没有给他分发武器。上校却声辩他还可以撑得住，可以帮忙看着格里芬，但德什没有采纳他的意见，只是提醒他说他的肩上不久以前被步枪打了一个洞，并且距离他的心脏只有几英寸的距离。"省省力气吧，上校，"德什对他说，"我感觉你需要储备力量。"

上校很不情愿地按照要求坐在驾驶座。

"琪拉，我要你到卧室里去，在少校的身后比较安全。"德什说。

琪拉刚要张嘴争辩，但又想到很多。一直以来，她都是独自一人作决定。她之所以想要跟德什成为一个团队，最主要原因就是想要获取帮助。她微微一笑，意识到她应该让自己改变，享受不用再自己独自作决定的感觉。于是她走到房车的后面，第一次开始扮演一个淑女的角色，她在久经沙场的梅茨格少校的左后方坐下。

"少校。"德什大声地叫他。

梅茨格在三十英尺外看着他的眼睛。

"如果他表现出任何可疑的行为，就立即朝他的大腿开枪。不要迟疑。别忘了，不管是在精神上还是在身体上，他都比我们要快得多。"

梅茨格点点头。

想到格里芬本来动作就慢又被捆绑起来，并且没有经过任何训练，大家感到稍许放心，就算他大脑优化以后可以使他的动作速度增加两倍，他们还是能控制住他。应该可以的。没有人急于想要验证这个想法。

格里芬开始在网上进行操作，大脑的转化开始了，面对国家安全局的系统入口他泰然自若。没过多久，"上帝的圣母啊！"效果开始显现，他大叫起来。之后他一直不停地说话，但是语速太快以至于其他人完全听不懂他在说什么。

格里芬转身回到键盘,他的手指在键盘上飞速地敲击,就像一个在开音乐会的钢琴家,他同时向三台显示器中输入不断变化的系列菜单、数据和网页。在他得到优化提升之前,他已经达到少有人能跟得上的速度,而现在,他的速度更是令人望尘莫及了。他以令人眼花缭乱的速度持续工作了二十分钟,德什和梅茨格一直小心翼翼地将武器对准他。

"马特,现在看起来怎么样?"德什终于开口,"你能做到吗?"

格里芬给了一个莫名其妙的回应。

"我们不懂你的意思。"德什说。

"我无法用你们那么可怜的速度运转,所以不要打扰我。"格里芬脱口而出,他一字一句地说,只是慢到刚好德什能分辨出他的每一个字。

"将你的大脑分配一部分来维持你正常的样子。"德什给出建议,"这样你跟正常人交流的时候才不会觉得那么别扭。"

"好的。"格里芬说。

"你感觉怎么样?"德什关切地问道。

"真是个白痴问题!"格里芬立刻打断他。"你真正想问的是我有没有变成魔鬼,对吗?如果没有,我会告诉你没有。如果是的,我会撒谎,仍然跟你说没有。蠢蛋!"他不屑地说道。

这个或许是个愚蠢的问题,琪拉心里想着。不过格里芬的反应却给了她一些启示。她说:"你知道的!"

"是的,我知道。在几分钟以前,我跟你们一样的可悲和迟缓。"格里芬说话的时候,操作键盘和鼠标的疯狂速度并没有减慢,而他与他们的交谈一点也没有影响他一眼就将几个显示器上面的信息内容全部尽收眼底。

德什焦虑地看着琪拉的眼睛,她清楚地知道他在想什么。

格里芬在面对转换发生时没有琪拉处理得好,甚至没有德什做得好。所以,这可能真的是雄性激素的影响。

大家又让格里芬安静地工作了十五分钟,不想引发魔鬼的出现。最后,琪拉觉得是时候了解进度状态了:"现在怎么样了,马特?"她在房车的另一端问道。

格里芬回答的时候,他的手继续在键盘上飞舞:"这完全成了小孩子的游戏。"他沾沾自喜地说,"十分钟以后我就可以进入美国国家安全局的人事数据库了,"他停顿了一下,"同时,"他以非常得意的口吻说,"我侵入美国联邦储备理事会并转移了五亿美元到你的瑞士银行账户里。"

琪拉震惊得倒吸一口气。

"淡定一点,"格里芬说,他已经预测到她会有这样的反应,"这是一次没有受害人姓名的犯罪行为。只是计算机里面的数字而已。我没有盗取任何人的钱,只是制造了多余的五亿美元。还有,虽然这个瑞士账户是进行了编号并且是所谓的保密账号,但我确定我把这些钱放在了正确的账户里。"

"为什么马特?"琪拉急切地问,"你为什么要这么做?"

"真可悲,我像个白痴一样活了大半辈子,"格里芬立刻回应,"我很快就会恢复到之前那个可怜的样子,然后再次加入你们这个看似高尚的团队。特别是在初期阶段,我们的发明还不能让钱自己流进来之前,我们拥有的资本越多,就能越快达到我们的终极目标。"

其余四人面面相觑,各自心照不宣。确定无疑,格里芬已经变成了一个超级自大狂,但是他以自己的方式清楚地知道,未来正常状态下的他与这个团队紧密相关,这至少还让人感觉有点安慰。

"你必须取消这笔交易,马特,"琪拉温柔地说,"这是不对的。"

"不要对我说教！"格里芬咆哮起来，"少对我说那些愚蠢而荒唐的道理。这么大一笔钱对我们来说是有帮助的。你也知道。"

"但是……"

"讨论结束了。"格里芬怒喝道。

琪拉深深地叹了口气，决定不再继续纠缠。事实上他是对的。这是一个没有受害人的犯罪行为，而且可以极大地帮助他们。她对于这样艰难的选择感到并不陌生。她已经打破了原则研究出了这个治疗方案。她杀了卢塞蒂，还为了逃避抓捕而伤害了好几个人。前一天晚上，她还涉嫌两辆汽车和一架军用直升机的盗窃案。

但所有这些事情都是在她处于正常状态下发生。而经历过大脑优化治疗的人可以拥有非常强大的能力，但没有多少道德良知，因此才不允许他们跨出滑落深渊的这一小步。未来团队必须要确保得到优化提升的人在改变期间不能直接影响外面的世界。

"我进入了。"格里芬宣布说，"快点，描述山姆的特征。"

"好的，"德什开始，"他的身高大约是……"

"太慢了，"格里芬咆哮着说。"我自己就能找到了。"他停顿了一小会儿，然后接着说，"就是这个人，对吗？"

一个男人的头部特写照片出现在整个显示器里。这是格里芬进行转变后第一次在显示器里展示内容超过了几秒钟。

德什的眼睛瞪得大大的："但是……"

"怎么？"格里芬打断德什，再次猜到了他的问题。"跟你的描述不符合吗？"他说着，手指重新开始在键盘上飞舞，显示器里山姆的照片消失，取而代之的是一些电脑代码。格里芬从德什的反应中知道找对了人,他就继续搜索其他相关的目标。"我可以访问任何一个员工的登录模式。我知道过去几天山姆的位置和他的一些活动时间。从你的叙述中,我知道了他大概的年纪,我可以猜到他在组织中是什么地位和位置,才使得他拥有所有这一切权力。我将范围缩小到五个人,他的名字是S. 弗兰克·普特南。他是美国国家安全局职位最高的二十个人之一。"

琪拉无言以对。他已经做到了。终于,她知道了那个杀害了她哥哥,把她的生活变成了一场噩梦的人的确切身份。"你有没有……"

"是的,当然有。"格里芬抢先说,"他的地址和其他更多信息。"

"你现在在做什么?"德什问道,他的武器还对着这个黑客。终于,格里芬那反应迟钝的一面可以让人说完一个问题而不被打断了。

"清除琪拉和上校的负面记录。"他回答。

看起来格里芬可以在网络的领域里自由驰骋,琪拉鼓励他继续努力来帮助他们的团队。"但是不要——"

"有一个给S. 弗兰克·普特南的提示。"格里芬说,"不是。刚刚更改的记录只能保持二十四个小时。在这之后琪拉和康奈利还是会继续成为被通缉的逃犯。"

"是二十四个小时以后吗?"琪拉怀着极大的好奇,在她的卧室一端大声地说道。

"修改的记录将会显示针对琪拉·米勒的指证和证据都是假的,但在这些被发现之前,她就已经被枪杀了。这样的话你就可以不再被追捕了。稍后我会为你建立一个新的身份。做好以后,你就算在布拉格堡裸体骑马,也不会引起军方的注意了。"

"我愿意下注。"德什深沉地说,但很快他眨了眨眼睛,似乎不相信自己竟然大声说出这样的话。

琪拉笑了,她知道这是对她的恭维,但她没有回应。"那么上校的呢?"她问格里芬。

"新的证据将会出现,证明他完全是无辜的,与之前的信息相反,是一位不愿透露姓名的美国国家安全局员工因个人恩怨而陷害他。"

"那么还有没有……"

"够了!"格里芬大声咆哮,"我已经没有耐心了。"

他继续着他电脑上的工作,完全不受影响,好像已经忘记了他刚刚爆发的情绪。八分钟后,他喘着粗气,看起来难过的样子好像他最好的朋友刚刚去世一样。

德什心照不宣地看着琪拉的眼睛,点点头说:"欢迎回来,马特。"

"这感觉实在太过瘾,但也很糟糕。"大个子抱怨道。

"给自己几分钟时间,"德什说,"不会困扰你太久的。"

"你觉得可以给我松绑了吗?"格里芬问道。

德什摇摇头:"我恐怕还不行。至少要十分钟以后。我需要确定这不是一个骗局。"

格里芬对于这个回答明显地不高兴,但也没有争辩。在经历过提升转变以后,他现在是为数不多的,能够理解德什为什么会如此小心谨慎的几个人之一。

"你还记得发生了什么吗?"康奈利问。

"问得好,"格里芬说,歪着头想了几秒钟。"我记得我所完成的事情,但我几乎不记得是怎么做到的。"他充满敬畏地说,"我就像是一个开快车的上帝。刚刚我在一个小时里所做的事情，是我正常情况下一千年也干不到的。"

格里芬继续回顾过去的一个小时，他的脸上出现了一个内疚的表情，"我刚刚表现得有一点混蛋，是吗？"

"我更想说，"德什说，"你刚刚是一个十足的混蛋。"他笑起来，"不过不用担心。你做的工作太令人惊讶了。"

格里芬转向琪拉，难以置信地摇头："那是你的治疗得到的成绩。"他敬佩地说道。他面对着她，他发出一声叹息，然后脸上的笑容没了，"有什么吃的吗？"他急切地问道。

43

马特·格里芬狼吞虎咽地吃掉了四个百吉饼后，又开始吃琪拉递给他的一包玉米片。德什蹲下身去解开这个大个子的束缚，饼干屑不停地掉落在他的头上。

等到格里芬完全恢复自由以后，所有人都紧紧地围绕着他。"我的超人自我也许得不到什么选美大赛的奖项，"他说，"但是他一定是网络世界的主宰。让我来向你们展示。"说着格里芬敲击了几个键，一个显示器上显现出一张卫星照片。照片上显示的是在广阔的大地中央有一所住房，还有两个小红谷仓。房子的周围是一些大树。在距离房子三十码处，可以看到有许多小马在一块足球场大小的围栏内悠闲地走来走去。

"这是山姆·普特南的住所。"格里芬解释说。

"他住在一个农场里？"琪拉感到意外。

"一个小农场，"格里芬说，"事实上他没有饲养任何动物。但他确实有八匹马和两个谷仓。"

"这对他来说是完美的布局，"德什说。"这个农场可以让他与邻近的邻居隔开，但也不会被认为是隐居于此。他只是一个户外运动爱好者。虽然这个农场一定很昂贵，但却不会让人怀疑他是否能承担得起。"

"这种与周围的隔离,从安全的角度来说保留了许多可选择的空间。"梅茨格补充说。

"这是在哪儿?"琪拉问道。

格里芬操作鼠标将显示器上显示的内容缩小,以更高的视角来看整个场景。普特南的农场不见了,像变魔法一样,一幅有边界和地名的地图覆盖了刚才的卫星照片。格里芬指着屏幕的中心说:"普特南住在这儿,在马里兰州赛文镇。"

这个镇位于华盛顿的西南方和巴尔的摩的东北方。它距离美国国家安全局的总部米德堡最多只有十五分钟的车程。

其他人还在研究地图,格里芬又在相邻的显示器上打开了一个介绍这小镇的信息网页。赛文镇自存在以来大部分时间都是一个乡村小镇,但在过去的几十年里,由于它与华盛顿和巴尔的摩的距离相近和政府的扩增,包括美国国家安全局,这个小镇的人口也出现了爆炸式的增长。最初小镇的大部分面积被划为乡村农场用地,后来绝大多数土地被改为住宅用途。普特南拥有剩下为数不多的几处土地之一,被指定为具有农场属性。

格里芬换了一个角度来看普特南的农场,将图像放大到从空中大概一百英尺的高度来俯瞰。"他设置了足够多的摄像机覆盖了整个农场,几乎没有任何盲点。这些图像全部传输到两个独立的显示器,一个在他的卧室里,而另一个,"他说着,手指着离房子最远的那个谷仓,"在这里面。"

格里芬将视图移到离房子几百码处,并且放大图像直到一处相当不显眼的栅栏出现在视野里。"这是一个铁丝网的栅栏,有十英尺高,将整个农场的外围都包围起来。"他大声说道,"这个栅栏看起来没有伤害性,甚至还有点迷惑性。没有刀片刺绳,没有电线。但是不要被糊弄了,铁丝网上面带有振动传感器。如果想要爬过去或者剪断它,你的位置瞬间就暴露了。"

格里芬将住房的视野拉近。"在这个房子外围二十英尺以内有微波覆盖。只要触碰到微波光束,普特南同样很快就会知道,"他扬起眉毛,"而前提是假设你能越过第一道栅栏时没有触发警报,他也没有在显示器里看到你。"

"你是怎么知道这些的?"梅茨格问道。

"他有一个很先进的系统,"格里芬解释说,"他用一台计算机专门负责家庭安全,而这台计算机是与互联网相连的。因此,任何人只要有正确的代码,都可以通过任何一台计算机获取查看他所有的视频资料和安全监视器的权限。"

"而你已经进入他的计算机了吗?"琪拉说。

"是的。而且,我在进入以后,还对计算机进行了重新编程。"格里芬得意扬扬地说:"在接下来的二十四个小时里,系统会忽略某些入侵。剪断栅栏,触碰到微波,系统都无法识别。视频监视器也被设置成循环播放之前的农场景观。"

德什挠挠头说:"把一个安全系统与互联网相连接完全没有意义,这样太容易受到你刚才那样的攻击了。"

"我同意你的说法,"格里芬说,"但其实也不是那么容易的。只有顶级黑客才能够侵入这样的系统,并确定安全保障措施的位置。但拥有能够攻克壁垒如此森严的城堡的能力和技术的人往往会以别的方式来完成。像我刚才做的简单的重新编程,以正常人的能力是根本做不到的。这一点上请相信我。"

"从他的个人电脑里得到什么有用的东西吗?"琪拉急切地问道,"有没有任何关于灭菌情节的线索?"

格里芬皱起眉头。"没有。在我的智力提升期间,他没有任何一台计算机与互联网相连。我怀疑,他只有在自己使用的时候才会联网,在他没有使用的时候,就人为地切断了网络连接。"

这真是一个坏消息，德什心里想着。但想到其他事情，格里芬已经完成得比他期望的还要多。

"我们回到普特南的安全系统，"德什说，"你是说，在接下来的二十四个小时里，我们就算在那里跳华尔兹也不会被发现吗？"

"可以这么说。"格里芬说。他滑动鼠标，显示器上出现了几张普特南的农场不同的景观，其中一张里面有一个人物出现。他将图像放大，一个男子穿着牛仔裤和T恤衫，戴着牛仔帽，拿着干草向马群走去。他没有穿外套，也就是说，格里芬截取的这个图像很有可能是几个月以前的。

"从监视器和警报传来的安全信息会传给两个人，"格里芬说着，放大了图像中那个男人的腰部，让德什他们看到了他的自动手枪和对讲机。"这是其中的一人。"

"真有意思，"梅茨格说，"这个人一身牛仔装扮，大部分人都会把他当做是一个农场工人。"

"从外表来看，他跟农场工人没有两样。"康奈利附和道。

"你说有两个人，"德什说，"另一个在哪儿呢？"

"根据安全电脑日志显示，另一个人几乎总是在谷仓里，操作着监视器。"

"那么如果他的同伴都不在监视器里出现了，谷仓里的这个守卫会不会发现出了问题？"德什问道。

格里芬咧嘴大笑起来："当琪拉把你变聪明以后，你确实变得异常的聪明了，"他开心地说，"我已经考虑到这点了。我只是把外面那些对着铁丝网栅栏和谷仓外面的地面上的摄像头做了更改，他还是可以看到他的同伴，"他继续开心地说，"他看不到任何人从外围偷偷地靠近他。"

德什赞赏地点点头："还有什么是我们需要知道的吗？"他问道。

格里芬想了一会儿说："我想没有了。"他回答道，"只要有人入侵这所房子，警报就自动响起来。但我的修改已经让这种事情不会发生了。"他对德什眨眨眼，"不幸的是，我没能够对这两个人进行编程让他们忽略你的出现。"他说。

对于这一点，德什没有表现出一丁点的担忧。"你已经做得很好了，马特，"他热情地说道，"没有警报，也监视不到我们，这两个人也就不会有太多的麻烦。"

"那么你有什么计划？"梅茨格问。

所有人都转向德什。虽然他已经不在军队里，而且就算他还在，康奈利和梅茨格的级别都比他高，但他们都知道现在该看他的了。

"我认为现在与普特南直接面对面对我们不太有利。"德什开始说，"先将他捕获，然后折磨他，这也许是一种选择。但我不会建议这是第一方案。"他停了一下，"你们有什么评价？同意这样做吗？"

大家沉默了较长时间，但没有人表示反对。

"你认为什么时候捕获普特南是正确时机？"康奈利问。

"在我们尝试了其他所有的途径以后，"德什说，"作为最后的手段，还必须在他重设了琪拉头骨里的装置之后。"他稍作停顿，"普特南很可能已经习惯于承受真话药物。如果我们有十二个小时的时间，就有可能以他觉得愉悦的方式来说服他放弃他的病毒攻击，并告诉我们解除琪拉头上炸弹的密码。"

"但是，这个办法有可能行不通。"梅茨格说。

"对，"德什说，"所以我们需要先尝试其他的办法。"

"我认为我们应该从这所房子开始。"梅茨格说。

德什点点头:"超级马特为我们清除了障碍,以便让我们行动更容易,如果不按照他的方案去做就太不好意思了。我建议我们等到普特南上班离开以后再摸进去。这样我们就有八个小时的时间来搜查他的房子,马特也有足够的时间来查看他的电脑。我们主要有两个目标,第一,查到一切普特南与恐怖分子有关的信息和如何能够阻止他的计划实施;第二,试图找出关于琪拉头骨里面装置的信息以及如何能够将它解除。"

德什扫视大家,坚定的眼神看着每一个人。大家一致点头表示赞同。

"听起来不错。"琪拉赞同地说。

德什低头看看手表。他已经筋疲力尽,每个人都非常疲惫,但他们没有奢望有足够长的时间可以让他们休息。此时,德什的脑海飘过一首他最喜欢的罗伯特·佛罗斯特的诗中的一节:

> 树林真可爱,既深又黑,
> 但我有许多诺言不能违背,
> 还要赶多少路才能安睡,
> 还要赶多少路才能安睡。

德什叹口气转向格里芬。现在应该弄清楚即将前往的地方还有多远。"马特,你调出到赛文的路线图,看看有多少公里。"

格里芬的手指在键盘上敲击,十五秒以后,显示器上出现了一张地图,上面用粗线标注了驾驶路径。"有七十五公里。"他说道。

德什的眼睛死死地盯着琪拉,"琪拉,我们需要马上行动起来。你可以切断我们与拖车公园的网络和煤气线路，以及一切可以上路的准备。"

琪拉点点头："我们将在五分钟以内准备好。"她说。

44

琪拉的这个四十英尺的庞然大物停在距离普特南的农场几百英尺以外的土路上，这时已经是七点四十五分了。德什和梅茨格立即跳下车，朝相反方向散开，各自手里拿着一副绿色的望远镜。在途中，每个人都穿上了冲锋衣，把自己从头到脚武装起来。所有人都佩戴着隐藏在衬衣里面的对讲耳机线。琪拉已经学会了使用武器，现在也拿着一把大家都熟悉的格洛克9毫米手枪，而格里芬，考虑到他完全没有经验，就没有给他配备武器。

德什和梅茨格在原地待了只有几分钟，就看到一辆大型黑色的凯迪拉克驶上了离开普特南农场的道路。汽车的车窗没有改色，大概是为了防止来自周围邻居的非议，但是德什能够辨认这一款经过防弹改装的车，与其说它是一辆汽车，还不如说它是一辆坦克了。

德什小心翼翼地调节望远镜上的焦距聚焦到司机身上。是他！是山姆。就是塞缪尔·弗兰克·普特南。他们很走运。如果他们再晚到五分钟，他们就错过看到山姆离开了。

几分钟以后，车子消失在视线中，朝着他们相反的方向也就是米德堡开去。德什示意梅茨格，他们回到琪拉的房车里。

"行动开始。"德什对着所有人宣布。他从琪拉给他的不锈钢玻璃瓶中拿出胶囊递给梅茨格和格里芬一人一颗："把这个放在你们的口袋里，"他指示说，"只有在最为紧迫的情况下才服用。"他将瓶子递还给琪拉。"琪拉，你呢？"他说。

她摇摇头:"不用了,谢谢,"她叹着气说,"我已经戒掉这个习惯了。"

德什和梅茨格各自抓起一个帆布包背在背上,里面塞满了他们准备好的武器。

上校在开车时又集中睡了一个小时,现在也已经完全清醒。德什坚持要他留在车里,监视他们的侧面。

德什转向正在等他的梅茨格。"你跟马特和琪拉一起先去铁丝网栅栏外找个隐蔽的位置,"他指示说,"我会在一分钟以后跟你会合。"

梅茨格有点疑惑,但没有对德什的建议提出疑问。他看了一眼德什和康奈利,就跟另外两个人一起走出了房车。他们来到农场的外围,躲在一排树下等待着德什过来会合。五分钟以后他也到了。

"怎么回事?"琪拉低声对德什说。

"我需要确认上校没事。"他低声回答,"我把装有药丸的瓶子埋在了远离房车的地方。以防万一。"

德什从他的一个口袋里拿出一把钢丝钳。几分钟以后他就在栅栏上剪出了一个三平方英尺的洞,心里祈祷着智能提升之后的马特确如其想象的那样优秀,使震动报警已经失去作用。

他们依次从这个洞穿过,爬到另一排树下躲避。德什取下他的帆布包跟他的冲锋枪一起放在一棵树后面。他拿起望远镜侦察树周围的环境,梅茨格手里拿着 MP‑5 手枪,时刻准备保护琪拉和格里芬。

德什花了几分钟扫视周围。最后,他回头面对其余三人说:"五分钟之后回来。"然后,他从冲锋衣里拿出之前偷偷拿走的麻醉枪。团队的人约定只有在迫不得已的情况下才对普特南的守卫使用致命武器。作出这个决定以后,德什有一种很奇怪的感觉，似乎在安全屋里有什么重要的事情他忘记了，他努力回想，还是不得要领。

德什等到那个巡逻的守卫按照自己的既定路线走出谷仓外，消失在他的视线中。这名守卫依然打扮得像一个农场工人，只不过他现在穿的衣服明显比卫星照片里的衣服要厚实一些。他和他的同伴应该很能干，但他们肯定无法与德什多年的训练和野战经验相比。由于对外围警报的信任，这些守卫有一种莫名的安全感。

德什匍匐前行到外面这个谷仓旁，他窥视屋内，看到另一个守卫正背对他坐着，在二十码外有一排十二个显示器。德什拿着麻醉枪，无声地继续前行，很快缩短了他和守卫之间的距离。守卫转过身来看到德什，大吃一惊，这时德什离他只有五英尺。德什朝着他的大腿开了一枪，他立刻就瘫倒在椅子里，失去了知觉。

德什仔细查看了监视器，确认另一个守卫没有从马厩离开，并瞬间就决定了他的前进路线。他离开谷仓，绕着农场来到第二个守卫的后面。他悄无声息地跟在守卫身后，渐渐地，两人的距离越来越近。在最后几英尺的时候，他悄悄地走上前去，举起麻醉枪对着守卫开了一枪。这一次，麻醉枪立刻就产生了作用，守卫没有发出任何声音就倒在地上。

德什拿出望远镜审视周围。一切看起来都尽在掌握。他快步跑到能让梅茨格看到的地方，示意其他人都上前去与他会合。几分钟以后他们来到房子的背后。德什挑选了一个合适的窗户，用他的冲锋枪枪托打碎了窗户玻璃，迅速清理了窗台周围的玻璃残渣。四个人依次从窗户爬进去，安全地进入到屋里。

45

普特南的房子很大，大概有五千平方英尺。左边的前门打开连接着一间客厅，右边是一间封闭的玻璃书房。厨房也很宽敞，里面摆放着大型的不锈钢用具，蓝色的花岗岩台面，中间是一个很大的灶台。房子的内部构造与它简单质朴的外观以及内部的装饰都形成了鲜明的对比，具有很强烈的视觉冲击力。所有的家具风格都是简约的，超现代的钢、玻璃和银质，而其余的部分让人联想到欧洲宫廷，随处可见水晶吊灯，有用精心雕刻的木制画框装饰的巴洛克风格的油画。

已经八点三十分了，他们还没有听到那三声提示音，说明普特南没有重设威胁着琪拉·米勒的那个装置，这可以让琪拉再次拥有十二个小时的缓刑期。虽然没有人提出这件事情，但每个人心里都沉甸甸的。

格里芬坐在普特南的书房电脑前，打开了几个屏幕。其余几人站在他的身后，急切地看着。"可能会花上一点时间，"他说，"我必须先突破他的安全防护，然后如同大海捞针一般进行搜索。前提是假设普特南离开时在这台电脑上留下了痕迹。"他叹了口气，"我将以传统的方式来进行尝试。虽然我非常希望能再次成为一个开赛车的黑客之神，但我还不确定是否已经达到此状态，所以还需要你们多等待一会儿。"

"没有问题。"德什说。

"如果今天下午我没有取得一两个稳定的进展的话，"格里芬急切地说，"我要再服用一颗药丸然后再大干一场。"

德什点了点头，但没有表示赞同这个主意。反社会的效果是累积的，而格里芬在第一次进行转变的时候并没有很好地控制这点。

格里芬低头在键盘上工作,其余三人拿着武器开始搜索普特南的房子,希望能找到任何有用的线索和信息。四十分钟以后,德什通过耳机线上微型话筒与仍然在房车里的康奈利联系。上校报告说一切正常,在附近也没有观察到任何可疑的迹象。

德什在搜查楼上的房间时,耳机里传来梅茨格的声音。
"戴维,到地下室来,有东西给你看。"
"收到。"他说。

德什健步如飞赶到地下室,碰到了同样被梅茨格叫来的琪拉。这个房间装潢得非常漂亮,包括天花板和墙壁,地上铺了地毯。梅茨格站在房间远处角落的一个门旁边,他示意德什和琪拉过去,然后打开一扇门走了进去。

他们来到一个狭小的、未完成装修的地下室,仍然可以看到裸露的水泥地板和墙壁。在角落处有一个集水坑,另一边的角落放着一个热水炉。

一块大的方形胶合板倚靠在一侧墙上,大约有八英尺高。梅茨格走到胶合板的一侧,用力一推,胶合板在光滑的轨道上轻松地移向另一边。

德什的眼睛睁得大大的,他看到胶合板后面的混凝土墙里,有一个方形的洞。这个洞边长大约六英尺,是一个隧道入口,通往房子的外面。

梅茨格从冲锋衣口袋里拿出一个手电筒,照向这个通道。隧道向前延伸了大约三十码,然后转弯看不到头了。

"有意思,"德什说,"你是有意在寻找逃生通道吗?"他问少校。

梅茨格点点头:"要挟了那么多有权有势的人,他当然会有很多的敌人。就算他让那些人相信如果他死了,他搜集的丑闻会自动公布,他还是希望在面对正面袭击的时候有一个逃生的方法,只是为了以防万一。"

"但隐藏得不是很好。"琪拉说。

"在这一头是不需要的,"梅茨格说,"普特南指望着他的安全监视器能够让他占尽先机。我肯定隧道的出口一定非常隐蔽。一旦普特南逃出以后,很可能会毁掉隧道,防止对手的追赶。"

"我们离开这里吧,"德什说,"尽管普特南对他的信号和接收器的质量很有信心。我还是想让琪拉待在地面上。"他的语气中满是保护的意味。"为什么要冒不必要的风险呢?我们可以晚点再来搜查这个隧道。"他停顿一下,"干得很好,少校。"

他们爬上楼梯时,德什看到琪拉紧张地在看手表。"我想如果你听到了那三声哔哔声的话,一定会告诉我吧。"他轻声说道。

琪拉叹气说:"他会重设的。"她说着,信心却不如之前了。

他们三人从地下室回到客厅,格里芬透过书房的玻璃墙看到他们,并示意他们过去。

"我没有找到普特南跟恐怖主义之间的联系和消灭病毒的资料,"他们进去以后,他说,"但是我找到众多政界和军队的权威人士的档案。"

"是丑闻吗?"琪拉猜测说。

"是的,"他回答。"连胡佛也会感到自豪的。普特南有大量通话录音,都是一些人收受贿赂、婚外情以及参与犯罪活动的记录等等。"他摇摇头说,"他还有很多这些东西,"说着,屏幕上显出一个肥胖的秃头男子与一个性感的美女性交的画面。

他们都不认识这个男人。"根据资料显示，"格里芬解释说，"这个秃头是一家大型公司的首席执行官。普特南还有很多其他权威人士的视频，无非是同性恋活动或者跟不是妻子的女人的不正当关系。但我要给你们看这个。"他说。

"谢谢。"德什由衷地表示赞赏。

"不是那种你想要给你的妻子或者孩子看的东西。"梅茨格多余地说。

"还有你的选民。"德什补充道。

在普特南的电脑显示器底部出现了一个电子时钟。时钟显示的时间是九点四十五分。德什急忙看着琪拉。她竭力保持镇定，但他还是看出她脸上的紧张。

突然传来一声敲门声。

德什抓住琪拉的手臂冲出房间，占据了大门旁一侧的位置。梅茨格拉起格里芬也站到大门的另一边。两人都将枪口对准门的方向。

门外的人又敲了一次，然后听到钥匙的声音。终于，门被慢慢地打开。

"你好，"S.弗兰克·普特南在门口喊道。"我是一个人，没有武器。我要进来了。"他大声说。

普特南镇定地走了进来，随后关上门。门一关上，德什立刻冲到窗户边朝外打量。他拿起望远镜扫视周围，没有看到有其他人靠近的迹象。

"恭喜你们从安全屋成功逃脱，并且查到我的身份，"普特南不无真诚地说，"接下来的时间里，你们可以告诉我你们是怎么做到的。"他又说。

"你在这里做什么？"琪拉轻蔑地问。

"为了确保你们不会进一步侵犯我的财物，亲爱的。我的人在十分钟以后会到达,"他说,"但我想,我应该先礼节性地跟你们打个招呼,给你们一个投降的机会。"

"为什么?"德什好奇地问。

"当然是因为我不愿意伤害米勒博士了。"

"你忘了是你在她头骨里植入了一颗十二分钟后即将爆炸的炸弹吗?"德什说。

"十二分钟的时间足以让我来进行重设了,我真的本来就想这么做的。我想私下跟你们说,等我的人到了以后,你们在人数上会大大的落后,然后不得不投降。"

德什对着他的对讲机讲话:"上校,你的位置可能有危险出现,你有看到吗?"

没有回应。

"上校,听到请回答。"他停下来把卫星话筒放在嘴边,"听到请回答,"他焦急地说。"再说一次,有危险出现。"

"怎么了,德什?"普特南嘲笑道,"没有回应?"

"你做了什么?"琪拉立刻警觉起来。

"你认为我的人会注意不到一辆房车吗?"普特南轻蔑地说,"那可是一个庞然大物。"

"你做了什么?!"琪拉再次问道。

"最后你会知道,亲爱的,我真的什么都没做。是你的上校朋友对自己做了一些事情。"

"对他自己做了什么?"德什厉声说道。

"我的人登上房车时,你们的上校朋友躲在卧室里。我觉得他戴着电子耳塞和护目镜扔出眩晕手榴弹的样子很可爱。他以为他可以在我们之前恢复视力和听力。"普特南嘲笑地摇摇头,"但他没有想到爆炸的震动使他摔倒,他的头刚好撞上了桌子的一角,当场就死了。"他停了下来,"那样子不太漂亮。"

四个入侵者交换了惊恐的眼神。即使琪拉和格里芬跟上校不是太熟，对于失去了这样一个好人也感到很难过。

普特南假装看了一眼手表，"你们还有五分钟来举手投降，"他说，"否则我的人就会进来抓你们了。"他的嘴角上扬，露出一个残酷的笑容，"但是现在，我真的必须要走了，亲爱的。如果我没能及时去重设你脑袋里的那个小玩意的话，你的脑浆会溅到我的窗帘上的。"他扬了扬眉毛说，"我们不能让这种情况发生，对吧？"

琪拉举起枪对准普特南："一步也不要动！"她咆哮着说。

"然后呢？"他轻蔑地说，"你会开枪打我吗？"他摇摇头，笑着说，"你打算只给自己五分钟的生命吗？你打算放弃唯一可以控制潘多拉魔盒的机会吗？我不这么认为。"

一颗子弹从琪拉的枪里射出，穿过普特南的胸膛，将他冲击到背靠后面的门。"你再想想吧。"她低声说着，脸上满是愤怒的表情。她走过去，把所有的杂志倒在他的身上。

"琪拉，你做了什么啊？"德什大喊。

"他应该死。"她朝着他的尸体狠狠地吐了一口唾沫。

琪拉·米勒离开他的尸体，让自己恢复平静。"戴维，你们从普特南的逃生隧道离开这里吧。用我的治疗方案，你们三人可以阻止普特南的阴谋。我知道你能做到。但是因为他在我头骨里留下的炸弹，我破坏了我们的机会。打死了这个混蛋，你可以执行你的计划。你是一个好人，我对你有信心。"

德什什么都没说，伸手去抱住她。她融化在他的怀抱里，几滴眼泪夺眶而出，顺着她的脸颊流下。

"戴维，"她在他怀中低声说，"我要把我的闪存盘的GPS坐标告诉你。如果万一你们没能阻止病毒，我希望你能将长寿的秘密公开。"

琪拉·米勒用手背拭去眼泪,集中心力来开启她的记忆。不是由于外部力量的要求,而是她自己的意愿,给这个她愿意信任和敬佩的男人。她本能地选择戴维·德什应该是最好的。如果事情不是现在这样,谁知道他们的关系会如何发展呢。

她喘息着。就像大坝决堤,她的记忆如洪水般涌上心头。

琪拉双手环抱在德什脑后,在他的耳边低声说着坐标。她重复说了几遍,直到德什能够向她重复为止。她知道,就算他忘记了,他优化之后的大脑也能很清晰地回忆起每个坐标,连同她在他耳边呼吸的感觉和每个数字的发音。

她知道,现在她的关于生命延续的发现可以得到继续,尽管不是她亲自来做。只有在普特南的计划没有被成功阻止的情况下,德什才会公布她的秘密。她确信这点。

琪拉将德什推开,更多的泪水滑下她的脸庞。"你需要跟我保持距离。"她说。

时间显示九点五十九分,德什手表里的秒针正以自己的速度扫过表盘。"琪拉,你是我所认识的最了不起的女人。"德什无比真诚地说。

她强作笑颜,为了让德什和其他两人能够好受一些。"谢谢。我只是希望那些关于生命的研究是错误的。"

说着,琪拉·米勒闭上眼睛,等待着灰飞烟灭。

46

琪拉的三个同伴也都闭上双眼。宝贵的时间在一秒一秒地流逝。

一声爆响震撼了房间。

这样强烈的爆炸一定是有原因的。爆炸产生的闪光就跟超新星一样的明亮刺眼,使得房间里的所有人眼前发白,即使闭上眼也能感受到。

德什意识到他听不到声音,立刻就想到别的东西,爆炸是来源于眩晕炸弹,而不是琪拉头上的装置。

他转过身想要保护自己,但是已经晚了。两个男人粗鲁地抓住他,其中一个用枪抵着他的脸,另一个将他的双臂反剪到背后用塑料手铐绑了起来。他知道不能反抗。他听不见也看不见,还被枪指着脸,这样的姿势不是采取反抗的理想姿势。他被粗暴地推到墙上,全身被搜了一遍。他的武器很快被搜走。

德什的视力和听力慢慢地恢复,房间开始重新变得清晰。

琪拉·米勒就站在他的旁边,她还活着。现在已经过了十点了。

德什和琪拉被迫紧靠着对方,两旁的两个武装突击队员都带着电子耳塞和护目镜。格里芬和梅茨格被赶到大约十码远的地方,身旁也是两个全副武装的突击队员。普特南那血淋淋的尸体横在两拨人中间。

这些突击员一定是从普特南地下室的隧道进来的,德什心里想着,丢几个眩晕弹就轻松搞定了客厅里的几个人。

一个英俊整洁、身材中等,穿着休闲裤和运动外套的平民轻松傲慢地走进客厅。他的蓝眼睛出奇的平静,但也透出几分精明和威胁,就像毒蛇在咬人之前的那种眼神。

琪拉·米勒倒吸一口气,她伸出手扶墙稳住自己,觉得一阵头晕目眩。

"艾伦?"她声音沙哑,几乎无法叫出这个名字。

"你好,琪拉。"他兴高采烈地说,"很高兴看到你的哥哥还活着吧?"

琪拉惊得目瞪口呆。她张着嘴站在他面前。

"还是你高兴坏了,因为普特南植入你脑袋里的东西只是为了吓唬你而已?"

琪拉的内心从麻木中苏醒。她完全糊涂了,所有的一切。她哥哥还活着,而普特南的炸弹只是个谎言。刚才她的情绪快要崩溃了,她害怕她真的会被炸得面目全非。

"仔细搜查他们的口袋,"艾伦·米勒指挥他的手下。"看他们身上是否携带了药丸,要找到那些药丸,非常重要。"

经过仔细的全身搜查,那几个突击队员很快就在德什和梅茨格的口袋里找到了他们的药丸。突击队员把药丸交给艾伦·米勒。他很高兴地将药丸收好,转向他的妹妹说:"谢谢,琪拉。我会好好利用我得到的这些药丸的。"

"怎么回事,艾伦?"琪拉询问道,她已经恢复了一些平静。

她哥哥笑了。"这不是很明显吗?聪明如你,难道想不到吗?"他叹了口气,"我想我可以给你一些提示,但不是在这里。我们换到一个更舒服的地方,至少让我觉得舒服一点。"他的语气相当的自满。

他话音刚落,外面就响起了大家都熟悉的直升机的声音。"时间刚好,"艾伦说。他手指着大门说,"你们先走。"

两个突击队员端着武器,押着琪拉和德什朝着大门走去。

"那他们呢?"琪拉指着格里芬和梅茨格说。

艾伦皱起眉头。"他们不用来。"他朝着飞来的直升机大声说。"我们等等看吧。如果我觉得我可以利用他们来对你产生一定影响,或许我可以让他们活过今天。"

艾伦·米勒同他的妹妹琪拉以及德什一起走出房子,看到三架直升机着陆在普特南的农场上。旁边两架是军用机,中间的一架是民用机。机身是白色,上面有红色的字母,大小跟黑鹰差不多。飞机外壳上写有一个单词：斯科斯基。这个型号是非常独特的，只有首席执行官和国家元首可以使用，机舱内可以宽敞地容纳十名乘客。

艾伦朝着突击队员点点头，发出指令说："押送他们上去。"

士兵们打开直升机的机门，把两名俘虏推了进去。乘客舱内真的是相当的豪华，比最豪华的轿车还要华丽。客舱内有足够的空间可以让人舒适地行走，有一个囤满佳酿的吧台，一个漆木橱柜，还有许多的镜子和一块内嵌式的视频屏幕。所有座位是上等皮革包覆的船长椅，胡桃木的框架，宽敞的扶手相互间隔，扶手上还有盛放酒杯和手机的格间。

德什突然行动起来。他用头将其中一个突击队员撞到机舱地板上，又用肩膀把另外一个突击队员撞到舱门上。但倒地的那个人以迅雷不及掩耳的速度爬起来，用他的步枪猛烈打击德什的大腿。德什跪倒在地。此时，另一个士兵也过来狠狠地朝着他的脸给了一拳，然后抓起德什的头发将他扔到机舱后面的船长椅中。"不要再试图反抗，混蛋，"这个士兵咆哮着说，"下一次我就不会这么温柔了。"

两个士兵开始把俘虏捆绑在椅子上。其中一人还增加了一道预防措施，在两人的下巴处拉起一根刀片铁丝穿过通道。只要他们身体向前倾，铁丝上的刀片就会割破他们的喉咙。

在手下报告一切就绪以后，艾伦·米勒进入到直升机内，对着突击队员们点点头，然后他打开驾驶舱门，"一定确保我们没有被跟踪，"他对驾驶员说，"如果有任何可疑，你都要告诉我。"

艾伦关上驾驶舱门，几步走到吧台前。他往一个鸡尾酒杯加了几块冰块，然后平静优雅地倒入同等分量的威士忌和苏打水，在做这一切的时候，他似乎完全不在乎外面的世界。终于，他在他妹妹和德什对面坐下，抿了一口酒，闭上眼睛，细细品味酒的味道。

"现在，我更喜欢它了，"他说，"没有理由不去享受。"他自鸣得意地说。

他伸手去敲了两下门，过了一会儿，直升机起飞了。

"终于，"艾伦·米勒说，"我们可以进行私人的谈话了。在这个舱内的任何谈话，驾驶员都听不到。"

这间封闭的小屋经过了精心设计，将直升机螺旋桨发出的噪声隔离在外，琪拉意识到他们可以不用大喊进行交流。富豪们要求旅途中的安静，他们用钱来满足自己的需求。

琪拉的灵魂深处遭到严重的伤害。她的眼中透出深深的痛苦。"原来一直是你。"她有气无力地对她的哥哥说道。

他点点头。"像你这样才华横溢的人，还是没能尽早地明白。"他评论说。

"我的老师，"她虚弱地说，"爸爸和妈妈，凯文叔叔，都是你做的吗？"

艾伦笑了笑。"不然还能有谁呢？"他以自豪的语气说，"不过不要责怪自己。因为我是你身边的模范哥哥，一个完美的天使。否则，我想你肯定能想到这种可能性，那么明显，否则就该打你屁股了。"

琪拉全身战抖，差点呕吐出来。"有人怀疑过你吗？"她声音嘶哑。

"当然，"他说，"他们怎么会不怀疑我呢？但我很完美。我做的大部分谋杀都是在离家很远的地方。而且我在你身边塑造了一个圣人形象。你有潜力成为我的致命弱点。我不能杀你，在那些谋杀之后，如果你也死了，就会引起太多的怀疑。但是，如果让你发现了我的秉性，我肯定你会把它们联系起来，然后会联想到我。"他停下来，"想想大学炸弹客吧。最后是被他的哥哥出卖的。"他摇摇头，脸上表现出厌恶的表情，"手足间的忠诚到底是什么？"

一滴眼泪从琪拉·米勒脸上滑落下来。她原本以为没有什么伤害能比她曾经经历过的更为严重了。但是她错了。这是她一直以来无比敬爱的哥哥。但他却一直是一个精神病患者，他是最终的背叛者，他一直把她当做一个傻瓜。自己怎么会如此的无知和盲目呢？

"怎么了，琪拉？"他嘲笑说，"你以为你能对人性做更好的判断吗？"他得意轻蔑地噘起嘴唇，"你太容易被愚弄。真是个可怜的人。"

"你是一个魔鬼。"她低声说道，面对面前的这个人，她感到厌恶，她甚至对自己那么深切地关心过他也感到厌恶。

艾伦大笑起来。"有人会来平衡你那让人讨厌的自以为是的，"他回答说，"但你应该知道是怎么回事。我们这种心理变态人士并不觉得我们的行为有什么不对。这也许能让你感觉好一点，就是爸爸和妈妈的生命保险对于一个苦苦挣扎的大学生来说是一个很好的帮助。"

她仇恨地瞪着他："所以你杀了他们，然后假装来拯救我。这样我就更加信任你了？"

艾伦露出平静的笑容。

"然后你用陷害我的方式，让所有人相信我是精神病患者，并且与那三起命案有关，是你犯下的那些谋杀案。"

"说得不错，还有吗？"

"最糟糕的是，"她厌恶地说，"你让我关心你，我爱你！"她把眼睛转向一边，"你让我以为是我导致你的死亡。"她已经出奇的愤怒。

"是啊,现在你都知道了,"他平静地说。"开心点吧。"

47

直升机里有一个很大的窗户,却被一块可以通过一个按钮来控制升降的樱桃木薄板完全遮挡,使得两个俘虏完全不知道他们的去向。直升机飞得非常平稳,噪声也完全听不到,很容易让人忘记他们还在飞行当中。

"那么,你又是怎么牵涉到这件事里的?"德什问。

"这会是一个传奇故事,"艾伦笑着说,"在琪拉还在为科学联盟工作的时候,我去拉贺亚市她的公寓里看望我亲爱的妹妹。很自然的,她坚持要我留在她的住所内。她一向如此。毕竟,她是真的非常爱我。"

听到这里,琪拉眼里冒着愤怒的火焰,但她保持着沉默。

"她有几次不得不去工作。"艾伦继续说,"于是,按照我的秉性,我想我肯定会搜查她的房间,看看我能发现什么。很快我就找到她的抽屉下面的夹层,里面有她的笔记本和药丸。"他停了一下,"我试了一颗,"他说,"我很快就变成了一个超级天才,明白了这其中的意义。"

德什皱起眉。"所以,你决定制造一次入侵,偷走了所有的药丸。"

"也不是马上,"艾伦以一种优雅的口吻说,"我等到在看望她之后几个月,这样她不会怀疑到我。我不仅拿走了那些药丸,还拿走了琪拉的头发样本,以备陷害她时需要之用。"他看起来很得意。"我喜欢提前计划。"

德什厌恶地摇摇头。艾伦确实曾经用过一缕头发,为自己实施的谋杀陷害过她。

"然后过了几天，我杀了琪拉的老板，给了她一个障眼法，"艾伦说，"在她的治疗效果影响下，一切会变得水晶般透明。我知道如果我杀了摩根，她会得出结论，是他偷走了药丸，而被另一个更有权势的人所杀害。"

德什知道，这确实是琪拉曾经说过的结论。"接着你雇佣卢塞蒂来监视她。"

"我觉得最好还是别管她，让她自己去想象、发现，然后我乘虚而入，偷偷地行动。同时，我利用她的药丸，有条不紊地建立起我自己的帝国。"

"普特南是什么时候介入进来的？"德什问。

"我想你们应该知道，拥有超级智力以后，这样的好运就会以各种形式接踵而至。"他回答，心不在焉地晃动着他的酒。"如果想拥有权力，那么在人类历史上最强大的情报收集机构幕后进行操纵，一定可以具备绝对优势。"

"但为什么是普特南？你以前认识他吗？"

艾伦摇摇头："在使用琪拉的治疗以后，我进入到美国国家安全局中级特工的个人电脑。普特南是其中一个。我们志同道合，他相当野蛮。我找到他的丑闻足以让他判好几次死刑。而我将他招至我的麾下，精心策划了他职位的上升。于是我们就成了一个强大的团队。"

"你给过他药丸吗？"琪拉问。

"当然没有，"他轻蔑地说，"我看起来像个白痴吗？普特南太残酷无情，又野心勃勃，完全不值得信任。如果他一旦被转变，我肯定他一定会找到方法来反客为主。"他停下来。"除了我以外，我只让一个人进行过转变，是一个被普特南要挟过的分子生物学家。并且是在绝对安全的前提下进行，目的只是为了确保我可以得到你的治疗的无限供应。"

"所以当普特南跟我们吹嘘他的所作所为的时候,他只是描述了你做的事情而已?"德什说。

"正确。"他回答说,"我们还将他告诉你们的那些话进行了排练。我甚至指示他在你们面前杀死那个你们以为名叫史密斯的家伙。普特南不明白我为什么让他假装是我。"艾伦冷笑道,"不过他知道最好不要向我提问。"他冷冰冰地说。

艾伦·米勒走了几步来到吧台前,给自己又倒上一杯酒。他再次转向德什。"在我的妹妹致力于延长生命的工作时,我招募了普特南,开始聚集我的财富和权力。我对她的进度了如指掌。尽管在我非法闯入她的公寓以后,她采取了一些防范措施,但我还是能够获知一切。"他往杯子里加了一些冰块,然后回到自己座位上。"当卢塞蒂向我报告说她准备停止工作的时候,我猜测她已经获得重大突破。"

"于是你飞到圣迭戈,想要找到答案?"德什说。

"当我发现那个秘密没有在她的电脑中,而且不能通过强迫她的方式得到时,我想我刚好可以一石二鸟,将重点放在谋杀,"他冷嘲热讽地说道,"我策划了我的死亡,然后,我就以新的身份示人,彻底逃脱了追捕。"

"你知道你的妹妹敬爱着你,于是你假装被抓为人质,利用自己的死来威胁恐吓她?"

艾伦点点头:"要我自己说的话,这是一个绝妙的计划。"他停顿了一会儿,表情变得强硬起来,"但我没有想到她给自己设置了记忆屏障,"他紧咬牙关咆哮着说,"这该死的东西。"他喝完自己的酒,看着手中的杯子一动不动,就像是被催眠,然后又再次冷静下来。

"那么既然那个记忆壁垒那么麻烦,为什么不干脆杀了琪拉呢?"德什问道,"为什么不直接提升你的分子生物学家,直到他复制出她的工作,就不会让你自己再感到头疼了?"

"因为跟我这个奇异的妹妹相比,他简直是一个傻子。他需要几年的时间才能复制她的大脑优化治疗方案,并且是在有提示的情况下。我怀疑,就算智力得到提升,还是需要三到四位科学家一起努力才能复制她的长寿秘方。"他摇摇头,"不行,她是这个游戏中的唯一。但是,不仅她的记忆把戏是这样的烦人,她还设法杀了那个笨蛋卢塞蒂,然后消失躲避追捕。我不得不承认,这确实让我很生气。"他表面平静,但即使是现在一想到这点,他的语气中也有难以掩饰的愤怒。"但只有很短的一段时间,"他又说,"我重整旗鼓。我服用了一颗她的智慧药丸,第二天就想出了我的伟大计划。"

"普特南还告诉我们,"琪拉强忍内心的厌恶,"有个针对女性的大规模灭绝计划,这样你就可以将你扭曲的生命多延长几年时间。"

艾伦大笑起来。"大规模的灭绝计划?"他重复说道,"不要相信别人告诉你的一切。"

"我不明白。"琪拉说。

"那是因为你太高尚了,你拒绝给自己服用你创造的非凡的礼物。如果你尝试一颗你自己的药丸,你就会立即看穿这个小诡计。"他失望地摇摇头:"你真的不如我记忆中的那么聪明了。"他无辜地摊开双手。"我怎么可能会想要消灭所有人呢?"

她感到困惑。"第一,是为了刺激我打开我的记忆。"

艾伦摇摇头:"在我导演了自己的死亡以后我提升了智力,我对你设置的记忆屏障的可能性进行思考。我立刻就意识到任何威胁,无论多么大,都没法让你打开它。"他对她做了一个鼓励的手势,"还有什么原因,再说说看。"

"因为如果你成功了,我们这代人真的成为人类的最后一代，我就会为了人类物种的延续被迫交出我的秘密，或是交给普特南，不管怎样。"

"交给普特南？"他生气地嘘声说，"还是交给我？琪拉，你是不会把你的秘密交给我们当中的任何一个人的。你只有在你真正想要的时候才能打开你的记忆。而你想要的是给我或者普特南。你会等待时机，你知道我们不会杀你，直到你自己逃脱。你会确保你的秘密没有被我们独占，为我们的目的所利用。你要确保整个人类都能获益。"他怒目相对，"你和我都知道，你会做什么。"

琪拉点点头："你说得对。"她很不情愿地承认。

"我当然是对的。如果我一直把你当做人质，并试图强迫你说出来，我就回到了原点，陷入摆脱不掉的困境。所以我唯一能得到秘密的方式，就是让你逃走，让你自己为了整个人类而说出来。"他停下来，"虽然这样可以确保让我同其他人类一起活得更长久的时间，但我却失去了历史上最有力量的要挟工具。"他露出残酷的笑容，"你看，我有点自私。我想要独自占有这个秘密，为自己所用。"

"还有一点我不明白，"琪拉说，"埃博拉感冒病毒是吓唬人的，我头骨里的炸弹也是吓唬人的，人类的灭绝计划还是吓唬人的。为什么？这些是怎么联系起来的？你制造这些阴谋诡计给你带来什么好处？"

她的哥哥笑容满面："你最终会知道的，琪拉，所有的一切。"

48

艾伦·米勒抿了一口酒，眼睛里绽放着兴奋的光芒，显然陶醉于跟他的听众分享他这些扭曲的操纵伎俩。他享受着讲述故事的过程,一遍又一遍地折磨他的俘虏。"我说过,我确切地知道你是不能被强迫的。因此,我向那个进行转变之后的高深莫测的自我提问,在什么的情况下,我的妹妹会说出她的秘密呢?在我回答这个问题以后,我所做的一切就是创造这些条件而已。"他转了转眼球,"我必须要承认,说起来容易,做起来难。"

"那么是什么条件呢?"琪拉问道,恶心的感觉在胃里翻腾。她想到她刚刚把闪存盘的坐标告诉了德什。她清楚地知道需要什么条件才能做到。但对于艾伦,他从一开始就精心策划了一切来搭建这些条件,是非常荒谬的。另外,她刚刚是直接在德什的耳边低语说出坐标,不可能有什么监听器会如此敏感捕捉到刚才的内容。

"首先,"艾伦开始说,"你要有值得尊敬的人,你对他足够信任到可以托付你的秘密。如果你一直孑然一身,没有人可以信任,那无论什么条件和情况下都没有用。"

他转向德什:"这就轮到你出场了。你被选中来完成这个角色。"

"你在说什么?"德什疑惑不解。

"你认为是谁在伊朗的时候陷害了你?"他得意扬扬地说,脸上露出笑容。

"不可能!"德什大声说道:"你是说,在那个时候,你就设计好了我会跟你妹妹碰面吗?"

艾伦·米勒点点头。"我要确保她有一个可以信任的人。相信我,德什。我知道我妹妹在男人方面的品味。我见过她曾经约会的男人,她还告诉我那些令人作呕的细节,和她想要的男人类型。在我辗转发现你之前,我仔细研究了特种部队人员的记录。从外表看你刚好是她喜欢的类型,而你又很聪明,风度翩翩。看吧，感谢上帝，你还学习了哲学。你喜欢诗歌，博学强闻，还有让人讨厌的正义感。"他咧嘴一笑，"你简直是为她而生。就连转变之后的我也认为，如果把你们两人放在绝望的环境中，她不可能不爱上你。"

艾伦意味深长地看着他的妹妹："是吧，琪拉。我知道我选对了。告诉他，你已经爱上他了。"

琪拉垂下眼帘，一语不发。

一个惊愕的表情掠过德什的脸庞，他完全目瞪口呆了。他的眼睛飞快地瞥了一眼身旁，拼命想要捕捉琪拉的表情。

艾伦大笑起来："我会被诅咒的！"他看着德什说，"你也爱上她了。我能从你的表情看出来。"他又笑起来。"我成了他妈的一个媒人了。"

琪拉凝视着德什，眼睛睁得大大的。她感觉自己像一个傻瓜，一直以来拼命地掩饰自己对他的感情，她相信真正的感情应该是在几年的岁月中产生，而不应该是几天而已。但她知道，即使她的哥哥现在已经变得邪恶，他说得没错。德什同样也爱上了自己。

艾伦将注意力转移到他妹妹身上："我希望发生这样的情况。当双方都能下意识地感受到彼此相互迷恋的信号，效果就会加倍产生。我对德什的深入研究发现他喜欢那种跟他智力相当的邻家女孩类型，但是老实说，琪拉，我一直坚信你张扬的个性一定可以改变他。"他扬了扬眉毛，"尽管我没有足够的一手资料了解德什的女人品位，在进行转变之后的聪明自我还是计算出，他会爱上你的概率很大。"他觉得惊奇地摇摇头，"很讽刺的是，一个纯粹理性的人，居然可以如此准确地预测这样一个非理性和非自愿的反应行为。"

"你是不是觉得特别自豪啊！"德什尖刻地说。

艾伦在两个俘虏之间来回看了看,然后开心地笑着说:"你们两个怎么了?你们看来既生气又困惑。是感觉被操纵了吗?感觉自己像是被用来实验的小白鼠?还是由于我的精心策划服务于我的需要,玷污了你们的感情?"

听到这里,德什的表情变得深邃,他微微地摇头,仿佛刚刚艾伦说出了他一直以来的感受。他意识到这些感觉都是错误的。"不是这样,艾伦。我对琪拉的感情是我自己的事情。如果是你让我遇到这样一位了不起的女性,那我要谢谢你,不管你的动机是什么。"德什稍作停顿,"如果你预测了我们会爱上对方,"他又继续说,"那又怎样?有人还可以预测到我对你的厌恶,但这并不能削弱我们感情的真实性。"

艾伦·米勒大笑:"你对我的厌恶很快还会急转直上,"他冷冷地说,"让我慢慢地告诉你。当我知道你是最佳人选以后,我要让你遭遇悲剧,这样你带着一颗受伤的灵魂会切断与其他女人的所有联系。这样,对我的妹妹来说才更具有吸引力。毕竟,还有什么比一个备受折磨而又孤独的英雄更能打动女人的心呢?"

"真的是你在伊朗陷害我的吗?"德什感到不寒而栗。

"那一次是普特南特别安排的,不管你怎么想吧。他不知道为什么要这么做。那些愚蠢的恐怖分子得到了很高的报酬,让你活着逃脱,但他们差点把戏演砸了。我需要让你受伤,但没想让你伤得那么重。"

"你说他们故意让我逃脱的?"

"是的。"

"为什么你需要让我受伤?这样我就可以更能博得琪拉的同情吗?"

艾伦笑了笑:"我晚一点再回答你这个问题。我不想说得太快了。我真的很想跟你们分享我是如何出色地将你们两人操纵于股掌之间。毕竟,你们是世界上唯一有机会可以欣赏我的杰作的两个人。"他停了一下,"我可以继续了吗?"

德什点点头,而琪拉怒视着她的哥哥。

"提升智力之后的我猜测德什有百分之五十的可能会离开军队。不管是去是留,都不会影响我的计划。"

"如果你的计划是让我与琪拉联手,那你为什么要等那么久呢?"

"她还没有准备好。我想让她受到困扰,追赶她,差点抓到她,孤立她,都是为了让她感到受迫害和孤独,粉碎她的意志。我需要她作好准备迎接她的白马骑士的到来。当我判断她已经濒临崩溃的边缘,我就着手安排让你出现了。"

琪拉知道这确如发生的一样。她找到德什,是因为她感到太孤独和疲惫。艾伦的执行力是无可挑剔的。

"你是说,你原本可以更早地抓住她,是吗?"德什说。

艾伦耸耸肩:"有可能,"他说,"如果我尝试作更多的疏通,我也想要尽早地抓住她,但没有成功。我提升智力后计算出如果我将她抓住,稍稍折磨她,然后让她自己伺机逃脱,这样可以刺激她更快地寻求一个像你一样的盟友,我就可以加快我的时间进度。"他脸上表现出不耐烦的表情,"但是她比我想象的还要优秀。每当我接近的时候,她会冒着生命的危险来逃避抓捕,而我又不能伤害她。于是我改变了策略,开始干扰我的主要目标。"

"你对我是怎么进行布置的?"德什问。

艾伦咧嘴一笑:"有了强大的普特南入伙,就变得轻而易举了。我有一个很有影响力的政治家伙伴,手里拥有不少的丑闻记录,其中包括康奈利的上司。而我早就知道,一定要确保那些派去追捕她的特工在资料库中的记录能够被她窃取到。"

"因为你知道,她一定会去调查他们,"德什说,"你就是要让她去调查他们?"

他点点头:"她调查那些追捕她的特工都没有用,但是我知道,只要她被适当引导,调查到你的照片和经历,她就一定会想要寻求你的帮助。"

琪拉·米勒感到胆汁涌到了喉咙。这个曾经是她哥哥的家伙已经变成彻头彻尾的恶魔,是怎样扭曲的命运让她的父母生了这样两个奇异突变的孩子:一个在分子生物学方面拥有无与伦比的天才女儿,和一个完全没有良知的儿子。

"她终于上钩了,就像我想的那样。"艾伦得意地说,"我还计划让我的黑色行动的伙计史密斯将你们两人抓起来囚禁几日,好培养你们的爱情基础,加快些进度。但你却一直躲避他。"艾伦耸耸肩。"最终还是为我的目的服务了。事实上,自从旅馆和树林逃脱以后,反而巩固了你们的关系。"一个自得的表情出现在他的脸上。"那么剩下要做的就是让普特南假扮我,将你们两人抓获,引发一场完美的末日风暴,促使琪拉将她的秘密告诉她心中的英雄。"

直升机转弯时发生倾斜,这才提醒两个俘虏他们在高空以高速飞往未知的目的地,在如此装潢华丽和封闭隔音的空间里,很容易就忘记了他们的处境。"你如何知道,在你需要的时候可以找到我们?"德什问。

"这就是为什么我需要你在伊朗严重受伤的原因。我们命令一名军事外科医生在医治你的同时,为你做了一些植入。那个命令是从最高军事指挥下达的。他被告知这么做是因为你是一个众所周知的叛徒。"艾伦笑了,"他甚至还听说,你已经建立了自己的部队。"

德什怒而向前,他的脖子触到前面的刀片铁丝,鲜血流了出来,还好伤口不深。"你这个混蛋!"他尖叫着。最终,他的愤怒还是慢慢平息下来。

艾伦·米勒依然保持优雅的状态,完全不在乎刚刚德什的爆发。"那个外科医生在你的肘关节皮肤下面植入了一个微型远程引导装置。这个装置被设计成收到密码信号才会激活,否则就处于完全的休眠状态。在它休眠的时候,你可以检测扫描全身,它都不会响应。虽然琪拉头上的炸弹是假的,但普特南所说的先进的接收器是真实的。琪拉应该知道,当你服用了她的药丸之后,改进电子设备简直是太简单不过了。"

"那么,只要戴维跟我在一起,你随时都可以找到我吗?"琪拉惊奇地说。

"是的。由于你一直躲避被抓,我也不想太快把你重新捕获。应该给你们一些时间独处。"他停下来看着德什脖子上的血慢慢流下来。"当你们从安全屋逃走以后,我不得不再次改变我的计划。我原本计划把你们囚禁几天,然后再安排你们逃走,在这过程中普特南会被杀掉。"他耸耸肩,"不过没关系。我可以作一些调整,一切还是按照计划在进行。"

"但你还是没有得到坐标。"琪拉挑衅地说。

"是吗?"艾伦大笑道,"那个医生在伊朗给德什植入的可不仅仅是一个定位装置。他还在一边耳朵植入了一个人工电子耳蜗。那是给耳聋的人或者听力严重困难的人的标准设备。而他的耳蜗是利用芯片来记录数据。它们记录的数据可以下载到电脑进行回放。"他抿了一口酒,笑着说,"它们的电池寿命是有限的,只能记录十到十八个小时,这取决于数据的输入量,因此我必须还要通过我的信号来激活它们。"

"我猜,你是在过去的十小时内激活了耳蜗。"德什说。

"你说得没错。"艾伦高兴地说,"利用我植入的定位装置,我轻轻松松就知道你们来到普特南的住所。在我费尽周折精心策划之后,终于实现了我想要的完美风暴。"他得意地看着他妹妹,"一面是一个你信任的男人,你爱上了他。另一面是人类存亡的巨大威胁。同时,你认为你的生命即将结束。"

琪拉被现实的巨大冲击击中,她意识到这个怪物赢了,她心中大部分的怒火也消失。她尽职尽责地扮演了一个完美棋子的角色。她瞥了一眼身旁的德什,和喉咙前面的刀片铁丝。逃跑是不可能的。就算能成功逃脱,她又能做什么呢?她会杀了自己的哥哥吗?

她紧握拳头。这不是她哥哥,她激烈地对自己说。这是一个邪恶的冒名顶替者。只有这样,面对这样强烈的背叛,她的意志才得以幸存。她的哥哥在那场火灾中已经丧生,而面前的这个怪物完全是一个魔鬼。

"我的杰作的最后一笔,"艾伦继续说道,"是让你们以为你们的敌人已经死了。"

"为什么?"德什说。

"如果琪拉想到有一个强大的敌人仍然逍遥法外,有可能获取到她的治疗秘密,她就不会轻易地打开坐标记忆。"他扬起眉毛。"普特南不知道我真正的计划是什么,当然不知道他的灭亡是最关键的一步。当那个杀害你哥哥的敌人也死了,你就可以自如地将秘密在德什的耳蜗旁低声说出。"

艾伦停下来,让他的俘虏去回想他们是如何被操纵,又是如何去完成了他的胜利。

"如果琪拉没有杀死普特南呢?"

"我认为这不可能。我让他不停吹嘘杀了我,是为了在她的伤口撒盐。而我的妹妹具有该死的预见性,又他妈的那么高贵。我真的很失望,我们是从同一个子宫里生出来的。"

"相信我,"琪拉皱起眉头说,"你的失望跟我的比起来,根本不算什么。"

"现在来回答你的问题,德什,"艾伦不理会琪拉说的话,"首先,是我将普特南送进房子里与你们谈话。在我其余的手下通过他的隧道进入到房间里时,我还有一个狙击手瞄准着他。如果琪拉没有开枪打死他,我的狙击手也会在他开门的时候干掉他。"他稍做停顿,"你们不会知道是谁为什么杀了他,但这些不重要。因为唯一一个可以重设琪拉脑袋里炸弹的人死了,她还是会把她的秘密告诉你,她以为她的时间不多,而且不能保证灭绝计划能否被阻止。"

德什痛苦地点点头:"看起来你把一切都考虑到了。"他说着,第一次有了被打败的神情。

"没错。"艾伦得意地说。

49

直升机本应在五分钟以前降落,但艾伦·米勒过于陶醉于自己精心策划的大戏,都不愿意暂停一下指挥下一步。而飞行员没有接到指示不敢行动也不敢打断他。最终,艾伦决定改变降落地点。

六个穿着同样突击队服的士兵,围在直升机旁,耐心地等待着艾伦·米勒打开直升机的舱门。"把他们带进去,"他大声吼道。他对机舱后面的德什点点头说,"一定要把这个人固定在担架床上,他是前特种部队队员。"

担架床?德什不喜欢听到这个说法。脖子上的血已经凝固。他已经记不起来上一次洗澡和不被捆绑是什么时候了。在过去,捕手或许只要拿着一把枪而不需要将俘虏捆绑起来就会觉得安全，现在已经不是这样了。由于各种媒体和小说塑造的近乎超人的特种部队士兵的形象，非常不幸地令他们认为他的能力被严重低估。

　　三个士兵进入直升机给他们松绑，但还是用塑料手铐将他们的双臂反剪在背后铐起来。他们依次下了直升机。一座古希腊时代风格的建筑物矗立眼前。巨大的白色石柱屹立在入口的两侧，而整个建筑位于一片宽广的草地中央，周围是池塘、花园和蜿蜒的溪流。入口外面有两个大型的大理石多层喷泉，里面各自站立着与真人一般大小的希腊神祇正用大型酒杯饮用琼浆。一眼望去，在视野范围内，看不到其他的房子存在。

　　他们被带入那个超级大门，来到一个拱形的房间，这个房间的空间大概有琪拉的两个房车那么大。地板是白色大理石，一个95英寸的等离子电视机挂在墙上，就像一个巨幅的现代艺术作品，有十个电影剧院式的座位面对着它。房间的内部有很多雕塑和绘画，都是描绘的希腊神祇，似乎艾伦·米勒把自己当做了现代的宙斯，为自己建立了一座奥林匹斯山。

　　按照艾伦的命令，德什被粗暴地推倒在不锈钢担架床上，他的双手还是绑在身后。两个士兵按着他的手臂，确保他无法逃脱。琪拉的双手也同样被绑在身后，现在也被铐在担架床的钢管上。

　　艾伦·米勒轻快地走了进来，站在担架床边，两个俘虏都能看到他。"这是我的多媒体房间，"他非常得意地说，"你们觉得怎么样？"

　　德什抬起头冷冷地说，"我想我会很高兴欣赏到你死的过程。"他专心地说。

　　"很好，"艾伦赞赏地说道，"好大的口气。难怪我妹妹会这么喜欢你。不过我恐怕你现在并无胜算。虽然我没有昂贵的电子安全系统,但我有十二个老练的雇佣兵在草地边缘巡逻。我付了他们大价钱。"他摇摇头说,"不好意思,对于你刚才的话,我没有感觉到任何威胁。"

"现在你准备怎样?"德什说。

"我的外科医生正在赶来的路上,十分钟以后就会到。他会帮你摘除植入你体内的装置,然后,最终我会开始我走向长寿的第一步。"

"外科医生?这样描述一个像你一样的恶魔实在太浪费了。"德什说,"为什么不直接杀了我呢?"

"这是个好问题,"他说。他摊开双手,叹着气说,"现代的科技,尽管总体来说是可靠的,但你永远不知道会不会有意外。如果由于什么原因,接收器没有被激活,没能获取到GPS坐标呢,所以我需要你活着,然后你要亲口告诉我。"

德什轻蔑地看着艾伦·米勒:"那你最好希望你的接收器是好的,因为你不可能从我这里得到坐标。不管你使用真话药物或者其他方式。"

艾伦笑起来:"我内心里还有一部分希望它失效,这样我们就可以把它挖掘出来。"

"但是如果它是好的呢?"德什问。

"我会把你作为人质让你活命。我需要我的妹妹继续她的长寿研究。她仍然是这个时代最杰出的生物学家。"

艾伦·米勒似乎陷入了沉思,房间安静下来。"既然我回答了你所有的问题,"他最后说道,"我也有一个问题。"他扬起眉毛,"你们是怎么逃出安全屋的?"

德什笑了笑:"我恐怕不能告诉你。"他说。

"哦,你会告诉我的。你……"

屋外,斯科斯基那架直升机发生了爆炸起火。

爆炸令房子晃动起来，就像是发生了地震一般。

艾伦·米勒冲到窗户旁，外面已经一塌糊涂。一架军用直升机发射的导弹击中了斯科斯基的直升机，现在正在用机枪扫射地面。至少两名艾伦的雇佣兵倒地不起，其他雇佣兵有的已经找好了位置准备交火，有的还在奔跑寻求掩蔽。滚滚浓烟从燃烧的直升机冒出来，形成了浓烈的烟雾，从各个方向还在传来猛烈的炮火声。

艾伦看到他的妹妹表情跟他同样的惊呆。但他跑向窗户的时候看到戴维·德什坚定的眼神。德什没有感到惊讶。

艾伦冲回到担架床边，低头看着德什："怎么回事？"为了让对方听到，他大声说着，好让声音盖过外面正在发生的枪炮声。房间里的大理石地板完全没有隔音的效果。

"我不知道。"德什也同样提高了嗓门吼道。

艾伦抓住德什的头部狠狠地撞到担架上。"我重复一次，"他尖叫着说，"这到底是怎么回事？"

尽管头部受到重击，德什的表情依旧坚忍冷漠，明显不会作出任何回应。

"好吧，亲爱的男孩，"他对德什吐一口唾沫，"我们来看看换成是我妹妹，你还能有多勇敢。"

艾伦快速走到一张书桌前然后拿着一把锋利的开信刀回来，毫无预兆地，将开信刀野蛮地刺进他妹妹手臂里。

琪拉发出一声惨叫，鲜血从她的运动衫渗出。

艾伦用左前臂紧紧地抱住他妹妹的脖子，右手臂伸向她的前面，用沾血的开信刀对准她的脸。"告诉我到底发生了什么，"他对着德什咆哮，"一旦我发现你对我撒谎，她就会失去一只眼睛。"

德什看着艾伦的眼睛，他相信艾伦会这样做的，他会享受这个过程。"我下了一个圈套。"德什立刻说道。

"不可能。"艾伦说着,将开信刀的尖头举到离他妹妹的左眼只有几英寸的地方,慢慢地向前移动。

"我服用了一颗琪拉的药丸,"德什急忙说道,拼命想让艾伦相信他说的是实话。"我们也是这样逃出了普特南的安全屋的。"

艾伦眯起眼睛。他迟疑地考虑着现在的局面,慢慢放下了手里的开信刀。他什么也没说,默默地把手伸进口袋里拿出了一颗药丸,慌忙吞了下去。

"你应该很清楚提升后的大脑能看到事物之间的发展模式和联系,"德什继续说,"我不是你妹妹,她记忆中的艾伦·米勒都是高尚美好的。琪拉位于你们的父母、叔叔和她的老师死亡案件的核心,他的哥哥同样也是。而你的尸体没有找到,只有灰烬,真是很奇怪。我很快就意识到这种结局的可能性。这是最大的可能。自从你来到普特南的房子,我的惊讶反应只是假装而已。"

琪拉·米勒无法掩饰她的震惊。

"你在撒谎,"艾伦抢白说,"我可以从琪拉的反应中看出来。"

"她不知道。"

"你怀疑所有的一切,但是你却没有告诉她?"艾伦觉得难以置信。

"因为也有可能是我错了,"德什回答说,"这一切的背后确实是普特南,一切确如被计划好的一样。如果是我错了,我不想给琪拉错误的希望,那个植入的炸弹是假的,并且会玷污你在她记忆中的形象。"德什停顿一下,"还有另外一个考虑。"他说着,希望把这些信息一点一点告诉他来拖延时间。

"是什么?"艾伦不耐烦地说。

德什在回答之前又停顿几秒钟。"我想让她作出真实的反应,"他说,"对格里芬和梅茨格也一样。当她头上的炸弹没有爆炸,而你到达现场的时候,我没法估量他们的反应能力。我不想让你看出我已经盯上你了。"

艾伦猛烈地摇头说:"一派胡言!如果你怀疑上我,你不可能让琪拉告诉你 GPS 坐标,你也不会让我抓到你们。"

"你自己再想想吧,变态狂。"德什轻蔑地说,"我不知道怎么能找到你。我需要你自己现身。而且我想让你自己吹嘘你的完美风暴,这样我就知道我有没有漏掉任何细节。"德什扬了扬眉毛。"还有,在我的大脑提升以后,我就发现了你植入的耳蜗,我利用自己的免疫系统已经将它们解除了。"他大笑,"现在是谁感觉被操纵呢,混蛋!"德什吐他一口唾沫。

屋外的枪战仍然在持续并且激烈程度有增无减,房子周围精心种植的草地,现在已经变成了战场,到处充斥着爆炸声和无数的子弹穿梭的嗖嗖声,草地上血流成河。

艾伦瞪着德什:"毫无疑问,"他大声咆哮,"不管外面发生什么,我的人都会处理的。几分钟以后,我就可以得到提升,然后就可以轻松脱身。"

"你别指望了。"德什说。

"他们是什么人?"艾伦问道,"就算你怀疑上我,你也不可能设计让我钻进圈套。你不可能知道我住在哪里。我肯定没有人跟踪我们到这里。"

"混蛋,这次你又错了,"德什说,"在我们进入普特南的房屋之前,我跟我的上校朋友进行了一次私密的谈话。我知道房车会被发现,怎么可能不呢?我告诉他在遇到麻烦第一时间服用一颗琪拉的药丸。我大致估计他可能要伪造自己的死亡,"

德什眨了眨眼睛，"我想你肯定知道，在大脑提升之后，你可以控制自己的心跳。在头上抹点血，假装死了，在有人检查的时候不会有脉搏。很快，你就宣布了他的死亡。"德什扬了扬眉毛，"不过实事求是地说，"他继续说，"是你给我灵感来伪造康奈利的死亡，"他讽刺地笑了笑，"谢谢。"

艾伦怒火中烧，脖子上的青筋暴出。德什知道最好的办法是拖延他在这里的时间等到自己的队伍到来，他怀着一线希望在艾伦服下的药丸完成转变之前，他们能够赶到。

"尽管上校受了伤，"德什继续说，"他的大脑得到提升，他还是可以轻松对付你留在普特南房子里的手下，并释放了梅茨格和格里芬。我跟他说过让梅茨格少校也服用一颗药丸，然后跟踪我。"德什扬起眉毛。"你看，我自己隐藏了一个定位装置以便上校可以找到我。你的人来到普特南的房子时候是驾驶直升机来的，因此少校可以夺下另一架。当然，这时候上校的智力恢复正常。但刚好罗斯·梅茨格又得到了提升，他驾驶的是军用直升机，所以跟你的雇佣兵比起来，可不是一场比赛那么简单了。"

艾伦·米勒不作回应，仔细听着屋外的枪炮声。一阵震耳欲聋的炮火声响起，然后一切又归于平静。这几乎完全惹恼了他，他把担架床推向墙边，连带拖着他妹妹一起。他拿出一把枪，然后蹲在两个俘虏的身后，把他们当做挡箭牌。

"怎么了？"德什调侃道，"现在对你的雇佣兵的能力不再那么自信了吗？"

在德什宣告他的死刑之前，康奈利和梅茨格走进房间。梅茨格迈着芭蕾舞者般优雅的脚步，以超人般的敏锐审视现场。

艾伦从他妹妹身后探出头："你再往前一步，我就杀了他们两个。"他威胁说。

梅茨格毫不所动:"谢谢,你还帮我解决了麻烦。"他说。

艾伦眯起眼睛,很明显,他的大脑在飞快地运转。"你看,少校,"他友善地说道,"我们可以联手,你和我。以你现在的状态,你可以看到内在的逻辑。为什么要上我妹妹的车?我现在已经拥有比上帝还要多的权力和金钱。只要我们掌握了延长生命的秘密,你和我就会成为地球上最强大的人。"

"罗斯,求求你,"琪拉·米勒说,"杀了他!不要担心伤害我。他已经服用了药丸,随时都可能得到提升。现在是你的机会!"她强调说。"还记得马特说过的话吗,你生命中大部分时间是活在以前没有提升的状态。而普通状态下的罗斯·梅茨格是无法面对自己的,如果你现在跟这个精神病联手的话。"

"闭上你的嘴,贱人!"梅茨格咆哮着说。

琪拉被他暴怒的言语吓得退缩靠后。

梅茨格扣下了扳机,射出一颗子弹,击中艾伦·米勒的眉心。艾伦被冲向后墙,然后面朝前趴倒在地。

琪拉吓得倒吸一口冷气。刚才那发子弹离她只有一张纸厚度的距离。

没有人敢动,甚至都不敢呼吸。所有人都看着梅茨格。

梅茨格最终平静地放下手枪,"我很抱歉,琪拉,"他真诚地说,"你在射击角度的范围内。我经过计算,如果我咒骂你,你的头会有一点晃动,就足以让我干掉那恶魔。"

琪拉呆望着他,她的眼睛快速闪烁。她瞥了一眼倒在地上的哥哥,然后转动头部将周围的一切尽可能多地记在心里。一切变得寂静。

这是可能的吗?经历了所有的一切之后,是否真的结束了?发生得太快了,最终,梅茨格的动作决定结局。多年来压在她心灵上的巨大压力顷刻间支离破碎，突然之间是那么不真实和令人迷茫。她深吸一口气，让现实渗入到她的意识深处。她那没完没了的噩梦真的已经结束了。它是在咒骂声和一次超人般的精准射击中结束。几滴眼泪从她的眼角滚落，顺着脸颊流了下来。

梅茨格转向德什："戴维，尽管我比过去更狠，但我跟你和格里芬不一样。这跟雄性激素没有关系。我相信我经历过这次的转变之后，我的灵魂能够完整保留，甚至比琪拉第一次做得还要好。我有一些结论，但你无法理解。"他停了下来，也像是必须要暂停，"琪拉，对于你的哥哥，我真的很抱歉！"

琪拉·米勒花了很长时间，艰难地看着身旁地板上的这具尸体，然后坚定地转头，似乎决心将她生命中的这一页永远地翻过。她坚决地朝着梅茨格摇摇头，虽然眼神还是暴露出她深深的伤痛："他不是我哥哥，"她痛苦地说，"我哥哥早在一年前的一场火灾中丧生了。"

50

草地上，由于刚刚发生的战斗，还在冒着烟，屋外的世界一片寂静，仿佛鸟儿和虫儿也被刚才目睹的流血事件吓得沉默。

"我不得不佩服你，戴维，"琪拉由衷说道，"你给了我太多惊喜。"

"我很抱歉。"他内疚地说。

"不要这样说。我理解你所作的决定，你的计划是完美的。"她的眼神转向康奈利和梅茨格。"先生们，我不知道怎么表达我的谢意。"

上校热情地笑着说："不用谢，琪拉。我们毕竟是一个团队。"

"从过去的二十四个小时来看,"德什说,"我们是一支如你所想的一样强大的队伍。"

"必须得承认这点,"康奈利也兴高采烈地说,"在你提升以后能提前料到将要发生的一切,这起到了关键作用。"他对德什说。

梅茨格给两人松绑,并将艾伦的衬衫撕下一块来包扎琪拉刚才被开信刀刺伤的手臂,德什回忆着刚刚发生的惊心动魄的一幕。

在很大程度上,上校说得对,是德什提升的智力解决了这个难题。他找出了在伊朗发生的事情及其原因。他猜出是艾伦·米勒在幕后指挥一切,是他选中德什,因为德什的正直能够引起他妹妹的注意,然后琪拉会说服德什成为她的同盟。

不过讽刺的是,尽管德什已经知道自己对于琪拉的真实感情,提升之后的他仍然完全没有感觉到来自对方的感情回应。想到这里,一股暖流涌上德什心头,他脸上浮现出一个难以抹去的笑容。

德什希望自己能将此刻永远留住。他从未对任何一个女人产生过这种感觉,在他的一生中也从未感觉这样的轻松,或者说有成就感,还有希望。

他们做到了。他们战胜了难以置信的艰难。

他们一直疲于奔命,为他们的生命而忙碌和战斗,挣扎着去应付接二连三的各种事件,或许他们最终会不可避免地死亡,但最终他们在战斗中获得了胜利,在这个过程中他们为自己赢得了未来。在未来,琪拉的发现可以更好地为人类造福,而不是被一个精神病患者利用,助其成为历史上最强大又最危险的恶魔。

德什可以想象琪拉内心的喜悦,她那漫长的苦难终于结束了。她曾长时间独自一人面对着这样强大和看似永无止境的黑暗力量。

德什将自己的思绪拉了回来。此刻他正站在刚刚束缚自己的担架床旁边,梅茨格正好给琪拉完成了包扎。"马特还好吗?"德什问。

"他很好,"康奈利说,"我给了他房车的钥匙,告诉他在一个指定的位置跟我们会合。在普特南的房子被炸以后,我把那些抓他和梅茨格做人质的人带了出来,他看起来不那么躁动了。"康奈利笑着说,"不管怎么样,我们还是把他带入到这次小小的袭击当中。"他说。

"你怎么样,上校?"琪拉关切地问道。

"我很好,"康奈利开心地说。"你的治疗简直太令人难以置信。我可以直接控制我身体的自主功能,大大地加快了我的愈合过程。"

"我不想破坏气氛,"梅茨格这时清醒地说道,"但是我们得走了。尽管这个地方相对偏僻,但我想我们还是引起了不少的注意。我们还需要低空飞行一段。一旦马特跟我们碰面,我们可以让他服用一颗药丸,让他来处理善后。"

德什扬起眉毛:"你是不是已经有计划了?"

"当然,"梅茨格说,"第一步,马特提升后立刻修改军事安全数据库,显示艾伦·米勒与恐怖主义分子勾结企图发动突然袭击。第二步,马特需要植入秘密命令,时间设置在昨天,召唤我去抓捕米勒,必要时可以使用任何手段。"

德什被这个简单而有效的计划所触动。这样立刻就使得梅茨格从布拉格堡盗取直升机和在此建筑物大开杀戒的行为都变得合法化了。"这听起来可行。"他说,"你还有可能得到一枚奖章。"在团队里有一名成员能够颠覆世界上最安全的电脑系统，的确是有巨大优势。

"琪拉，"梅茨格说，"你和戴维在这里等几分钟。我和上校去检查一下看是否有敌人漏网，然后再启动直升机。"

康奈利显得疑惑不解："我们不是应该立刻就走吗？"

"他们已经经历太多了，"梅茨格解释说，"让他们单独待一会儿吧。"

上校还是觉得困惑，但是也没有继续争辩。

德什知道梅茨格仍然处于琪拉的治疗效果当中，显然他在与他们说话的同时，已经注意到这个微妙的问题。他肯定像看到霓虹灯一样，读到他们相互之间的爱恋情愫，也看出德什想要与琪拉单独相处几分钟的愿望。他会记得在日后好好感谢梅茨格少校的。

梅茨格和康奈利一同走到大门处，又转身对德什意味深长地说："不用谢。"然后，拔出枪，小心翼翼地同上校走出房子。

听到梅茨格的话，德什的嘴角上扬露出一个苦笑，但当他看到琪拉的手臂，又立刻收敛了笑容。"你还好吗？"他轻柔地问道。

她几乎是害羞地笑着："我很好。"她简单说。

德什显得有点尴尬："琪拉，"他开口说道，"关于感情这件事情，"他不安地看着她，"我觉得有点傻，我从来没有想过它会发生得这么突然。"

她点点头："我也是。"

"我们一起走过了地狱，"他继续说着，"我们的灵魂也坦诚相见。我们比那些在长年相处的夫妻更加了解彼此。"他叹口气，"我们现在不知道的是，在没有压力的时候，我们怎么相处。因此我在想，虽然以我们目前的关系看来有点可笑，或许我们可以尝试一次传统而又无聊的约会。不再有因为特种部队的出现而产生过多的肾上腺素。"

"第一次约会,嗯,"琪拉说着,思考起来,"听起来是个不错的主意。"然后她又笑着说,"不过我要提醒你,在第三次约会之前,我是不会接吻的。"

德什笑起来:"如果是这样的话,"他说,"我准备把我们一起在蒙塔格美味披萨度过的时间也算作是一次约会。"他抬起眉毛,"还有你把我绑到旅馆的床上。那次应该算吧?"

"不行,我觉得不行。通常情况下是可以的,但考虑到我把你塞进了汽车后备箱,我不得不取消那次不愉快的约会。"

"好吧,那么,我们一起在树林的那次呢?"

"那次不止我们两个啊。"

"该死,"德什说。"你对约会的限制真的是非常挑剔。你还带我去你的住处过夜,但那次也同样不止我们两人,我想你也不会算数的。"德什摇摇头,"早知道这样的话,"他苦笑着说,"我应该在飞机降落以后就将梅茨格少校和康奈利上校都甩掉的。"

琪拉笑起来,由于不可避免的吸引力作用,他们无法抗拒,甚至想靠近彼此。于是他们热烈地激吻,但他们清楚地知道,不能在这样的战争区域里待很长时间,于是,他们最终不得不分开彼此。

琪拉若有所思地说道:"我告诉你吧,"她带着满足的微笑,低声地说,"我准备把我们待在一起的所有时间算作两次约会。"

"两次?"德什欣喜若狂,感觉自己已经飘飘欲仙。"我以为不到第三次,你是不会亲吻我的。"

"刚刚那个只是一个示范。"她说。

"示范效果非常好。"他满足地说道。

"很好。在我们洗过澡，休息一会之后，我会为第三次约会作好准备。我们可以出去吃晚餐，我来埋单。"

"真的吗，"德什开心地说，"这听起来实在太棒了，让人充满期待。"

"好吧，是你把马特带到团队里来的。而他刚才真的在我的账户里存入了五亿美元。所以我想我欠你一顿丰盛的晚餐。"

"五亿美元就只管一顿晚餐吗？"

琪拉的脸上闪过炽烈的笑容："其他的还有待观察。"她眉飞色舞。

德什咧嘴一笑。他深深地凝视着她的眼睛，久久地沉默着。当他这样做的时候，他不禁感受到他们真的相爱了。但他知道这可能是一种错觉。可能只是因为他们曾被扔进绝望的处境，为了生存不得不肩并肩作战而产生的一时的迷恋。

如果感情同纯粹理性一样简单就好了，他心里想着。但是感情不是的。感情是原始的，而且常常无法解释。

但这构成了情感最为重要的一部分，德什意识到。如果生命被简化为纯粹的理性，或一个可解的方程，那么就失去了神秘，也不再有激情。生命变得可以被完全预测，那就成了一部冗长乏味的电影，永远没有惊喜。而事实上，不管是他或是琪拉，在常态或是提升之后都能够清晰地知道，随着时间的推移，他们对彼此的感觉是会增加还是减少。

德什知道康奈利和梅茨格还在等他们。"我们得走了。"他轻声说，眼睛离开琪拉的视线，对着豪宅的大门点点头。"我们的交通工具，以及我们的未来，都在等我们。"他补充说。

"说得好，"琪拉微笑着说。她抬起眉毛，"对于未来有什么想法吗?"

德什摇摇头:"还没有,"他回答说,"但我可以告诉你的是,"他开心地说道,"我现在迫不及待地想要找到答案。"

后 记

  大脑是最后的也是最伟大的生物学防线，是我们在宇宙中尚未完全发现的最复杂的东西。大脑里有上千亿的细胞通过上万亿的连接点相互交联。大脑让人太匪夷所思。

——杰姆斯·D. 沃森，诺贝尔奖得主，
DNA 结构的共同发现者

  任何没有被量子理论所震惊到的人，根本连它的一个字都没有理解。

——尼尔斯·波尔，物理学家，诺贝尔奖得主

戴维·德什透过厚厚的玻璃屏障看着他的妻子,焦虑感吞噬着他的胃部。吉姆·康奈利上校、马特·格里芬和罗斯·梅茨格少校都站在他的身旁,各自想着心事。

团队核心成员为进行这一步讨论了大半年的时间,并最终达成了一致。他们必须知道。即使是付出一切,他们也要清楚在优化的下一个层次,人类意识会达到什么水平。琪拉之前在这个层次经历了两秒已获知一切,两秒钟足以让她理解自己已达到的智力远超第一级水平,如同第一级远超常人智力一样。

如果有什么作为人性标志被普遍接受的,应该就是人类内心深处那种永不满足的好奇心。但这永不满足的好奇心会让他们失去一切吗?

这很难预测。

琪拉将第二级优化所持续的时间从两秒延长到五分钟。在长达五分钟的时间里,她在一个无限接近于思想理论极限的领域里,这个领域通过一千亿个神经元才达到,并拥有令人震惊的力量。但如果反社会的倾向也同样上升,而他们又无法控制住她,那么即使是在有限的时间里,其结局也是无法预测而且可能具有极大灾难性。

于是他们采取了预防措施。琪拉被固定在一个钉死在地板上的铁椅里,现在的她比历史上任何被固定的人都要安全。她坐在一个厚厚的玻璃立方体中,看起来像一个透明的壁球场。在她的上方有足以麻醉一头大象的催眠气体,观察人员可以随时触发按钮。为了预防她提升之后的大脑直接利用身体的生化酶使气体在对她产生作用之前就将其进行代谢,椅子上还装有可以外部控制的塑料炸药。这是她自己坚持要求的。

在过去的一年,他们按照德什的计划精心挑选,招募了数十个来自各个领域的顶尖人才,他们已经取得了可以很快改变世界的重大突破。而最初的五个人现在聚在一起，形成了团队领导核心，他们是此次最伟大的实验的唯一见证人。

在玻璃屋里，琪拉喘着粗气。她痛苦地紧咬牙关。转变已经开始了。

戴维·德什眼睁睁地看着他的妻子，看着她的痛苦加剧持续了差不多三十秒。

突然之间，她脸上痛苦的表情消失了，取而代之的是平静，是德什从未见过的那种平静。她现在全身发出一种空灵优雅的光辉。德什知道，尽管她的言行举止表现得格外平和，但她的内心正以不可思议的疯狂速度在翻滚。他怀着敬畏和惶恐不安摇了摇头。她现在正在穿越什么新的思想银河呢？

五分钟的时间过得那样的缓慢。琪拉的生命体征被监控，她的呼吸和心跳变得像原子钟一样的稳定，此时的她已经处于提升后状态。自她的表情改变开始她就一直闭着眼睛，没有挪动一丝一毫，也没有吐出一个字。

毫无征兆的是，她的各项生命体征都失去了完美节奏。虽然她回来了，从她那超乎寻常的旅程中回到现实。

德什一直屏住呼吸，这才松了一口气。

其余三个伙伴也同他一样，脸上出现了轻松的表情。

但是，德什知道，还是有一个问题需要解决。她现在还是那个他深爱的女人吗，这次的经历，会否使她的神经元重新排列，以不可预知的方式改变她呢？

四十秒过去了，她仍然闭着双眼。戴维·德什发现自己呼吸困难。是有什么地方不对吗？

他看了一眼显示器上在她的生命体征信号旁的数字时钟。他们同意在十分钟以后，药物的作用完全消失了再进入玻璃屋。

德什需要消耗全部的意志才能克制住想要冲进去抱住她看她是否一切安好的强烈愿望。

他目不转睛地盯着数字时钟,看着秒数在一点一点增加,他多么希望时间能过得快一点啊。

琪拉猛地摔回到正常状态,如同一架高速飞行的飞船撞上了什么。回到正常的过程是很令人不安的,但是能够回来就比什么都好了。

她抛开杂念,在自己的大脑中仔细地搜索。在这超级智能的飞船上时她是否有过邪恶的行为?她有没有发现尼采的权力意志比以前更难以抗拒?她是否对人类物种表现出更多的轻蔑和不屑?

记忆洪水般地涌上心头。不过在那五分钟的时间里,她的大脑产生的一些苍白的、模糊的、影影绰绰的想法,却似乎有几个小时那么长,这些记忆使用的是笨拙的英语而不是普遍精确的逻辑符号,不过在优化状态下,她的大脑也能够毫不费力地进行处理。

她知道,仅这一丝一缕的记忆就够了。他们最大的希望已经实现,而最大的担忧可以放下了。戴维是对的,同情心和纯粹的智慧不是相互排斥的。当她的正常大脑扫描到在提升期间所得出的这个结论的微弱信号时,深深的喜悦和满足感充斥她的全身。

人类思维的基线水平受到了情绪和本能的困扰,因此,在权力和理性的限制下,人们很容易被欺骗,轻易相信几乎所有的猜想。在她和她的团队都已经熟悉的一级提升阶段,信仰是不存在的,任何声称有神存在的逻辑,将被视为致命缺陷。在这个层次,思维也很清晰地看到存在没有任何意义,而自私变得势在必行。

然而现在，在达到第二级优化水平后，着实令人感到震惊，她获得了远远不同于第一级水平的理解洞察力。她在这个层面对于她和其他人曾经表现出的那些荒谬的傲慢感到很好奇。真的难以置信，此时此刻，她已经实现了思想上真正的超越，但她现在能肯定的只有一件事，那就是她什么都理解不了了。

宇宙是无限的，同时还有无限数量的宇宙存在。在无限数量的无限宇宙中的一个小星球上，认为你能理解一切存在和现实的真实本质，是非常荒谬的。那些在第一级优化水平产生的傲慢念头，与它们所取代的东西一样是有缺陷的。

人有来生吗？也许吧。又或许根本不需要来生，或许人类所有的意识已经不朽了。这个奇怪的实验结果发现，在量子物理学里被广泛接受的多宇宙理论说明只要未来存在不同的可能性，最终都将会实现。一个宇宙在不停地分裂成多个宇宙，就像树上的树枝，一个树枝在不断地进行不可胜数的分支。

以往从直升机上射出的子弹飞向站在空地上的吉姆·康奈利。在这个宇宙里，子弹因为几英寸的差距而没能要他的命。但是在子弹射向他的过程中，宇宙已经分裂了。现在在无数个宇宙中，其中一个宇宙中的子弹杀死了他，而另一颗子弹则完全错过。这些无限宇宙持续向前，直到时间的尽头，至少在一个宇宙中上校的意识得以延续。

量子不朽的可能性被众多的主流物理学家所接受，但他们使用常人的智力来理解量子效应的奇妙影响。然而，优化之后的她看见人类科学家甚至没有对这一点产生丝毫怀疑。人类相信有不朽和来生存在的理由，至少跟不相信的理由一样多。

到底有没有上帝？这个问题无法得到准确答案，人类的理解水平已无关紧要，因为高度的傲慢已经使答案不再重要。她曾提出一个问题：如果上帝可以不需要一个创造者而存在，为什么宇宙不可以呢？反过来也同样。如果宇宙可以没有创造者而存在，为什么上帝不可以呢？

但是，即使上帝真的存在，也无法保证他能回答所有问题，能够完全理解现实的本质。一个无所不知的人知道一切，他不再需要更多的学习。无限的宇宙将无穷无尽。即使上帝的智力能够把握和控制这个宇宙中 0 和 1 之间无限数字，但在这宇宙之外还有无数个数字存在。

但是如果上帝也不能完全理解存在的真实本质，那么可怜的人类还能怎样呢？这个低等的物种还渴望追求什么结果？

奇迹般的提升后的琪拉突然想出了这个问题的答案，一个令她自己非常满意的答案。任何意识的目的，就是要达到无限的理解。仅此而已。如果上帝存在，人类就会发现他，并帮助他变得无所不知，不仅是在一个无限宇宙中，而且是在无限个无限宇宙中。

这是人类物种一个可能的目的。但她在提升以后，利用符号逻辑，找到了她认为更有可能的人类目的，即所有宇宙中的所有生命，不是为了找到上帝，而是为了成为上帝。

如果一个人类的卵细胞在受精一瞬间就拥有了意识，那么它会如何看待它自己呢？它不可能预见并理解它最终会变成一个万亿细胞构成的个体。人类作为一个整体也同样不知道，一个受精卵经过兆万倍的复杂变化，最终会变成上帝，或许在并行的过去、现在以及将来的宇宙中已经成为上帝。

人类社会现在是由一个个独立的个体组成，但在早期阶段，一个胚胎也是一个独立的细胞。然而这些独立的细胞最终以奇妙的方式连结创造出超越想象的比它们自身要大得多的东西。

从这个角度来看，利他主义和反社会倾向都远不是简简单单的概念，甚至超越了亚伯拉罕·林肯所揭示的复杂性——绝对的利他主义在某个层面上也可以是绝对自私的一个掩饰，反之亦然。细胞构成的人类的身体是无私的，在必要的时候会为了器官的需要而牺牲自己。在微观层面上，它们是愚蠢的利他主义者和愚蠢的自杀行为实施者；然而在宏观层面，为了身体的生存，它们又是纯粹的自私者。当个体细胞变得自私并表现出尼采的权力意志时，会发生什么呢？就会变成癌症。细胞打破它们自身分裂的限制，在一段时间里变成不朽，直到它们的不朽将整个有机体扼杀致死，最终也杀死了自私的细胞本身。

人类别无选择，只能假设细胞会进化成神，要么是单独，或者是与其他有意识的生命形式结合，又或者是与所有的生命一起。因为除此之外的其他假设风险太高。生命会进化成神，而神创造了多元宇宙和所有的生命，延伸到所有的时空里循环往复，没有开始也没有结束，只有终极的智力可以理解一切。在这过程中，有的生命会扮演闪耀的主角，而有的则只是扮演小角色，甚至有的会逐渐灭绝。然而，所有生命的目的都是为了培养一个健康的上帝，如同所有人类细胞的目的都是为了促进整个有机体的健康，必要的时候哪怕是以它们自身的生存作为代价，也在所不惜。

在这种情况下，尼采提出的问题，将用完全不同于这个哲学家的方式来回答。什么是好？能够促进生命的各种形式的事物，服务于满足新兴神性的一切需要。什么是坏？阻挡生命前进、努力奋斗成为神的道路上的一切阻碍。

于是，现在他们这个年轻的团队有一个清晰的目标，找到方法可以提升自己达到过去难以想象的思想层次，而不用担心反社会倾向产生。琪拉意识到他们的困难没有消失，由于人数增加，他们的难度也有所增加。即使短期看来，无数棘手的难题和挑战仍然存在。这种超越性的转变能够变成永久性吗？可以持续吗？人类在自己的进化中应该插手吗？如果是这样的话，人性的本质可以保留吗？应该保留吗？如果有人想得到这样的转变，而另一些人不想呢？

这些问题都无法轻易回答。这都是留给以后的问题。

现在，她该向团队成员报告实验所取得的惊人成功，并向他们描述第二级的提升将会带来的深刻远景。

她还需要同她的丈夫说话，告诉他，他特别想听到的消息。

她怀孕了。

受精是在两天前发生的。对正常的她来说现在还太早，是无法知道的，但她在提升以后，立刻就知道了。

由于没有完全理解，她还在为永久存在的本质进行挣扎。但她可以确定的是，当他们的孩子来到这个世上的时候，她和戴维还在继续通往不朽的道路上迈着自己坚定的步伐，朝着无穷无尽前进。在她内心深处，她明白他们的孩子在自己生命进程中有它自己的意义，它的生命将随着上帝的产生一同结束。

转变开始以后，琪拉准备第一次睁开双眼，她很开心能看到她所钟爱的男人的眼睛——是时候该告诉他，他要做爸爸了。

本书中涉及英制单位换算公式如下：

1英里 = 1.609千米　　1磅 = 0.454千克

1英尺 = 0.305米　　　1码 = 0.914米

1英寸 = 2.54厘米

听巴山夜雨　品渝州书香
壹PAGE最新科幻图书

《连接》蝉联《纽约时报》电子书畅销榜冠军长达五周
亚马逊"科幻小说""科技惊悚小说"电子书畅销榜冠军作者最新力作
【美】道格拉斯·E.理查兹 著　刘　红　邹　蜜　等译
重庆出版社　定价：96.00元（三册）

精彩书评：

　　《连接》是一部让你爱不释手的惊险小说——火爆的动作描写，令人兴奋的新概念，让人拍案叫绝的情节架构——超级过瘾的阅读体。

　　　　　　　　　　　　　　　　　　——博伊德·莫里森，《纽约时报》畅销书作家

　　《强化》在构架和剧情安排上更胜于《连接》，无论是人物的塑造，剧情的超人想象，还是最终的完美收尾，都让人拍案叫绝。整个"超脑"系列两卷本很精彩。理查兹的作品蝉联畅销榜冠军，可谓实至名归。

　　　　　　　　　　　　　　　　　　　　　　　　　　　——《纽约时报》评论

　　《变态疗法》非常精彩，让人忍不住一口气看完。

　　　　　　　　　　　　　　　　　　——道格拉斯·普雷斯顿，《纽约时报》畅销书作家

2012年星云奖最佳长篇小说

[美]金.斯坦利.鲁宾逊 著　余凌 译
重庆出版社　定价：48.00元

　　内容简介：距今300年后的太阳系各行星，早已除却荒凉与肃杀，成为拥有高度文明的人类定居点。在量子计算机的辅助下，各行星城市已极度智能化，个人生活也与"酷立方"——一种高度集成的微型量子计算机——紧密相连，或佩戴于手腕，或植于皮下；搭乘由小行星改造而成的"特拉瑞"可在各行星间自由来往。然而，一次针对水星"终结者"城的突然袭击却打破了昔日的宁静。与此同时，金星上的秘密组织正在进行智能机器人工程，并密谋对金星发动类似袭击，以达到加速金星自转的目的。来自水星的斯婉、土星的瓦赫拉姆和星际调查局的热奈特调查官决心找出幕后黑手……